Izzy Maxen
Line-out
Auckland Rebels

Izzy Maxen ist Autorin, Mama, Ehefrau, Freundin, Leseratte und ganz klar schokoladensüchtig. Sie wohnt im Rhein-Main-Gebiet und schreibt witzig-spritzige Liebesromane. In ihren Büchern spielt sie gerne mit Klischees und ist den Bad Boys verfallen.

Izzy Maxen

Line-out

Auckland Rebels

PIPER

Mehr über unsere Autoren und Bücher:
www.piper.de

Wenn Ihnen dieser Roman gefallen hat, schreiben Sie uns unter Nennung des Titels »Line-out« an empfehlungen@piper.de, und wir empfehlen Ihnen gerne vergleichbare Bücher.

Wir behalten uns eine Nutzung des Werks für Text und Data Mining im Sinne von § 44b UrhG vor.

ISBN 978-3-492-50784-4
© 2025 Piper Verlag GmbH, Georgenstraße 4, 80799 München
www.piper.de
Für direkten Kontakt und Fragen zum Produkt wenden Sie sich bitte an: *info@piper.de*
Redaktion: Cornelia Franke
Satz auf Grundlage eines CSS-Layouts
von digital publishing competence (München)
mit abavo vlow (Buchloe)
Covergestaltung: Emily Bähr, www.emilybaehr.de
Covermotiv: Bilder unter Lizenzierung von Shutterstock.com genutzt
Printed in the EU

In diesem Buch sind Themen enthalten, die triggernd wirken können. Am Ende des Buches findet sich eine Aufzählung, die jedoch den Verlauf der Geschichte spoilern kann.

Wir wünschen ein bestmögliches Leseerlebnis.

PLAYLIST

Love I Again – ClockClock
Forever and Ever and Always – Ryan Mack
All the Time – Zach Bryan
Breakaway – Kelly Clarkson
Flowers Dressed in Blue – Strings and Hearts
Blindside – James Arthur
Iris – Goo Goo Dolls
Beautiful Reason – Michael Schulte
Can't Tame Her – Zara Larsson
Start Again – Birdy
Human Being – Nico Santos
Warm – Moncrieff
Lovely – Billie Eilish

1. BROOK

Mit zusammengezogenen Augenbrauen funkele ich den jungen Barista des Coffee-Corners an, der mit einem verwirrten Gesichtsausdruck zurück starrt. »Matcha-Tee«, wiederhole ich meine Bestellung. »Das grüne Zeug mit dem Koffein. Haben Sie das?«

»Äh …« Unsicher wirft er einen Blick über die Schulter zu den großen Tafeln an der Wand, auf denen die angebotenen Getränke stehen. Matcha-Tee ist natürlich nicht dabei. Aber sorry, wir sind am Londoner Flughafen, einem der größten internationalen Airports. Und dieser Coffee-Corner befindet sich in unmittelbarer Nähe zu den Gates. Den Toren zur Welt. Da wird es doch so was Simples wie Matcha geben?

Der Mann strafft die Schultern, wodurch seine kurzen braunen Locken hin und her wippen. »Nein. Wir haben nur Earl Grey. Oder Pfefferminz. Und natürlich Kaffee.«

Eine Sekunde halte ich die Luft an, dann stoße ich ein ergebenes Schnauben aus. »Okay. Dann nehme ich eine Vanilla-Latte mit Soja-Milch und einem extra Espresso-Shot.«

Er schürzt die Lippen. Sein Blick wird eine Spur genervter, hinter mir ertönt ein Murmeln. Ohne mich umzudrehen, weiß ich, dass sich eine Warteschlange gebildet hat. »Den Starbucks finden Sie in Halle eins. Wir haben hier nur Kaffee«, sagt er mit einem Unterton, der mir deutlich macht, dass seine Geduld am Ende ist.

Halle eins. Die *vor* dem Sicherheitscheck liegt, den ich bereits durchlaufen habe. Also in etwa so unerreichbar wie mein Uni-Abschluss.

»Hören Sie, Mister ...«, ich schiele auf den runden Button an seinem Hemd, »Delaney. Ich habe letzte Nacht schlecht geschlafen, weil meine Zimmernachbarin mit ihrem neuen Lover so laut gevögelt hat, dass selbst Ohropax nicht geholfen hat. Ich habe einen Achtundzwanzig-Stunden-Trip vor mir und einen Sitzplatz in der Economyclass. Alles, was mich noch davor bewahrt, völlig durchzudrehen, ist eine ordentliche Dosis Koffein.«

Konsterniert kneift er ein Auge zusammen. Dann wendet er sich ab, hantiert an der Kaffeemaschine herum und schiebt mir wortlos einen weißen Pappbecher über den Tresen. Der aromatische Duft von frisch aufgebrühten Bohnen steigt in meine Nase, augenblicklich entspanne ich mich etwas.

»Wo finde ich die Milch?« Suchend sehe ich über die Theke.

Wortlos deutet er nach rechts, wo sich neben Zucker und Rührstäbchen auch Kondensmilchdosen befinden. Immerhin. Ohne weiter mit ihm zu diskutieren, knalle ich ihm vier Pfund hin, schnappe mir den heißen Kaffeebecher und kippe fünf Stück Würfelzucker und drei Milchdosen hinein. So kann man ihn vielleicht trinken. Anschließend verdrücke ich mich an einen Ecktisch, stelle den Kaffee auf dem braunen Holz ab, lasse meinen Rucksack auf die Bank plumpsen und nehme Platz. Über dem Tisch hängt ein Lampenschirm aus hellem Papier, der an einigen Stellen eingerissen ist. Auch der Holztisch ist nicht sauber, Kuchenkrümel und ein Teller stehen darauf. Ich lehne mich zurück und schließe für einen Moment die Augen. Hinter meiner Stirn pocht es unangenehm und mein Magen hängt mir in den Kniekehlen. Aber ich habe beim besten Willen nichts heruntergekriegt.

Es war die richtige Entscheidung, Brook, sage ich mir zum

ungefähr zehnten Mal, seit ich das Flughafengelände betreten habe. Du willst nach Auckland.

Das rede ich mir zumindest ein. Denn die Wahrheit, dass die Reise nach Neuseeland eher eine Flucht vor dem Drängen meiner Eltern ist, fühlt sich nicht halb so gut an. Seit Wochen fragen sie mich, wie mein Studium läuft. Ob ich mich um ein Jahrespraktikum bemüht habe, ob ich in Dads Praxis anfangen will. Auf all das habe ich keine Antwort oder zumindest keine, die ich meinen Eltern geben könnte. Denn ich habe keine Ahnung, ob Ärztin mein Traumberuf ist. Oder ob ich das Studium begonnen habe, weil meine Eltern es von mir erwartet haben.

Ich hatte mehr und mehr das Gefühl zu ersticken. In den Fragen meiner Eltern, in den Aufgaben der Uni. In den Blicken meiner Freunde, wenn ich ihnen erneut abgesagt habe, weil mir alles zu viel war. Und in den Erinnerungen an diese eine Nacht, an diese Augen, in denen das Leben brach – Stopp! Verzweifelt schiebe ich den Gedanken von mir und atme durch. Einmal, zweimal, bis ich mich wieder im Griff habe.

Ich habe nach einem Fluchtweg gesucht und mein Zwillingsbruder hat ihn mir geboten, in dem er mich zu sich nach Neuseeland einlud. Ans andere Ende der Welt, wo er an der Auckland Emerald University studiert.

Das Vibrieren meines Handys reißt mich aus den Gedanken. Ich greife nach dem Smartphone, das an einer Kette über meiner Schulter hängt, und muss automatisch lächeln. Scott und ich haben eine Verbindung. Seit wir zusammen aus dem Bauch meiner Mutter geschlüpft sind, wissen wir immer, wie es dem anderen geht. Selbst wenn eine halbe Welt und elf Stunden Zeitunterschied zwischen uns liegen.

»Hey«, sage ich und reibe mir über die brennenden Augen.

»Hey, Sis. Bist du schon am Flughafen?« Irgendjemand grölt im Hintergrund, hämmernde Musik übertönt fast seine Stimme. Bei ihm ist es mitten in der Nacht.

»Ja, mein Flug geht in einer Stunde.« Ich greife nach dem Kaffeebecher und nehme einen Schluck.

»Du meldest dich, wenn du gelandet bist, ja? Ich hole dich ab.«

Das Lächeln auf meinem Gesicht wird breiter. Wärme füllt meine Brust aus, meine Schultern sinken herab. »Danke. Ich freu mich auf dich. Und auf Auckland. Und ...«

Begeistertes Grölen im Hörer unterbricht mich. Erschrocken halte ich das Handy ein Stück von mir weg.

»Scott, was ist da bei euch los?«, sage ich laut in den Hörer. Aus dem Augenwinkel bemerke ich, wie zwei Frauen den Kopf schütteln und zu einem Tisch weiter hinten in dem Coffeeshop gehen.

»Wir haben das Match gegen die Wellington Tigers gewonnen! Wir sehen uns morgen, Brook!«

Eine Sekunde später tutet es an meinem Ohr. Alles klar! Einmal Rugby, immer Rugby. Da habe ich keine Chance. Scotts Leben dreht sich darum, seit Dad uns als Kinder zu einem Spiel der Lions mitgenommen hat. Doch seit er für die Auckland Rebels spielt, gibt es nichts Wichtigeres mehr. Grinsend lege ich das Handy beiseite.

Mein Flug geht erst in einer Stunde, Zeit genug, um an den Boutiquen vorbeizubummeln. Schaufenstershopping kostet ja bekanntlich nichts.

***

Mit einem dumpfen Dröhnen im Schädel lasse ich mich zweieinhalb Stunden später auf meinen Sitzplatz fallen. Mein Magen grummelt, weil ich den Kaffee nicht vertragen habe und dieser beschissene Flug natürlich Verspätung hat. Die Plätze rechts und links von mir sind frei, vielleicht habe ich Glück und es bleibt so. Das wäre wenigstens ein Lichtblick an diesem vertrackten Tag.

Kurze Zeit später schiebt sich jedoch eine junge Frau in einem grauen Hosenanzug in meine Reihe, das Handy am Ohr. Sie gibt mir mit einem Nicken zu verstehen, dass ihr Platz am

Fenster ist. Mit einem gezwungenen Lächeln lasse ich sie durch, während sie mit bellenden Worten weitertelefoniert. Kaum dass sie sitzt, zieht sie ein Tablet aus ihrer Handtasche und klappt den Tisch herunter.

Mein Blick wandert zurück zu der Zeitschrift in meiner Hand. Während sie ein enorm wichtiges Businessgespräch führt, lese ich in der *Sun* einen Artikel über irgendeine Love-Island-Teilnehmerin, die sich in einem weit ausgeschnittenen Kleid mit Jason Statham zeigt. Ohne dass ich es will, höre ich die Stimme meiner Mutter.

Wir sind so stolz auf dich, Schatz, dass du im UCL angenommen wurdest. Du wirst eine fantastische Ärztin. Wie Dad.

Mir wird übel. So richtig übel. Ein saurer Geschmack breitet sich in meinem Mund aus und ich fühle, wie der röstige Kaffee meine Speiseröhre nach oben kriecht.

Du tust das Richtige, Brook. Auckland war die beste Option, die du hattest. Du wirst ihre Erwartungen nie erfüllen, du bist nicht wie die Frau neben dir.

Ich atme seufzend aus und schließe die Augen. Konzentriere mich und schiebe das dumpfe Gefühl von mir. Gepaart mit dem schlechten Gewissen, das an mir nagt, seit ich meinen Eltern eröffnet habe, dass ich ein Auslandssemester in Auckland machen werde, ist das verflucht viel Verdrängung.

Ich tue das Richtige, sage ich mir erneut. Das würden auch meine Eltern so sehen, wenn sie die Wahrheit wüssten.

Jemand stößt gegen meinen Ellenbogen. Überrascht reiße ich die Augen auf und blicke nach rechts auf einen breiten muskulösen Rücken in einem schwarzen Poloshirt. Was zur Hölle? Es sind knapp fünf Grad draußen. Selbst hier im Flugzeug habe ich das Bedürfnis, mir meinen grauen Wollschal umzulegen.

Der Typ lehnt sich zurück und stößt erneut gegen meinen Ellenbogen. Meine Haut kribbelt, irritiert ziehe ich den Arm weg und reibe mit der Hand über die Stelle. Entrüstet sehe ich ihn an, warte auf eine Entschuldigung, doch er zieht sich kommentarlos ein paar schwarze Kopfhörer über die blonden Haare und stiert nach vorne.

Meine Augenbrauen fahren zusammen. Das Hämmern der Techno-Musik ist so laut, dass ich sie selbst durch die Kopfhörer höre. Dabei wirkt er nicht, als würde er auf solche Musik stehen. Passend zu dem Poloshirt trägt er eine kurze, abgeschnittene Bluejeans und Chucks. Fehlt nur noch die Sonnenbrille. Unter der gebräunten Haut seiner Unterarme zeichnen sich trainierte Muskelstränge ab und über dem Arm, der auf meiner Lehne ruht, verläuft ein dunkles Tattoo: *Strength is what we gain from the madness we survive.*

Mein Blick wandert weiter nach oben, über einen flachen Bauch, breite Schultern bis zu seinem unrasierten Gesicht. Ein feiner Bartschatten liegt auf seinen kantigen Wangen, er kann kaum älter sein als ich. Die Lippen hat er zu einer harten Linie zusammengepresst.

Er wendet den Kopf und sieht mich an. Dunkles Braun, in dem goldene Tupfen wie Feuerfunken tanzen. Ich schlucke. Versuche, den Blick abzuwenden, irgendwo anders hinzusehen, nur nicht zu ihm. Doch ich kann nicht. Die Übelkeit in meinem Magen verschwindet, stattdessen krampft er zu einer harten Kugel zusammen.

Denn ich erkenne etwas in seinem Blick, das ich auch in mir finde. Verzweiflung. Wut. Den Augenblick, wenn man keinen Ausweg mehr sieht. Meine Lösung war die Flucht, vielleicht sitzt er aus demselben Grund im Flugzeug?

Der Fremde kneift das rechte Auge zusammen. Seine Lippen werden weich, die harte Linie verschwindet. Dann zieht er einen Mundwinkel hoch. Ein Grübchen gräbt sich in eine Wange, was seinem Gesicht die Härte nimmt und ihn jünger wirken lässt. Und leider noch attraktiver.

Fuck, Brook! Du schmachtest ihn an.

Der Knoten in meinem Bauch löst sich, wird zum Kribbeln, das mir bis in die Zehenspitzen schießt.

Belustigung blitzt in seinen Augen auf, das Lächeln wird zum Grinsen.

Ein Eimer kaltes Wasser könnte kaum wirkungsvoller sein. Abrupt drehe ich den Kopf weg und schlage die *Sun* wieder auf. Mein Blick saugt sich an den Bildern fest und erst eine Sekunde später begreife ich, dass ich den nackten Hintern von Kylie Jenner anstarre.

Neben mir erklingt ein amüsiertes Lachen. Tief und leise, sodass es mir direkt ins Herz schießt.

Herrgott, Brook. Das ist nicht der erste attraktive Kerl, auf den du triffst. Aber es ist eindeutig der Erste, der so eine Wirkung auf mich hat.

Um meine Hormone wieder zu zügeln, blättere ich weiter durch die Zeitschrift. Klatsch und Tratsch las sich schon immer leichter als ein Fachartikel über Harninkontinenz aus dem *Britisch Medical Journal*. Das Magazin habe ich ebenfalls im Rucksack, aber aus Gründen zieht es mich nicht an.

Durch den Lautsprecher kündigt die Purserin den Start des Flugzeugs in wenigen Minuten an. Die Flugbegleiter beginnen mit den Sicherheitsanweisungen. Ich höre nur mit halbem Ohr zu. Zum einen ist es nicht mein erster Flug, zum anderen schwappt Müdigkeit über mich hinweg. Ich ziehe den grauen Schal aus dem Rucksack unter dem Vordersitz und lege ihn mir über die Schultern. Dabei werfe ich – natürlich rein zufällig – einen Blick nach rechts. Der blonde Typ hat die Augen geschlossen, wieder hat er die Lippen zusammengepresst, sein Unterkiefer ist leicht vorgeschoben. Auch seine Arme sind angespannt, die harten Muskelstränge treten deutlich hervor. Seine Hand krallt sich um die Armlehne, *meine* Armlehne wohlgemerkt.

Nachdenklich lehne ich mich in meinem Sitz zurück und kuschle mich in den Schal. Das Flugzeug rollt über das Vorfeld, Regen trifft auf die kleine Fensterscheibe. Die Frau zu meiner Linken hat den Tisch hochgeklappt, tippt aber nach wie vor auf ihrem Tablet herum.

Es wird ruhiger in der Kabine, als das Flugzeug auf die Landebahn rollt. Die Turbinen drehen auf, ich spüre das Vibrieren bis in meine Zehenspitzen. Aufregung macht sich in mir breit. Nur noch wenige Augenblicke und wir sind in der Luft. Dann bin ich raus aus London, weg von meinen Eltern und der Lüge, die ich seit einigen Wochen aufrecht halte.

Ein sanfter Ruck geht durch das Flugzeug, wir heben ab. Ich spüre den Sog in meinem Körper, den zunehmenden Druck auf den Ohren. Doch es fühlt sich wie ein Befreiungsschlag an. Euphorie wirbelt durch meinen Bauch und ich lege die Hand an die Lippen, weil ich leise lachen muss.

Es war die richtige Entscheidung. Auckland wird Spaß bringen. Abstand. Und hoffentlich auch Klarheit.

Jemand stöhnt gepresst. Mein Blick huscht nach rechts. Der Fremde hat die Augen zusammengekniffen, Schweiß steht auf seiner Stirn. Er hat die Arme fest an seinen Körper gedrückt und zittert.

Meine Alarmglocken schrillen los. Der Typ hat eine Panikattacke. Und wenn nicht jemand eingreift, kotzt er vermutlich oder verliert das Bewusstsein. Ich recke mich, sehe den Gang entlang, aber die Flugbegleiter hocken auf ihren Klappsitzen. Auch sonst scheint niemand von ihm Notiz zu nehmen.

Okay, Brook, denk nach. Du hast das gelernt, erstes Semester an der Uni. Oder doch der Erste-Hilfe-Kurs? Ich habe absolut keine Ahnung. Mein Hirn ist wie leer gefegt. Da sind nur mein schneller Herzschlag und die Angst, dass ich ihm nicht helfen kann. Dass ich versage, weil ich noch nie etwas auf die Reihe bekommen habe.

Ohne weiter nachzudenken, lege ich meine Hand auf seine. Seine Haut ist eiskalt. Vorsichtig löse ich seine Finger, bis ich meine darumlegen kann. Er drückt zu. Ich fühle seinen schnellen Puls auf meiner Handfläche. Seine Kälte, die langsam auf mich übergeht. Ich lehne mich ein wenig vor und ziehe ihm die Kopfhörer von den Ohren. Laute Musik brüllt mir entgegen, rasch stelle ich sie ab. Bis jetzt hat er sich nicht bewegt, selbst die Augen hat er nach wie vor fest zusammengepresst.

»Es ist okay, du bist nicht allein. Der Pilot hat das schon hundertmal gemacht. Er wird uns sicher nach oben und auch wieder nach unten bringen.«

Meine Fingerspitzen kribbeln. Wenn er weiter so fest zudrückt, sind sie bald taub. Aber ich werde den Teufel tun, ihn jetzt loszulassen.

»Die Airline hat Sicherheitsüberprüfungen. Das Flugzeug wird gewartet, auch die Crew muss regelmäßig trainieren. Uns wird nichts geschehen.«

Er reagiert nach wie vor nicht. Hm, so komme ich nicht weiter.

»Weißt du, ich sitze in diesem Flieger, weil ich meinen Eltern nicht sagen konnte, dass ihr Plan nicht funktioniert. Ich bin nicht die begabte, erfolgreiche Tochter, die sie in mir sehen.« Ich muss lachen. »Eigentlich bin ich absolut miserabel mit Zahlen, hab Probleme, einen geraden Satz zu formulieren und Medizin – scheiße, ich hab keine Ahnung, warum ausgerechnet ich Ärztin werden soll.« Das Kichern, das aus mir herausbricht, klingt zynisch. Mir ist eher zum Heulen zumute. »Deshalb fliege ich nach Auckland, zu meinem ach so erfolgreichen Zwillingsbruder. Nicht, weil ich irgendeinen Plan hätte, sondern weil es die letzte Möglichkeit war.«

Seine Finger zucken. Die Anspannung in seiner Hand schwindet, auch seine Augenbrauen heben sich langsam.

»Es wäre also Ironie des Schicksals, wenn ich ausgerechnet jetzt abstürze. Doch das Schicksal hat schon immer auf mich geschissen.«

Langsam öffnet er die Augen. Panik hängt in seinem Blick, seine Pupillen sind große schwarze Murmeln.

Ich lächle ihn an. Vorsichtig. Abwartend.

Sein Brustkorb hebt sich. Viel zu schnell. Er ringt immer noch mit der Panik. Zitternd hebt er den rechten Arm. Seine Fingerkuppen streichen über meine Wange, graben sich bis in meine zu einem Dutt gebundenen Haare. Dabei schaut er mich an, so intensiv, dass ich vergesse, was ich sagen wollte. Mein Mund wird trocken, ich muss schlucken.

Das – äh – war sicher nicht der Plan.

Mit einem Ruck zieht er mich zu sich. Ich stoße überrascht die Luft aus, während mein Herz stolpert. Seine Iriden werden dunkler, die Panik schwindet und macht etwas anderem Platz. Etwas, das man nicht fühlen sollte, wenn man nicht mal ein Wort miteinander gewechselt hat.

»Ich ...«

Er verschluckt meine Worte, indem er seine Lippen auf meine presst. Hart und fordernd und unglaublich heiß. Überrascht keuche ich auf. Holy Shit, was soll das denn?

Ich öffne die Lippen, will protestieren, doch er schiebt seine Zunge in meinen Mund. Ich schmecke Kaffee und Pfefferminz und den Nachhall seiner Panik. Seine Hand krallt sich in meinen Haaren fest, während ich nach seinem Oberkörper taste und ihn von mir schieben will. Doch der Wunsch verpufft, als seine Zunge auf meine trifft. Heiße Lava schießt durch meinen Bauch, die ihr Ziel zwischen meinen Beinen findet.

Ich keuche erneut. Aber diesmal nicht, weil ich überrascht bin, sondern weil ich noch nie so geküsst wurde. Der Fremde küsst mich, als würde er gleich in den Krieg ziehen. Als würde einzig dieser Kuss ihn davon abhalten, endgültig den Verstand zu verlieren.

Seine Zunge kämpft mit meiner, während sich seine Lippen warm und weich an meine pressen. Sein Herzschlag rast unter meinen Fingerspitzen, aus seinen Muskeln weicht die Anspannung. Begierde brodelt in meinem Bauch.

Ich kratze mit den Zähnen über seine Unterlippe und sauge sanft daran. Er knurrt dunkel, dann lacht er leise.

»Danke«, sagt er gegen meine Lippen und lehnt sich ein wenig zurück. »So angenehm wurde ich noch nie von meiner Flugangst abgelenkt.« Ein spöttisches Funkeln tritt in seine Augen. Er hat einen starken Akzent, verschluckt die Hälfte der Silben, was sein Englisch sehr viel weicher macht als mein Britisches.

Am Rande bekomme ich mit, wie ein leises Ping erklingt und die Anschnallzeichen über uns erlöschen. Sein Blick gleitet an mir vorbei nach oben und als er mich wieder ansieht, ist die Panik aus seinen Augen verschwunden.

Überrumpelt lehne ich mich zurück. Meine Hand krallt sich weiterhin um seine, aber weder er noch ich machen Anstalten, unsere Finger zu lösen.

»Kein Ding«, murmle ich und verfluche mich selbst, dass meine Stimme so kratzig klingt. Aber meine Lippen kribbeln und ich schmecke Pfefferminz und Leidenschaft – und den Fremden.

2. RYKER

Kalter Schweiß rinnt mir den Rücken hinab. Ein harter Beat hämmert auf mein Trommelfell, um auch den letzten Gedanken in meinem Kopf zu vernichten. Dennoch sehe ich Bilder von zerfetzten Körpern, höre die angstverzerrten Schreie der Passagiere.

Übelkeit explodiert in meinem Magen, als die Maschine abhebt und der veränderte Luftdruck meinen Körper nach unten zieht. Panisch kralle ich die Finger fester um die Armlehne.

Atme, Ryker, atme. Langsam.

Irgendwo in meinem Hinterkopf ertönt das hämische Lachen meines Dads. Worte, die er zwar nie gesagt hat, ich dennoch höre.

Du bist schwach, Ryker. Es ist nur ein Flugzeug. Stell dich nicht so an.

Fuck, nur für ihn bin ich überhaupt nach England geflogen. Nur für ihn kotze ich gleich in dieses Flugzeug.

Nur für ihn werde ich sterben. Ganz sicher.

Warme Finger berühren meine linke Hand. Schieben sich zwischen meine und krallen sich an mir fest. Ein Haltepunkt, Sicherheit, in der brodelnden Angst, die mich beherrscht. Gleich darauf werden meine Kopfhörer weggezogen.

Eine Frauenstimme sagt etwas. Zusammenhanglose Wortfetzen stoßen durch die Panik in meinem Kopf. Ich schiebe sie von mir, will sie nicht hören. Versuche, bei mir zu bleiben, mich auf meine Atmung zu konzentrieren.

Die Stimme verändert sich, verliert ihren belehrenden Tonfall. Ich höre Trauer, Verzweiflung. Und den Wunsch nach Wahrheit, den ich so gut nachvollziehen kann.

Ich blinzle, bewege meine Finger, die die warme schmale Hand fest umschlossen halten.

»Es wäre also Ironie des Schicksals, wenn ich jetzt abstürze. Doch das Schicksal hat schon immer auf mich geschissen.«

Unwillkürlich muss ich lächeln. Mein Herzschlag wird langsamer, auch die rasenden Gedanken in meinem Kopf kommen zur Ruhe. Zögernd öffne ich die Lider und sehe in das Gesicht der jungen Frau. Sie hat Sommersprossen auf ihrer Nase, rote volle Lippen und meerblaue Augen. So klar und tief wie das Wasser in den Northlands.

Sie lächelt mich unsicher an und beißt sich auf die Unterlippe. Ich habe das Gefühl, sie schon einmal gesehen zu haben, obwohl das unmöglich sein kann. An das Gesicht hätte ich mich erinnert.

Eine blonde Strähne rutscht aus ihrem Zopf und fällt die Wange herunter. Das Rauschen in meinen Ohren verschwindet, ebenso der Druck auf meiner Brust.

Ich sehe sie an, versinke in dem Blau ihrer Augen und fühle, wie ich zur Ruhe komme. Wie sich die Angst verflüchtigt, wegen ihr. Ohne dass ich es verhindern kann, hebe ich die Hand und streiche ihr die Strähne hinters Ohr. Warm und weich und so unsäglich verlockend streifen ihre Haare über meine Haut, dass sich in meinem Kopf ein Schalter umlegt.

Da ist nichts mehr. Keine Angst, keine Panik. Kein Gedanke an die Beerdigung gestern oder das Spiel, das ich deswegen verpasst habe. Da ist nur der brennende Wunsch, meine Lippen auf ihre zu pressen. Ich will vergessen. Verdrängen.

Sie keucht überrascht auf, als ich sie küsse. Ihre Finger tasten über meinen Oberkörper, krallen sich in mein Shirt. Ich merke, wie ihr Widerstand bricht, wie sie mir entgegenkommt, wie sie den Kuss vertieft. Gemeinsam tanzen wir, während ich meine Zunge in ihrem Mund versenke. Sie stöhnt auf und dieser kleine Laut, lässt mich vergessen, was ich hier tue. Ein heißes Feuer erwacht in meinem Unterleib und ich spüre, wie ich hart werde.

Das Tasten ihrer Finger wird drängender und als sie sanft an meiner Unterlippe saugt, halte ich inne.

Fuck, Mann, was tust du hier?

Ich muss leise lachen, über die Situation, über mich. Über sie. Meine Angst ist verschwunden, stattdessen fühle ich heiße Lust in mir hochkochen. Es ist lange her, dass ich so schnell die Kontrolle verloren habe. Dass ich nicht darüber nachgedacht habe, was ich tue.

»Danke«, sage ich leise. »So angenehm wurde ich noch nie von meiner Flugangst abgelenkt.«

Aus weit aufgerissenen Lidern sieht sie mich an. Ihre Lippen glänzen kirschrot und ich sehe die Lust in ihren Augen flackern. Fuck, wenn wir nicht in diesem Flugzeug wären ...

Ein leises Ping ertönt, die Anschnallzeichen erlöschen. Ich muss grinsen, über ihre Unsicherheit, über mich selbst. Die Panik hängt noch in meinem Körper, sie lauert darauf, dass ich ihr nachgebe. Doch gerade hat sie keine Chance. Dafür lenkt mich diese blonde junge Frau zu sehr ab.

»Kein Ding«, krächzt sie und hat sichtlich Mühe, die Worte hervorzubringen. Mein Grinsen wird breiter. Ich habe Eindruck hinterlassen.

Sie zieht ihre Hand zwischen meinen Fingern fort. Sofort kriecht Kälte über meine verschwitzte Haut, ich mache eine Faust, um das Gefühl abzuschütteln. Dennoch fehlt etwas.

Die Frau lehnt sich zurück und zieht einen grauen Wollschal fester um ihre Schultern. »Warum sitzt du in einem Flieger, wenn du Flugangst hast?«

Das Grinsen verschwindet aus meinem Gesicht. Ich greife nach meinen Kopfhörern, die nach wie vor auf ihrem Schoß liegen, und stecke sie zurück in den Rucksack. Kaufe mir ein paar Augenblicke, um zu entscheiden, was ich ihr antworte. »Ich musste zu einer Beerdigung nach London.«

Bestürzt sieht sie mich an. »Oh, das tut mir leid.«

»Das muss es nicht. Es war ein Pflichtbesuch, niemand der mir wirklich nahestand.«

Ihr Blick ruht auf mir. Sie durchschaut die Lüge und ich beiße mir auf die Lippe. Grabe meine Zähne so tief hinein, bis ich Blut schmecke. »Ich mochte meinen Vater nicht besonders«, sage ich schließlich. »Ich habe ihn das letzte Mal vor vier Jahren gesehen. Für mich war er ein Fremder.«

»Warum bist du dann hingeflogen?«

»Ich ... Meine Mum hat darauf bestanden.« Ich schlucke. Verdränge die Wahrheit, obwohl ich weiß, dass sie mich einholen wird. Alles im Leben holt einen irgendwann ein.

Sie nickt. Weiter hinten im Gang erscheinen die Stewardessen mit dem Getränkewagen. Ich lehne den Kopf gegen den Sitz und starre nach oben. Der Flug dauert ewig und ich habe keine Ahnung, wie ich die nächsten achtundzwanzig Stunden überstehen soll. Auf dem Hinflug habe ich mich mit Schlaftabletten vollgepumpt, aber da wir Ende der Woche ein weiteres Spiel haben, ist dies keine Option.

»Du fliegst ebenfalls nach Auckland, oder?«, frage ich und sehe meine Sitznachbarin aus dem Augenwinkel an. Sie hat ihren Zopf gelöst, die blonden Haare fallen ihr in weichen Wellen über die Schultern.

Sie holt Luft, mit ihren Fingern spielt sie an ein paar losen Fransen ihres Schals herum. »Ja, ich mache ein Auslandssemester.«

Ich erinnere mich. Sie hat mir von sich erzählt, davon, dass sie nichts in ihrem Leben auf die Reihe bekommt. Dass Auckland ihre letzte Chance ist. Die letzte Chance wofür? »Was studierst du denn?«

Sie schnaubt und verzieht das Gesicht. Okay, falsches Thema. »Medizin. Aber ich bin mir nicht sicher, ob's das wirklich ist.«

»Hm. Dann ist Auckland der Ort, an dem du das herausfindest. Bei uns laufen die Dinge etwas anders, das wirst du recht schnell merken.«

»Wie meinst du das?« Sie fährt mit ihrer Zungenspitze über ihre Oberlippe. Mein Blick bleibt daran hängen und sofort kehrt das heiße Kribbeln in meinen Bauch zurück. Die Kleine ist heiß. Auf eine unschuldige, naive Art und Weise, die mich ungemein reizt.

»Es hat Vorteile, nicht direkt im Weltgeschehen zu sein, im Fokus. Bei uns läuft alles etwas entspannter, die Menschen haben mehr Ruhe.« Sie sagt nichts, spielt nur weiter mit den Fransen ihres Schals. »Vor allem bist du sehr weit weg von zu Hause. Da wird dir niemand mehr sagen, was du tun sollst. Du kannst es selbst entscheiden.«

»Du sprichst aus Erfahrung, oder?«

Ich blecke die Zähne. So naiv und unschuldig, wie sie tut, ist sie offensichtlich nicht. »Vielleicht.«

»Studierst du ebenfalls an der Emerald?«

»Ja. Ich mache meinen Master in Bereich Disaster Management.«

Ihre Augenbrauen schnellen nach oben. Offenbar hat sie mir das nicht zugetraut. Da wäre sie nicht die Erste.

Die Flugbegleiter mit dem Getränkewagen erreichen unsere Reihe und fragen, ob wir etwas trinken möchten. Ich nehme ein Wasser und einen Wodka, die Kleine eine Sprite. Kurze Zeit später wird uns das Essen serviert. Als ich die pappigen Nudeln auf meinem Tablett erblicke, die entfernt an Penne mit Tomatensoße erinnern, verfluche ich meinen Geiz, nicht die Businessclass gebucht zu haben.

»Willst du das nicht mehr?« Meine Sitznachbarin deutet mit der Gabel auf mein unangetastetes Menü.

»Nein. Tu dir keinen Zwang an.« Ich hebe das Tablett hoch, damit sie ihres auf meinen Tisch schieben kann. Zufrieden macht sie sich über meine Mahlzeit her, selbst der streng nach Essig riechende Karottensalat wandert in ihren Mund.

»Sorry, ich habe den ganzen Tag nichts gegessen«, sagt sie kauend und wirft mir ein entschuldigendes Lächeln zu. »Ich hatte echt Hunger.«

Ich muss lachen. Tief und befreiend. In meiner Brust löst sich der letzte Druck auf und plötzlich verändert sich etwas zwischen uns. Sie ist nicht länger die Unbekannte, die mich vor einer Panikattacke bewahrt hat. Nein, ich spüre da einen Funken in meinem Bauch, ein Kribbeln. Ich will mehr über sie erfahren, viel mehr.

»Wie heißt du?«, frage ich und drehe mich ihr halb zu.

Sie hält im Kauen inne, die Gabel mit einem Stück Kuchen in der Hand. »Brook«, sagt sie mit vollem Mund, schluckt und lächelt entschuldigend. Der Funken in meinem Bauch explodiert. O ja, sie ist zauberhaft. Und vielleicht genau das, was ich nach so einer beschissenen Woche brauche.

»Nun, Brook aus London. Du studierst Medizin, obwohl das nicht dein Traum ist, und bist auf dem Weg nach Auckland, um Zerstreuung zu finden. Und du isst offensichtlich gern. Was gibt es noch über dich zu wissen?«

Sie neigt den Kopf und hebt fragend eine Augenbraue. »Sind wir für dieses Frage-Antwort-Spiel nicht zu alt?«

Mein Grinsen wird breiter. »Vermutlich. Aber es lenkt mich davon ab, dass ich in dieser Maschine festsitze.«

Sie zieht erneut die Unterlippe zwischen ihre Zähne, greift nach der Serviette und tupft sich den Mund ab. »Okay, das lasse ich gelten. Also, was willst du wissen?«

»Etwas, das sonst niemand weiß?«

Sie lacht und verdreht die Augen. Die Serviette wandert zurück auf das Tablett. »Ich hasse Sport.«

Meine Augenbrauen schießen nach oben. »Ernsthaft?«

»Ich habe nicht gesagt, dass ich keinen mache. Aber ich bleibe lieber auf der Couch und lese ein Buch, anstatt mich zu bewegen.«

Ein Schmunzeln huscht über mein Gesicht. Ich liebe es zu rennen. Meine Muskeln zu spüren, das Brennen, wenn ich bis an meine Grenzen gehe. »Den Eindruck machst du überhaupt nicht.«

»So? Was für einen Eindruck mache ich denn auf dich?« Sie beugt sich näher zu mir. Ich rieche den Duft nach Kaffee und Tomatensoße und ein süßes Parfüm, das sie aufgelegt hat. Unweigerlich rutscht mein Blick auf ihren Mund.

»Du wirkst wie jemand, der viele Freunde hat. Der nicht gern allein ist, weil die Gedanken in deinem Kopf dann zu laut werden. Der das Leben genießen will und nicht darauf wartet, was morgen passiert. Und du bist empathisch, immerhin hast du mir mit der Panikattacke geholfen.«

Ihr Mund öffnet sich, doch sie schließt ihn wieder, ohne etwas zu sagen. Mit einem Ruck fährt sie zurück. Instinktiv greife ich nach ihrer Hand und fahre mit dem Daumen über die Handfläche.

Ihre Hand zuckt, aber sie zieht sie nicht zurück. Stattdessen lehnt sie sich mir ein Stück entgegen. Ihre Augen mustern mich so intensiv, dass ich ihren Blick auf meiner Haut spüren kann.

»Du hast ein Vertrauensproblem«, sagt sie bestimmt. »Und du bist jemand, der Regeln braucht. Du hasst es, wenn etwas nicht nach Plan läuft oder einer deiner Pläne nicht funktioniert. Und du bist genauso wenig sicher, was du vom Leben willst wie ich.«

Ihr Blick verbrennt mich. Mein Herz krampft zusammen, weil ich weiß, dass sie recht hat. Mit jedem Wort. Mit der freien Hand fahre ich ihr über die Wange. Sie neigt sich der Berührung entgegen, nur ein wenig, aber genug, dass ich es spüre.

»Vielleicht bin ich auch jemand, der gerne Regeln bricht. Und eventuell tue ich gerade genau das.«

Sie rümpft die Nase, kleine Falten bilden sich zwischen ihren Augen. »Du meinst, dass du nicht mit Fremden im Flugzeug flirten solltest?«

Ich zucke mit den Schultern. »Das auch.«

Die Stewardessen unterbrechen unser Gespräch, um die Tabletts abzuräumen. Brooks Lächeln verfolgt mich, lässt mich nicht mehr los und ich merke, wie ich vergesse, dass wir im Flugzeug sitzen. Die Panik rückt immer weiter in den Hintergrund, bis sie nicht nur ein dunkler Schatten ist.

Kurze Zeit später kündigt eine Flugbegleiterin die Nachtruhe an, das Licht wird gedimmt. Doch weder Brook noch ich schalten die Lampen über unseren Sitzen an. Stattdessen spiele ich mit ihren Fingern, lasse meine Hand ihren Arm hinaufgleiten und stelle zufrieden fest, dass sie eine Gänsehaut bekommt.

Fluchend beiße ich die Zähne zusammen. Wir sitzen in einem Flugzeug, verdammt. Mit der freien Hand streiche ich über meine Hose, ignoriere den Druck, der sich zwischen meinen Beinen aufgebaut hat.

Ich sollte das lassen. Dringend. Denk an das Spiel, Mann. Denk an deine Verpflichtungen, daran, was Scott und die Jungs von dir erwarten. Das hier ist aus vielen Gründen eine Scheißidee.

Doch als ich den Kopf wende und Brook ansehe, fällt mir keiner mehr ein. Da ist nur noch das drängende Verlangen, dass ich sie haben will. Und zwar jetzt.

3. BROOK

Ich fühle seine Finger zwischen meinen. Fühle meinen Herzschlag, der viel zu schnell geht, und die glühende Hitze auf meiner Haut.

Der Fremde hat den Kopf geneigt und als er jetzt aufsieht, steht eine offene Frage in seinen dunklen Augen.

Ich fahre zurück. Schlucke. Noch einmal.

Er ist ein Fremder. Ich kenne nicht mal seinen Namen.

Sein Grinsen wird breiter, weiße Zähne blitzen auf.

Nein, Brook, das kannst du nicht tun. Du kannst nicht Sex mit einem Unbekannten im Flugzeug haben. Oder?

Abwartend hebt er eine Augenbraue.

Ich kann das nicht. Er ist ein Fremder. Ein verflucht heißer Fremder, der mir gerade ein unverbindliches Angebot macht.

In mir brennt ein Feuer. So hell und klar, dass ich es nicht ignorieren kann.

Ach, scheiß drauf! Vernünftigsein kann ich nach der Landung immer noch.

Ich hole Luft und nicke.

Er zwinkert mir zu, steht auf und verschwindet im dunklen Gang.

Oh. Mein. Gott.

Mein Magen macht einen Salto, Adrenalin rauscht durch

meine Adern. Von der Müdigkeit ist nichts geblieben, ich fühle mich, als wäre ich so voller Aufputschmittel, dass ich kaum klar denken kann.

Da ist nur eins: Ich will ihn.

Ich kann nicht einmal sagen, warum. Vielleicht weil er mit jedem Wort über mich richtig lag. Er kennt mich nicht, vor zwei Stunden hatte ich ihn noch nie gesehen. Und trotzdem ... Da ist etwas zwischen uns, das mich neugierig macht.

Kurz sehe ich zu meiner Sitznachbarin, doch die Business-Lady hat eine Schlafmaske aufgezogen und rührt sich nicht. Beneidenswert. Mit wackeligen Beinen stehe ich auf, laufe mit einem unbekümmerten Lächeln den Gang entlang bis zu den Toiletten.

Mein Magen hängt mir in den Kniekehlen und die Aufregung ist mittlerweile so groß, dass ich laut gegen die Toilettentür klopfe. Zu spät fällt mir auf, dass es auch die falsche sein könnte.

Mit einem Ruck wird der Hebel zur Seite geschoben, die Tür öffnet sich. Der Fremde grinst mich an, sieht rasch an mir vorbei und zieht mich zu sich in die Kabine.

Ich pralle gegen ihn, sofort legt er einen Arm um mich. Das laute Klacken ertönt erneut, als er die Tür schließt. Wir sind allein. Zu zweit auf einer Flugzeugtoilette, um Sex zu haben.

Scheiße, Brook, wo hast du dich da hineinmanövriert?

»Hey«, sagt er mit rauer Stimme. »Wir müssen das nicht tun, wenn du nicht willst.« Mein Kopf ruckt nach oben. Unter meinen Fingern fühle ich seinen Herzschlag. Er geht ruhig, als wäre das hier keine große Sache.

Ich muss lächeln. »Doch, ich will das hier.« Ohne darauf zu warten, dass er reagiert, stelle ich mich auf die Zehenspitzen und presse meine Lippen auf seine.

Sofort packt er fester zu, ich öffne den Mund und stoße mit der Zunge gegen seine Lippen. Der Fremde lacht auf, was sich in ein Stöhnen verwandelt, als ich die Fingernägel in seinen

Rücken kralle. Meine Zunge trifft auf seine und erneut fährt ein Stromschlag durch mich hindurch.

Hitze flimmert über meine Haut und meine Zweifel lösen sich auf. Ich schnappe erschrocken nach Luft, als er eine Hand unter meinen Pullover schiebt. Schwielige Finger kratzen über meine Haut, ziehen eine Spur bis zu meinen Brüsten. Er umschließt meinen BH und drückt zu, während er mir sanft in den Hals beißt. Ich winde mich unter seinen Berührungen und presse mich fester an ihn. Sein harter Schwanz drückt in meinen Bauch.

Nach Atem ringend lehne ich mich zurück. Seine dunklen Augen sind verhangen, ich atme seine Luft.

»Wie heißt du?«, wispere ich. Mit den Händen fahre ich seinen Rücken hinunter bis zum Saum seines Shirts. Ich spüre seine harten Muskeln, die sich unter meiner Berührung anspannen. Dieser Kerl muss verflucht viel Sport machen, um so eine Figur zu haben.

Sein Grinsen misslingt. Stattdessen beugt er sich vor und gibt mir einen fast keuschen Kuss auf den Mund. »Ryker«, sagt er mit kratziger Stimme.

Er scheint das hier genauso wenig unter Kontrolle zu haben wie ich. Meine Unsicherheit verschwindet. Ich lege eine Hand an sein Kinn, halte ihn fest, während ich ihn küsse. Tief und sinnlich und mit einer Leidenschaft, die ich mir selbst nicht zugetraut hätte.

Ryker greift zwischen meine Beine, sein Finger drückt auf den harten Stoff der Jeans. Ich keuche in seinen Mund, meine Hüfte zuckt nach vorne. Erneut drückt er zu, reibt immer wieder über meine glühende Mitte.

Ich werfe den Kopf zurück und lasse ihn los. Nestle an dem Verschluss seines Gürtels und öffne seine Hose. Einen Atemzug später liegen meine Finger um seinen harten Schwanz.

Ryker stöhnt auf. Langsam bewege ich meine Hand vor und zurück. Er senkt seinen Kopf und legt seine Stirn an meine.

Sein Atem streift über mein Gesicht. Meine Bewegungen werden schneller, sein Keuchen ist meins.

»Scheiße, Brook, das ist zu viel. Das ist ...« Mit einem Ruck dreht er mich herum. Ich sehe mein Spiegelbild, Ryker direkt hinter mir. Er hat die Augenbrauen zusammengekniffen und fixiert mich. Leidenschaft brennt in seinem Blick, Ungeduld. Ich habe das Gefühl zu verglühen. Schnell öffne ich meine Hose und ziehe sie herunter.

Ryker fährt mit der Hand über meinen Rücken, drückt mich ein wenig nach unten, sodass ich ihm entgegenkomme. Nur einen Herzschlag später spüre ich seine Härte an meinem Po. Feuchtigkeit rinnt meine Beine hinab, ein Zittern jagt durch mich hindurch.

Vielleicht war es eine Scheißidee – aber verflucht. Ich brauche ihn. Jetzt!

Nur am Rande höre ich das Reißen von Plastik, dann spüre ich ihn hinter mir. Seine Hände an meinen Hüften, seinen harten Schwanz an meiner Klit. Mit einem einzigen Stoß dringt er tief in mich ein, sodass ich nach vorne geschoben werde. Er stöhnt auf, meine Hand klatscht gegen den Spiegel. Wir sehen uns an. Dunkle, verhangene Begierde steht in seinen Augen.

Ein Ziehen schießt durch meinen Bauch. Ich drücke meinen Rücken durch, presse mich an ihn und er versteht. Ryker zieht sich zurück, um wieder vorzustoßen. Schneller, immer schneller, bis unser Keuchen zu laut wird.

Jemand klopft gegen die Tür.

Ryker flucht gepresst, packt mich noch fester. Ich recke mich ihm entgegen, atme unkontrolliert, während er immer wieder einen empfindlichen Punkt tief in mir drin berührt.

Erneut klopft es.

Ryker fickt mich, hart und schnell. Ich schließe die Augen, blende alles um mich herum aus. Fühle nur noch. Die kalte Spiegelscheibe unter meinen Handflächen, seine Hände an meinem Po, sein Schwanz, wie er in mich stößt und sich zurückzieht. Grelle Blitze zucken vor meinen Augen, meine Mitte zieht sich zusammen. Ich halte die Luft an. Meine Finger verkrampfen und die Lust explodiert mit der Wucht eines Orkans. Hitze rast über meine Haut, ich bebe, breche zusammen und werde gehalten.

Für einen Augenblick habe ich das Gefühl zu zerspringen, nicht mehr hier zu sein, nicht mehr zu existieren. Ja, ich hatte schon Sex. Aber das hier ist etwas anderes. Das Gefühl ist so viel intensiver, so viel prägender, dass ich es bis in die letzten Fasern meiner Nerven spüre.

Keuchend ringe ich um Atem, meine Mitte zuckt unkontrolliert. Rykers Hand klatscht gegen den Spiegel, die andere liegt um meine Taille. Er hält inne, zittert, ächzt gepresst auf und kommt in mir. Ich spüre es, spüre ihn.

Mein, denke ich. Nur jetzt, für diesen kurzen Augenblick gehört er mir.

»Fuck, Brook.« Sein schneller Atem streicht über meinen Nacken. Sein Körper presst sich nach wie vor dicht an mich. Noch immer halte ich die Lider geschlossen, genieße die Wärme, die er mir schenkt.

Erneut klopft es gegen die Tür. »Wenn Sie nicht sofort öffnen, kommen wir rein!«

Ein Seufzen streichelt mein Schulterblatt. Ryker zieht sich aus mir zurück. Meine Beine zittern, als ich mich aufrichte und umdrehe, mein Rücken schmerzt und meine Mitte fühlt sich wund an. Umständlich ziehe ich meine Hose nach oben und zupfe den Pullover zurecht.

»Brook?«

Ich sehe auf. Ryker hat seine Jeans geschlossen, nur der verdächtige Glanz seiner Augen verrät, was geschehen ist.

»Ist alles okay?«

»Klar.«

Nichts ist okay. Das eben ... hat irgendetwas verändert. Ich kann nicht genau sagen was, aber dieses Gefühl der Verbundenheit hatte ich noch nie. Was verrückt ist, immerhin kenne ich Ryker nicht.

»Hey.« Er kommt mir näher. Etwas kratzt gegen die Tür, offenbar sind sie dabei, sie zu öffnen. »Es war schön.«

Rykers Nasenspitze fährt über meine Wange, gleich darauf liegen seine Lippen auf meinen. Der Kuss ist kurz, aber so sanft, dass mir die Tränen in die Augen schießen. Mein Herz bekommt Risse, Glück strömt daraus hervor, nur um mich gleich darauf zu verlassen.

Ich sehe ihn an. Blicke in seine dunkelbraunen Augen, in denen Feuerfunken tanzen. Ich schlucke. Hart. Dann zwinge ich ein Lächeln auf meine Lippen.

»War es«, flüstere ich und grinse gezwungen. Es war so viel mehr als das.

Die Tür neben uns wird aufgerissen und eine wütende Stewardess stiert uns an. Sie hat die Augenbrauen zusammengezogen und ich schwöre, wenn es möglich wäre, würde ihr Dampf aus den Ohren schießen.

»Raus hier!«, sagt sie mit einem Tonfall, der keine Widerworte duldet.

Ryker zieht den rechten Mundwinkel hoch, seine Hand greift nach meiner. »Kein Thema. Wir waren gerade fertig.«

Die Stewardess schnaubt. Doch bevor sie weiter zetern kann, schlendert Ryker aus der Kabine und zieht mich mit sich. Meine Wangen prickeln und am liebsten würde ich mich irgendwo verkriechen. Doch die nächsten Stunden habe ich keine Möglichkeit dazu.

In unserer Reihe angekommen, lässt Ryker mir den Vortritt. Er grinst mich ein letztes Mal an, schwächer diesmal und mit einem Blick, der mir nicht gefällt. Die Leichtigkeit ist verschwunden, stattdessen erkenne ich dumpfe Verzweiflung darin.

»Ist deine Flugangst zurück?«, frage ich besorgt. Ich lege meine Hand auf die Lehne, wage nicht, ihn zu berühren. Da ist plötzlich eine Grenze zwischen unseren Sitzen.

»Nein, es ist alles okay. Ich bin nur müde.« Er lügt mich an. Das fühle ich.

Ryker holt seinen Rucksack hervor und zieht seine Kopfhörer über. Kurz darauf hämmert erneut der Techno-Sound bis zu mir. Er will nicht mehr reden, das habe ich begriffen. Auch wenn ich null verstehe, was los ist.

Ich greife nach meinem grauen Schal und kuschle mich hinein. Fühle den Nachhall der letzten Minuten in mir. Wohlig warme Ekstase, die einem flauen Gefühl gewichen ist, und dem sicheren Wissen, einen Fehler gemacht zu haben.

4. BROOK

Ein harter Ruck fährt durch meinen Körper. Erschrocken reiße ich die Augen auf und blinzle gegen das grelle Deckenlicht. Unter meinem Hintern vibriert es. Wir sind gelandet, das Flugzeug rollt über das Vorfeld aus grauem Beton. Ein paar weiße Kumuluswolken zeichnen sich am blauen Himmel von Singapur ab.

Unwillkürlich lehne ich mich weiter vor.

Aufregung blubbert durch meinen Bauch, und obwohl mir nach dem langen Flug die Beine und der Rücken wehtun und ich kaum geschlafen habe, fühle ich mich plötzlich hellwach.

Die Business-Lady räuspert sich vernehmlich. Sofort lehne ich mich in meinen Sitz zurück und werfe ihr ein entschuldigendes Lächeln zu.

Auf meiner anderen Seite atmet Ryker tief aus. Die letzten Stunden hat er mich ignoriert und stattdessen Techno-Musik gehört. Erst jetzt zieht er sein Handy aus der Tasche und schaltet sie ab. Ohne mich zu beachten, stopft er die Kopfhörer in seinen Rucksack und reibt sich über das Gesicht. Seine blonden Haare sind am Hinterkopf plattgedrückt, Strähnen fallen ihm in die Stirn. Er sieht müde aus. Dunkle Ringe liegen unter seinen braunen Augen. Ganz anders als vorhin, als sie von innen heraus gestrahlt haben.

Stopp. Sofort verbiete ich mir, weiter über ihn nachzudenken, erneut die Nähe zu fühlen, die in diesem einen Augenblick auf der Toilette entstanden ist. Wir haben uns unterhalten und hatten Sex. Mehr nicht. Zumindest habe ich mir das die letzten Stunden eingeredet. Und das ist in Ordnung.

Doch als er den Kopf zu mir dreht und zögerlich einen Mundwinkel hebt, nistet sich ein feines Flattern in meinem Herzen ein.

»Wir müssen umsteigen«, sage ich schnell und könnte mich gleichzeitig ohrfeigen. Sehr eloquent, Brook, wirklich.

»Offensichtlich.« Er grinst und Erleichterung huscht über sein Gesicht. »Was hast du in Auckland vor?«

Scheinbar entspannt zucke ich mit den Schultern. »Mein Bruder holt mich ab und am Montag beginnt die Uni.« Die Lüge gleitet mir glatt von der Zunge. Ich habe mich längst daran gewöhnt.

Er nickt. Mein Blick bleibt an seinen vollen Lippen hängen, die er vorhin zusammengepresst hatte. Als die Flugangst ihn im Griff hatte. Wenn ich jetzt daran denke, kann ich es mir kaum noch vorstellen. Ryker wirkt wie jemand, der sehr genau weiß, was er will. Flugangst passt nicht zu ihm, aber vielleicht ist es das, was mich neugierig werden ließ. Zu neugierig.

Das Flugzeug kommt zum Stehen, die Anschnallzeichen erlöschen. Sofort öffnet Ryker seinen Gurt und steht auf.

»Vielleicht sehen wir uns ja an der Uni«, sagt er und zieht einen Trolley aus dem Gepäckfach.

»Ich ...« Abrupt schließe ich den Mund. Schlucke die Worte hinunter, die mir auf der Zunge liegen. Nein, es ginge zu weit.

»Ja, vielleicht.« Mein Lächeln fühlt sich falsch an.

Ryker hält inne, den Trolley in der Hand. Seine Schneidezähne graben sich in seine Unterlippe, dann gibt er sich einen Ruck. »Ich wünsche dir alles Gute, Brook aus London. Auf das du in Auckland findest, was du suchst.«

Sein Lächeln ist umwerfend. Echt und ehrlich und mein Herz macht einen Satz.

»Danke«, presse ich hervor und reibe mir über die Brust.

Hinter ihm drängen die anderen Passagiere, Ryker wirft einen Blick über seine Schultern. Für einen kurzen Moment überlege ich, ihn nach seiner Telefonnummer zu fragen, aber da schiebt sich ein Mann im Anzug gegen ihn und er geht.

Aufgewühlt sehe ich ihm nach, meine Finger graben sich in den Wollschal. Der Wunsch, ihm nachzulaufen, wächst und gleichzeitig weiß ich, dass ich das nicht tun sollte.

Ich sitze in diesem Flieger, um mein Leben in den Griff zu bekommen. Und Männer machen es für gewöhnlich komplizierter.

»Ich würde auch gern aussteigen.« Die Missbilligung in der Stimme der Business-Lady ist nicht zu überhören. Die Dame mag uns ignoriert haben, aber ihre zusammengekniffenen Augenbrauen und der säuerlich gekräuselte Mund sprechen Bände.

»Glauben Sie mir, ich auch!«, entgegne ich und klinge eine Spur zu scharf. Ich beeile mich, meine Sachen zusammenzupacken und mich zwischen den anderen Passagieren die Galley entlang aus dem Flugzeug zu schieben.

Meine Stimmung kippt, wo eben noch ein Hochgefühl war, klafft plötzlich ein hässliches Loch.

Dafür ertappe ich mich dabei, wie ich Ausschau nach Ryker halte. Aber ich entdecke ihn nicht und als ich in mein Anschlussflugzeug steige, sitzt er nicht neben mir.

Es ist besser so, sage ich mir ein letztes Mal und zwinge das ungute Gefühl beiseite. Für die nächsten sechs Stunden klappt das erstaunlich gut und als ich Ryker beim Aussteigen auch nicht sehe, glaube ich sogar daran.

Beschwingt laufe ich mit meinem Gepäck in Richtung der Zollkontrolle. Gleich werde ich meinen Bruder wiedersehen – und fuck! Ich bin in Auckland. Morgen wird der erste Tag meines neuen Lebens und ich ...

»Miss, könnten Sie bitte mitkommen?«

Irritiert halte ich inne und starre den Zollbeamten an, der

mit einem skeptischen Gesichtsausdruck auf meine beiden Koffer deutet.

Das. Ist. Nicht. Sein. Ernst.

Hektisch grüble ich nach einer Ausrede, aber als ein weiterer Kollege dazu tritt, gebe ich auf.

Jap, das Schicksal und ich sind keine gute Kombination.

***

Eine Stunde später verlasse ich entnervt das Flughafengebäude. Die beiden Beamten haben mich meine Koffer bis auf den letzten Concealer ausräumen lassen, nur um mir dann mit einem zufriedenen Lächeln einen schönen Aufenthalt zu wünschen.

Den können sie sich sonst wohin schmieren. Meine Stimmung erreicht ihren Siedepunkt, was auch der ozeanblaue Himmel nicht ändern kann. Die Luft über dem Asphalt flimmert und die Hitze haut mich beinahe um, als ich durch die Glastüren vor die Flughafenhalle trete. Es ist später Vormittag und obwohl Ende Februar bereits Spätsommer in Neuseeland ist, ist es immer noch überraschend heiß.

Hinter meiner Stirn pocht es. Ich fühle mich, als wäre mein Körper durch den Fleischwolf gedreht worden.

Blinzelnd schiebe ich die Sonnenbrille auf meine Nase. Noch nie im Leben habe ich mich so sehr auf eine Dusche und ein weiches Bett gefreut.

Vor dem Flughafen herrscht reger Betrieb. Passagiere mit Koffern, die in das Gebäude hineinstürmen und mindestens ebenso viele, die an mir vorbei zu Bussen oder Taxen strömen. Nur mein Zwillingsbruder ist nicht in Sicht. Was mich überrascht, immerhin bin ich deutlich zu spät und Scott ist normalerweise überpünktlich.

Bin jetzt draußen und warte, texte ich rasch eine Nachricht an ihn, die er prompt mit einem Daumen hoch markiert. Immerhin.

Für das kommende Semester werde ich in der WG meines

Bruders wohnen. Einer seiner Mitbewohner studiert dieses Semester in den USA, sodass er ein Zimmer frei hat. Doppeltes Glück für mich, sodass ich nicht nur einen Platz zum Schlafen habe, sondern zusätzlich meinen Lieblingsmenschen in der Nähe.

Mein Handy vibriert.

Bin in fünf Minuten da. Der Verkehr ist die Hölle.

Ein schmales Lächeln huscht über meine Lippen. Und wieder fühlt es sich so an, als hätte Scott meine Gedanken gehört.

Mit dem Handrücken reibe ich mir über die Augen und setze mich auf meine Koffer. Mum meinte, ich hätte zu viel Gepäck dabei, aber wie soll man sein Leben bitte in einen Koffer quetschen?

Die nächsten Minuten beobachte ich weiter die Passagiere, studiere das Lächeln derer, die mit Kindern an ihren Händen in die Abflughalle schlendern. Den verkniffenen Gesichtsausdruck zweier Geschäftsmänner, die beinahe in mich hineinrennen, weil sie den Blick nicht vom Handy lösen können. Und etwas kommt in mir zur Ruhe. Vielleicht ist es die Erkenntnis, dass eine halbe Welt zwischen meinen Eltern und mir liegt, gut elftausend Meilen, die ich davongerannt bin.

Ein blauer Pick-up hält am Straßenrand, mitten im Halteverbot. Ich springe auf. Aufregung flirrt durch mich hindurch, ein Lachen, das ich nicht eingefangen bekomme. Scott reißt die Tür auf, winkt und strahlt. Seine hellbraunen Haare sind vom Wind zerzaust, seine gebräunte Haut sonnengeküsst. Und trotz des breiten Grinsens im Gesicht kann nichts darüber hinwegtäuschen, dass die letzte Nacht verflucht kurz war. Wir schenken uns beide heute echt nichts.

»Du bist da!« Er stürmt auf mich zu, packt mich und wirbelt mit mir herum.

»Wooow!«, entfährt es mir, weil mich seine schiere Kraft überrumpelt. Scott ist breiter geworden, muskulöser. Die zwei Jahre bei den Auckland Rebels haben Spuren hinterlassen.

»Wie geht es dir, wie war dein Flug?« Er bleibt stehen und

legt seine Pranken an meine Schultern. Scott ist über einen Kopf größer als ich, sogar größer als Ryker, wie ich gerade feststelle. Die Erkenntnis lässt mich trocken schlucken und ich schiebe sie schnell von mir.

»Lang?« Übertrieben genervt verziehe ich das Gesicht.

»Der Horror, oder?« Er wuschelt mir durch die Haare, die sich prompt aus dem Zopf lösen, und schnappt sich meine zwei Koffer. Entschlossen stapft er in Richtung seines Wagens. Mir klappt der Mund auf und verdattert sehe ich ihm hinterher. Auf seinen verdammt breiten Rücken, über dessen Schultern sich ein blaues Shirt spannt.

Okay, wer ist dieser Muskelprotz und wo ist mein Zwillingsbruder hin? Scott und ich haben regelmäßig telefoniert, nicht selten mit Video. Aber entweder war die Auflösung mies – schließe ich aus – oder er hat bewusst ein paar Dinge vor mir verheimlicht. Wie das Tattoo auf seinem linken Bizeps, das mir ins Auge sticht, als er den ersten Koffer auf die Ladefläche des Pick-ups wuchtet.

Zwei Autofahrer reden auf ihn ein, einer flucht laut und deutet auf die Autoschlange hinter sich. Doch Scott zuckt nur mit den Schultern und grinst.

Er hat das Leben noch nie zu ernst genommen und immer einen Weg gefunden, sich aus Problemen herauszuwinden. Das Einzige, wofür er alles stehen und liegen lässt, ist Rugby. Und ich – zumindest war das früher so.

Ich reiße meinen Blick von den schimpfenden Fahrern los, schnappe mir den Rucksack und hechte zu Scotts Pick-up. Mein Rucksack landet im Fußraum, ich auf dem Beifahrersitz. Das Leder ist durch die Sonnenstrahlen warm und ich bereue einmal mehr, mir keine Wechselkleidung in die Tasche gepackt zu haben. Für einen Strickpullover ist es deutlich zu heiß.

Kaum dass er hinter dem Lenkrad Platz genommen und den Motor gestartet hat, stellt Scott die Klimaanlage an. Kühle Luft pustet mir entgegen und trifft meine verschwitzte Haut.

Schnell drehe ich die Düsen beiseite, ich habe keine Lust, eine Erkältung zu bekommen.

»Bist du über Singapur geflogen?« Scott wirft einen Blick über die rechte Schulter und gibt Gas. Hinter uns hupt jemand wütend.

»Ja.« Erneut verdränge ich die Gedanken an den Flug. An die Nacht, an Ryker. Vor allem an ihn.

»Der Flug scheint dir zugesetzt zu haben.« Scott wirft mir einen nachdenklichen Blick zu. Sorge spiegelt sich in seinen wasserblauen Augen, die meinen so ähnlich sind.

Müde reibe ich mir über das Gesicht. »Sorry, ich bin einfach k. o.«

»Dann fahren wir erst mal nach Hause. Ich wollte mit dir eigentlich ins Viaduct Harbour und dich nachher den Jungs vorstellen, aber das rennt nicht weg.«

»Den Jungs?« Eine dumpfe Vorahnung packt mich.

»Na dem Team. Was glaubst du denn? Wir treffen uns immer samstags im Danny's. Dann lernst du gleich ein paar Leute kennen.«

O Gott. Socializing. Und das am ersten Abend.

»Auf der anderen Seite ...« Scott schürzt die Lippen. Sein Blick wandert über mich hinweg. Misstrauisch. Nachdenklich. »Vielleicht ist es besser, wenn die Jungs dich nicht treffen. So wie die gerade drauf sind ...«

Ich schnaube missbilligend. »Lass mal. Ich will heute nur noch duschen und dann ins Bett.«

Entschieden schüttelt Scott den Kopf. »Auf gar keinen Fall. Du solltest mindestens bis heute Abend wachbleiben, sonst kommst du nie in unsere Zeit rein.«

Bei der Erwähnung des Zeitunterschieds ploppt ein anderer Gedanke in meinem Kopf auf. »Mist!« Ich ziehe das Handy aus der Hosentasche und schicke schnell eine Nachricht an Mum. Bei all dem Trubel habe ich völlig vergessen, ihr Bescheid zu geben, dass ich sicher gelandet bin. Nur wenige Atemzüge später sendet sie mir ein Herz zurück.

Scott plappert munter drauf los. Er erzählt mir von seiner Ernennung zum Captain, dem Team, von dem Freundschaftsspiel gegen die Tigers. Kommendes Wochenende werden sie gegen die Eagles der Massey University spielen und er betont es so vehement, dass ich ihm versichere, auf alle Fälle zu kommen. Es wird das erste Spiel im diesjährigen University Rugby Championship und die Rebels haben einen Titel zu verteidigen.

Müdigkeit zieht an meinen Gliedern, während wir über den Motorway fahren. In meinem Rucksack ruht ein Reiseführer über Auckland, ein Geschenk meiner Mum, den ich allerdings ignoriert habe. Ich werde hier leben, da brauche ich nicht über die Stadt zu lesen.

Scott lenkt den Wagen auf die rechte Spur. Eine Betonbrücke führt über das Wasser, ein Teil des Hafens liegt weiter hinten. Kräne recken sich in den Himmel, ein Tankfrachter liegt im Becken. Kleine Fischerboote wippen in den Wellen, Möwen fliegen über ihnen, in der Hoffnung, sich etwas von ihrem Fang zu stibitzen. Aus einem Impuls heraus öffne ich das Fenster ein Stück und atme tief ein. Die Luft riecht salzig, nach Meer, nach Freiheit.

Sofort ist das Kribbeln wieder da, das alle anderen Gefühle verdrängt. Ein Lächeln zupft an meinen Mundwinkeln und diesmal fühle ich es. Es war die richtige Entscheidung, nach Auckland zu kommen. Weg von dem Drängen meiner Eltern, weg von all dem Druck, mit dem ich nicht mehr klargekommen bin. Meine Endorphine bekommen einen Schubs und als wir durch das anschließende Stadtviertel fahren, grinse ich breit.

Auckland ist nicht mit London zu vergleichen. Jeder Quadratzentimeter ist dort verbaut, Häuser reihen sich an Straßen entlang, im Business District sieht man kaum den Himmel. Hier sind die Grundstücke so groß, dass es fast an Platzverschwendung grenzt. Die Häuser sind breiter und flacher und auf den Grünflächen wachsen Palmen. Ich komme mir vor wie in einer fremden Welt.

»Magst du die Uni sehen?«

Scotts Frage reißt mich aus meinen Gedanken.

»Äh, nein.« Ich schüttle schnell den Kopf. Meine Finger krallen sich in den Stoff meiner Jeans. »Ich hab morgen genug Zeit, mir alles anzusehen.« Das neue Semester startet am Montag, zumindest das habe ich über die Website herausgefunden. Mein Kursplan ist fiktiv, aber irgendwie musste ich meinen Eltern glaubhaft vermitteln, dass ich ein Auslandssemester mache.

»Ja, das stimmt. Die Emerald ist wirklich okay, die meisten Profs sind nett.« Erneut zwinkert Scott mir zu. Er studiert Informatik im dritten Jahr, nächsten Sommer wird er seinen Bachelor machen. Wie ich Scott einschätze, sieht er seine Karriere allerdings auf dem Spielfeld als hinter einem Computer. Unser Vater hat jedoch darauf bestanden, dass er studiert. Nur für den Fall, dass es mit dem Rugby nicht klappt.

»Das klingt, als würdest du tatsächlich hingehen«, sage ich und rümpfe spöttisch die Nase.

»Hey, ich war schon immer der Streber von uns beiden.« Er boxt mich gegen meinen Oberschenkel.

»Stimmt. Nur aus diesem Grund haben mich Mum und Dad überhaupt gehen lassen.«

»Weil sie mir so viel mehr vertrauen als dir.« Sein Grinsen ist so breit, dass seine Zähne aufblitzen. Erneut muss ich feststellen, dass sich mein Bruder verändert hat. Er war schon immer von sich überzeugt, aber er hatte bisher nie dieses Großer-Bruder-Gehabe. Genau genommen bin ich zwanzig Minuten älter, auch wenn er das gern verschweigt.

Scott wohnt in Grafton, einem Viertel in der Nähe der Uni. Er parkt den Pick-up vor einem zweistöckigen Haus, dessen Fassade komplett mit weißem Holz verkleidet ist. Es hat ein helles flaches Dach, selbst die Fenster mit ihren Verstrebungen sind weiß. Es wirkt viel zu groß für die Vierer-WG, in der Scott wohnt.

»Wow!«, entfährt es mir, während ich aus dem Wagen steige. Sofort schwappt feucht-warme Luft über mich hinweg, die mir die Schweißperlen auf die Stirn treibt.

»Willkommen in Auckland, kleine Schwester.«

Ich hebe den Arm und zeige ihm den Mittelfinger. Er nennt mich nur klein, um mich zu provozieren, immerhin bin ich gut ein Meter sechzig. Und dank Mums Pilateskursen, in die sie mich im letzten halben Jahr mitgeschleppt hat, bin ich mittlerweile auch recht schlank. Eine Sache, die sich in den kommenden Monaten wieder ändern wird, denn keine zehn Pferde bekommen mich dazu, weiter Sport zu machen. Ich schwitze so schon genug.

Scott holt meine Koffer aus dem Wagen, ich den Rucksack aus dem Fußraum. Hohe Bäume mit gelben Blüten stehen rechts und links vorm Eingang, was dem Haus einen idyllischen Touch verleiht.

»Das Haus gehört Hunters Eltern. Sie haben mehrere in der Stadt und er hatte keinen Bock, allein zu wohnen. Glück für uns und auch für dich«, erklärt mein Bruder und geht die eine Stufe zur Haustür hoch.

»Und für Hunter war es okay, dass ich in seinem Zimmer wohne?« Als ob ich das nicht schon hundertmal gefragt hätte.

»Klar. Hunter ist da entspannt. Solange du dich gut um seine Fische kümmerst, stört ihn das nicht. Im Gegenteil, vielleicht tut unserer Männer-WG eine Frau ganz gut.«

Mir liegt eine Frage auf der Zunge, doch ich schlucke sie herunter.

Scott öffnet die Haustür, die in einen hellen Flur führt. »Hey, wir sind da!«, brüllt er so laut, dass ich zusammenzucke.

Richtig, es gibt noch die beiden anderen Mitbewohner. Scott hat bisher nicht viel über sie erzählt und ich kann mir Namen schlecht merken. Ein Fluchen erklingt aus dem Obergeschoss, dann rumpeln Schritte eine Treppe hinunter.

»Hey«, sagt jemand mit einer dunklen, rauen Stimme, bei der sich mir die Nackenhaare aufstellen. »Schön, dass ihr da …«

Scotts Mitbewohner hat ein breites Grinsen im Gesicht, das ebenso verfliegt, wie der Rest seines Satzes.

»Mann, was machst du schon hier? Du wolltest doch erst morgen kommen.« Scott stürzt auf seinen Kumpel zu und schließt ihn in die Arme.

Der starrt mich an, ohne darauf zu reagieren.

»Hätte ich das gewusst, hätte ich dich auch mitgenommen«, fährt mein Bruder ungerührt fort und tritt einen Schritt zurück. »Aber das ist cool, dann lernt ihr euch gleich kennen. Darf ich dir meine Schwester vorstellen? Das ist Brook.«

Mein Herz hämmert in der Brust. Fest und schnell. Und schmerzhaft. Das ist ein Scherz. Das muss ein Scherz sein. Denn der Kerl, der mit zusammengepressten Lippen auf mich zukommt und mir ernsthaft die Hand hinhält, ist niemand anderes als mein One-Night-Stand aus dem Flugzeug.

5. RYKER

Fuck, denke ich und muss mich arg zusammenreißen, damit mir meine Miene nicht entgleitet. Denn schräg hinter meinem besten Kumpel starrt mich mit weit aufgerissenen Augen Brook an. Niemand anderes als die Brook, die ich in der Flugzeugtoilette gevögelt habe.

Gottverdammte Scheiße! Ich wusste, dass es ein Fehler war. Normalerweise bin ich niemand, der seinen Schwanz nicht in der Hose lassen kann. Doch sie war süß und nett und irgendwie hatte ich Lust.

Okay, sie *ist* süß. Selbst jetzt, als Panik durch ihr Gesicht huscht und ihr Blick von meinen Augen zu der Hand wandert, die ich ihr entgegenstrecke.

»Hey«, presse ich hervor und zwinge einen Mundwinkel nach oben. Meine Stimme klingt rau, was ich auf die verdammte Nacht im Flugzeug schiebe. »Ich bin Ryker.«

Sie reagiert nicht. Scott lacht auf und haut mir auf die Schulter. »Das hast du schon gesagt, Bro. Ihr steht echt völlig neben euch. Hey, vielleicht habt ihr euch in der Maschine gesehen? Immerhin kommt ihr beide aus London.«

Endlich kommt Leben in Brook. Sie blinzelt und schüttelt hektisch den Kopf. »Nein, daran würde ich mich erinnern.«

Endlich ergreift sie meine Hand. Ihre Berührung zuckt wie

ein heißer Stromschlag durch mich hindurch und erinnert mich daran, dass ich sie schon einmal berührt habe. Und zwar deutlich intensiver. Und dass ich es genossen habe, viel zu sehr, weil ihre Nähe etwas mit mir gemacht hat.

Es war einfach, mit Brook zu reden, neben ihr zu sitzen und zu lachen. Da war eine Leichtigkeit in mir, die ich schon lange nicht mehr gespürt habe. Deshalb habe ich sie geküsst und deshalb habe ich mit ihr geschlafen.

»Hey, Mann, schön, dass du wieder da bist!« Tama stürmt aus dem Wohnzimmer und springt ohne Vorwarnung auf meinen Rücken. Ächzend stolpere ich nach vorn. Beinahe in Brook hinein, die einen hektischen Schritt zur Seite macht.

»Scheiße, ich hab dich echt vermisst«, ruft Tama, während ich all meine Kraft aufwenden muss, um nicht unter ihm zusammenzubrechen. Immerhin ist unser Locker beinahe zwei Meter groß und verdammt breit gebaut. Was ihn jedoch nicht davon abhält, mich regelmäßig unter sich zu begraben.

»Alter, lass mich los«, stoße ich hervor. Mit einem Ruck befreie ich mich aus seiner Umklammerung.

Tama grinst von einem Ohr zum anderen. Seine schwarzen Haare sind noch kürzer rasiert als vor einer Woche, in seinen dunkelbraunen Augen blitzt der Schalk. Unter dem Ärmel seines weißen Shirts lugt ein neues Koru-Tattoo hervor und ich weiß, dass er noch weitere Māori-Tätowierungen am Körper trägt. Allerdings gilt seine Aufmerksamkeit nicht länger mir, sondern der Schwester unseres Captains.

»Hey«, sagt er und geht auf Brook zu. »Ich bin Tama.« Aus seinem Grinsen wird ein Lächeln. Ein charmantes Lächeln, das er immer dann aufsetzt, wenn er etwas sieht, was ihm gefällt.

Ein merkwürdiger Stich schießt durch meinen Oberkörper und ich brauche einen Moment, um zu erkennen, dass ich Eifersucht empfinde. Was absolut lächerlich ist, dafür gibt es keinen Grund. Zumindest keinen, den ich akzeptiere.

»Oookay. Die Begrüßung ist hiermit beendet.« Scott schiebt sich zwischen Brook und Tama und posiert absurd Großer-

Bruder-like. Die Kleine muss nicht beschützt werden. Trotzdem stiert Scott Tama mit diesem dominanten Blick an, den er normalerweise nur auf dem Spielfeld draufhat.

»Ihr habt meine Schwester beide kennengelernt. Lasst Brook ein bisschen Freiraum, sie muss erst mal ankommen.«

»Und sie kann durchaus für sich selbst sprechen«, ertönt es hinter seiner breiten Schulter, was mich grinsen lässt.

Schnaubend drückt sie sich an ihrem Bruder vorbei und schultert ihren Rucksack. »Schön, euch kennenzulernen. Nehmt es mir nicht krumm, mein Flug war lang und ich bin ziemlich fertig. Ich will nur noch auf mein Zimmer.«

»Klar.« Tama nickt verständnisvoll. Ich unterdrücke prompt ein Augenrollen. »Solltest du nachher Bock auf Party haben, wir sind im Danny's. Wie jeden Samstagabend. Das Bier ist günstig und du findest dort jede Menge heiße Rugbyspieler.« Er wackelt vielsagend mit den Augenbrauen, was ihm einen Boxhieb unseres Caps einbringt.

Ihr Blick huscht zu Scott, dann zu mir. In meiner Brust rumort es. Ihre wasserblauen Augen werden dunkler. »Ich überleg's mir. Wo ist mein Zimmer?«

Ihr Bruder deutet auf Hunters Tür unterhalb der Treppe. Unsere drei Schlafzimmer sind oben, was in Anbetracht der Umstände nicht weit genug weg ist.

Brook nickt, dreht sich halb um und hält inne. Zögert. Ein kurzer Blick über die Schulter trifft mich. Nur eine Millisekunde, die meinen Magen einen Salto schlagen lässt. Rückwärts. Unsere Blicke verhaken sich, ich fühle die Frage, die Verwirrtheit. Das verfluchte Geheimnis, das zwischen uns wabert und das sich anfühlt, wie der rosa Elefant im Raum. Das jeder sehen muss und doch niemandem auffällt.

Ich reiße meinen Kopf zur Seite. Schaue an die gelb gestrichene Wand, an der Bilder von Hunters Familie hängen. Schritte erklingen, Scott sagt irgendetwas. In meinen Ohren rauscht es.

Scheiße. Brook wird die kommenden Monate im selben

Haus wohnen wie ich. Unter demselben Dach, nur wenige Meter entfernt. Wir werden uns die Küche teilen, das Wohnzimmer – scheiße, sogar den besten Freund. Nur dass Scott mein Captain ist und Brooks verfluchter Zwillingsbruder.

Ich bin am Arsch. Scott wird durchdrehen, wenn er herausbekommt, dass wir Sex hatten. Er hat nie einen Hehl daraus gemacht, wie wichtig ihm seine Schwester ist. Nur aus diesem Grund hat er Hunter bekniet, dass sie in seinem Zimmer wohnen kann. Und dann vögelt sie ausgerechnet sein Eightman im Flugzeug.

Fuck!

»Hey, Mann, geht's dir gut?«

Ertappt zucke ich zusammen. Ich starre weiterhin ins Wohnzimmer. Meine Arme sind angespannt, meine Hände zu Fäusten geballt. Langsam hole ich Luft. Ich muss mich zusammenreißen, wenn das hier funktionieren soll. Und das muss es, wenn ich meinen Posten im Team behalten will. Oder die Freundschaft mit Scott.

»Ja. Ich hab nur ...« Ich breche ab. Ja, was habe ich nur?

»Sie ist verflucht hübsch, oder? Und sie hat Feuer. Als hätte man Scott in ein Mädchen verwandelt.«

Diese wasserblauen Augen. Die mir im Flugzeug schon bekannt vorkamen, und die ich doch nicht erkannt habe. Verdammt.

»Das ist sie«, würge ich hervor und könnte mich ohrfeigen. Wäre Tama nicht so abgelenkt, würde er sofort merken, dass etwas nicht stimmt.

Noch einmal hole ich Luft, presse die Lippen aufeinander. Zusammenreißen und funktionieren. Und den verdammten One-Night-Stand vergessen. So schwierig kann das nicht sein.

»Wie war es in London?«, fragt Tama und geht an mir vorbei durch die rechte Tür in Richtung Küche.

Seine Frage reißt mich zurück in die Realität. Sofort verfliegt die Anspannung und macht der dumpfen Leere Platz, die seit dem Anruf vor drei Wochen in mir herrscht. Seit Mum mich darüber informiert hat, dass mein Dad im Sterben liegt und ich nach London kommen muss.

»Es war ein Albtraum. Ich bin froh, dass es vorbei ist.« Ich mag Tama, aber wir stehen uns nicht so nahe, dass ich ihm erzähle, wie es mir wirklich geht. Das wird eins dieser Gespräche, die ich später mit Scott führen werde.

»Deine Mum war sicher froh, dass du bei ihr warst.« Tama öffnet den Kühlschrank und holt eine Wasserflasche heraus. »Willst du auch eine?« Als ich nicke, wirft er mir seine zu und schnappt sich eine neue.

»Ja, bestimmt. Wir haben viel geredet und ich musste ihr versprechen, sie im Winter zu besuchen.« Mum kommt ursprünglich aus Christchurch, dort bin ich aufgewachsen. Erst vor vier Jahren sind meine Eltern nach London gezogen, ich hätte mit ihnen mitkommen sollen, aber das wollte ich nicht. Mein Herz gehört hierher, nicht nur wegen des Rugbys. Außerdem war das Studium der einfachste Weg, Abstand zu bekommen, auch wenn mich die Schuld seitdem aufgefressen hat.

In meinen Gedanken höre ich das Lachen meines Dads. Es klingt hämisch, überlegen. Gleich darauf folgt ein Schlag. Ein Schmerz, den ich nicht spüre, der nicht mir gilt. Und der trotzdem immer da ist.

Schnell schüttle ich den Kopf. Es sind Erinnerungen, mehr nicht.

»Du fliegst im Winter wieder nach London?« Scott kommt in die Küche.

Ich ziehe eine Grimasse, öffne die Wasserflasche und trinke einen Schluck. Die Kälte jagt einen Schauer über meinen Rücken. Nicht nur wegen des Getränks. »Das solltest du vielleicht auch. Immerhin wohnt deine Familie dort.«

Scott schnaubt. »Und die Play-offs verpassen? Auf keinen Fall.«

»Wie lief das Spiel gegen die Tigers?«, frage ich und lenke

das Thema in eine andere Richtung. Ich will nicht über England reden.

»Wir haben sie platt gemacht.« Tama grinst breit. Mir fällt der blaue Fleck an seinem Kinn auf, der mit Sicherheit vom Spiel herrührt. Blessuren sind im Rugby nicht ungewöhnlich.

»Wir hatten verfluchtes Glück«, sagt Scott und setzt sich auf den Küchentisch. »Das Team hat seit dem Sommer einen neuen Trainer. Die Tigers waren verflucht stark, hätte Ben nicht so einen Run hingelegt, hätten wir haushoch verloren.«

»Ach was, Cap. Wir waren super. Und das Spiel gegen Massey gewinnen wir auf alle Fälle.« Tama reckt den Arm und ballt eine Faust.

Scott verdreht demonstrativ die Augen. »Geh joggen oder such dir ein Mädchen, damit du ein bisschen runterkommst.«

Ich grinse. Genau deshalb liebe ich die Jungs. Die Schwere der letzten Tage fällt von mir ab und endlich fühle ich mich wieder zu Hause.

»Hättest du was dagegen, wenn ich Brook ...«

»Wage es nicht.« Scott springt auf, die Hände um die Tischplatte gekrallt. »Meine Schwester ist tabu. Ich habe keinen Bock, dass ihr Idioten mit ihr rummacht und wir am Ende ein Liebesdrama im Team haben. Finger weg von ihr.«

Seine Worte sind ein Schlag in den Magen. Kälte breitet sich in meinem Bauch aus, die Finger um die Wasserflasche verkrampfen. Es war nur ein One-Night-Stand, Scott darf nie davon erfahren. Brook wird das genauso sehen, das muss sie.

Abwehrend hebt Tama die Hände. »Komm runter, Mann. Du musst mich deswegen nicht so anmachen.«

»Sorry.« Scott reibt sich übers Gesicht. »Es ist nur ... Ich fühle, dass Brook etwas belastet. Sie war so verzweifelt die letzten Wochen. Ich habe keine Ahnung, was in London passiert ist, aber irgendetwas stimmt nicht.«

»Ich hab's verstanden«, ergänzt Tama und wirft die Plastikflasche in den Mülleimer, der am anderen Ende des Zimmers steht. Er trifft, natürlich.

»Ryker?«

»Was?« Ertappt blinzle ich.

»Finger weg von Brook.«

Ein missbilligendes Schnauben antwortet ihm, das so gelogen ist, wie jedes Wort, das ich sagen könnte.

Meine letzte Beziehung ist über ein Jahr her und ja, ich mache ab und zu mit einem Mädchen rum, aber im Vergleich zu Tama bin ich ein Engel.

»Gut, das haben wir geklärt. Kommst du heute Abend mit ins Danny's?«

»Klar.« Als ob ich die Runde mit den Jungs verpassen würde. Party und Bier ist genau das, was ich brauche, um den Kopf freizubekommen.

6. BROOK

Mein Handy zeigt 4:36 Uhr. Und ich bin hellwach. Dieser verdammte Jetlag.

Nach einer ausgiebigen Dusche gestern bin ich ein bisschen spazieren gegangen. Der Pukekawa-Park liegt in der Nähe, um die Uni habe ich bewusst einen Bogen gemacht.

Auckland gefällt mir, die Ruhe und Leichtigkeit, die der Stadt innewohnen. Von allein haben mich meine Schritte zum Waitematā Harbour geführt und ich habe eine Stunde am Pier gesessen und die Sonne genossen. Allerdings wurde es mit jeder Stunde schwieriger, wach zu bleiben und trotz der Kopfschmerztabletten hatte ich das Gefühl, dass mein Schädel platzt. Doch ich wollte nicht zurück ins Haus. Nicht zurück zu Ryker und dem Fehler, der mich die nächsten vier Monate verfolgen wird.

Es war ein Schock, ihn wiederzusehen. Als hätte mir jemand innerhalb von Sekunden den Magen verknotet und die Haut gleichzeitig abgezogen. Der One-Night-Stand im Flugzeug fühlte sich irreal an, wie ein Traum, der sich aufgelöst hat, als ich in Auckland angekommen bin. Stattdessen ist Ryker nicht nur mein Mitbewohner, sondern auch Scotts bester Kumpel.

Den restlichen Tag habe ich mir das Hirn zermartert, warum mir der Name nichts gesagt hat. Warum ich Ryker nie zuvor auf einem Foto gesehen habe. Aber ich kann mir Namen schlecht merken, außerdem hat Scott so gut wie keine Fotos mit seinen Kumpels geschickt. Vermutlich bewusst, so wie er sich gestern aufgeführt hat. Wobei Ryker in jedem Fall außer Frage steht.

Wenn es nur so einfach wäre ... Denn im Flugzeug war etwas zwischen uns. Nicht nur der Sex, sondern ein Moment, in dem ich das Gefühl hatte, Ryker zu kennen. Ihn wirklich zu sehen. Und von ihm gesehen zu werden. Ich habe eine Verbundenheit zu ihm gefühlt, die mein Herz zum Flattern brachte. Und dieses Gefühl ist nicht verschwunden, auch wenn ich mir vornehme, es zu ignorieren.

Entschlossen ziehe ich die Decke von meinen Beinen und stehe auf. Prompt stoße ich mit dem Fuß gegen einen Schrank, als ich im Stockdunkeln durch das Zimmer tappe. Zischend bleibe ich stehen und taste nach dem Lichtschalter an der Wand. Erst nach zwei weiteren Schritten finde ich ihn.

Hunters Zimmer ist überraschend freundlich eingerichtet, helle Möbel, hellblaue Wände. Poster der All Blacks hängen daran, Fotos von Hunter und dem Team. Mehrere Trophäen stehen auf einem Regal, Hunter muss bereits in der Highschool Rugby gespielt haben. Auf einer Kommode thront das angekündigte Aquarium, das zum Glück kleiner ist, als ich befürchtet habe. Ein paar Guppys schwimmen darin herum, die sich blitzschnell hinter Steinen und Pflanzen verstecken, als ich darauf zugehe. Die randvolle Futterdose finde ich direkt daneben. Gähnend streue ich ein wenig davon hinein und beobachte, wie sich die Fische hinaustrauen und die kleinen Flocken auffressen.

Es ist merkwürdig, in einem fremden Zimmer zu wohnen. Kurz fühle ich mich wie ein Eindringling, daher nehme ich mir vor, auf Hunters Sachen zu achten und das Zimmer ordentlicher zu halten als mein WG-Zimmer in London – Ordnung im Zimmer, Ordnung im Leben. Ein guter Anfang.

Mein Magen knurrt lautstark und ich reibe mir schnell über

den Bauch. Ein Sandwich mit Pute war gestern Mittag das Letzte, was ich gegessen habe, da die Vorräte der Jungs überschaubar sind. Bananen, Joghurt, eine einsame Scheibe Schinken und ein vergammeltes Toastbrot. Einkaufen ist offenbar nicht deren Stärke.

Leise öffne ich die Zimmertür. Es ist still im Haus, was nicht verwunderlich ist. Immerhin waren die Jungs gestern Abend aus. Auch im Flur ist es dunkel, nur aus meinem Zimmer fällt ein Lichtkegel. Die Küche befindet sich gegenüber, links von mir ist das Wohnzimmer.

Mein Magen knurrt erneut. Lautstark diesmal. Barfuß gehe ich durch den Flur in die Küche und schalte das Thekenlicht an. Auch hier ist alles in hellem Holz gehalten, nur die Arbeitsplatte ist aus schwarzem Marmor. Ergeben öffne ich den Kühlschrank und schnappe mir einen Joghurt. Natur. Wenn ich raten müsste, sind es Scotts. Er hat schon immer viel Wert auf seine Ernährung gelegt.

Missbilligend schürze ich die Lippen und schalte die Kaffeemaschine an, die röhrend zum Leben erwacht. Mist! Hektisch werfe ich einen Blick zur Treppe. Ich will die Jungs nicht wecken, aber ohne Kaffee überstehe ich den Tag nicht. Alles bleibt still, zum Glück. Mein erster Auftritt gestern Vormittag war nicht überragend, wenn ich sie nach einer Party um halb fünf wecke, kann ich direkt ausziehen.

Während der Kaffee in eine Tasse läuft, suche ich in den Schubladen nach einem Löffel. In der dritten werde ich fündig. Der Joghurt schmeckt genauso beschissen, wie er aussieht. Scotts Ernährungswahn in allen Ehren, aber spätestens morgen werde ich einkaufen gehen – und zwar ein paar Dinge mit Geschmack.

Hinter mir erklingen Schritte, jemand kommt die Treppe herunter. Ein Kribbeln läuft über mein Rückgrat und meine Schultern ziehen sich unmerklich zusammen. Ich spüre es. Spüre ihn, ohne mich umzudrehen.

Jemand bleibt stehen. Holt Luft.

Ich muss mich umdrehen, alles andere wäre lächerlich. Doch meine Finger krallen sich um den verdammten Metalllöffel, als wäre er eine Waffe.

»Hey«, sagt er dunkel. Seine Stimme ist rau vom Schlaf. Prompt kriecht Hitze durch meinen Bauch, Empfindungen, Erinnerungen fluten mein Hirn. Doch sie haben nichts zu bedeuten. Gar. Nichts.

Langsam drehe ich mich um, den Löffel in der Hand.

Gar. Nichts.

Alles.

Fuck!

Ryker lehnt im Türrahmen, die Arme vor der Brust verschränkt. Seine blonden Haare fallen ihm wirr in die Stirn, seine Augen sind zwei schwarze Murmeln. Dunkle Schatten liegen darunter. Er trägt ein weißes Shirt und eine verdammte Boxershorts und auch wenn das nicht mehr zeigt als sein Outfit im Flugzeug, ist es intimer, realer.

Er holt erneut Luft und spannt sich an. Harte Sehnen treten an seinen Unterarmen hervor, wieder wird mein Blick von dem Tattoo angezogen.

Strength is what we gain from the madness we survive.

Was er wohl erlebt hat, um sich so einen Spruch auf den Arm tätowieren zu lassen?

»Du bist schon wach«, sage ich lahm und beiße mir sofort auf die Zunge.

»Und du bist wieder am Essen.« Er wirkt müde, abgeschlagen, trotzdem zuckt sein Mundwinkel. Ein Kribbeln fährt durch meine Brust und ich verfluche meinen Körper, dass er so auf ihn reagiert.

Rykers Blick wandert über mein schwarzes Shirt und meine nackten Beine. Er schluckt, flucht und reibt sich mit beiden Händen übers Gesicht.

Ja, ich trage nur eine Panty, aber wer bitte rechnet damit, nachts in der Küche angestarrt zu werden?

Trotzig recke ich das Kinn. Er hat mir gestern die Hand hingehalten, als würde er mich nicht kennen.

»Ich hatte Hunger.« Entschieden schiebe ich noch einen Löffel Joghurt in den Mund, der sich wie Säure in meine Geschmacksknospen frisst.

Ryker rümpft die Nase. »Den würde ich nicht essen. Hast du geschaut, ob der noch haltbar ist?«

Was? Bestürzt hebe ich den Joghurtbecher an und schiele auf dessen Unterseite. Er ist seit über einem Monat abgelaufen. Sofort stürze ich zum Spülbecken und spucke den Rest aus. Ryker lacht leise und mein Herz poltert. Dummes Herz, das einfach nicht hören will.

»Hier.« Er hält mir ein Glas hin. Dankbar nehme ich es, fülle es mit Leitungswasser und trinke es in einem Zug aus. Der Joghurt wandert in den Müll.

»Du solltest vorsichtig sein, was du hier isst. Tama war sicher nicht einkaufen und Scott ... hat es vermutlich vergessen.«

Ich nehme einen weiteren Schluck Wasser, dann stelle ich das Glas weg. »Ist das normalerweise dein Job?«

»Nein, normalerweise haben wir einen Plan, wer welche Aufgaben übernimmt. Aber da ich nicht hier war und Hunter seit Anfang des Monats in den USA wohnt, hat sich niemand darum gekümmert.« Er schüttelt den Kopf und lehnt sich gegen den Küchentisch aus Holz. Die Finger klammert er um die Tischplatte, so verkrampft, als müsste er sich davon abhalten, etwas anderes zu berühren. Mich zum Beispiel.

»Einen Plan, soso.« Ich beiße mir auf die Unterlippe, weil ich an die Situation im Flugzeug denken muss. »Lass mich raten, den hast du erstellt?«

»Hast du Probleme mit Plänen?«

»Nein, für gewöhnlich nicht. Allerdings ... hatte ich recht. Du brauchst Pläne, um dein Leben zu strukturieren.«

Er presst die Lippen zusammen. Irgendetwas in seinem Blick verändert sich. Ryker wirkt mit einem Mal verbissen, abwehrend. Ich habe offenbar einen wunden Punkt getroffen.

»Ja, du hattest recht. In überraschend vielen Dingen, ohne dass du mich kennst.«

Mir liegt auf der Zunge zu fragen, was genau er damit meint, allerdings schlucke ich die Frage hinunter. Abstand, ermahne ich mich. Ich wollte Abstand zu ihm halten. »Und trotzdem hast du mich gestern nicht erkennen wollen«, halte ich dagegen, eine Spur zu trotzig. Enttäuschung schwingt in meinen Worten mit, was ihm natürlich nicht entgeht.

Ein Muskel an seiner Wange zuckt, kurz huscht Bedauern durch seine Miene, das jedoch sofort wieder verschwindet. »Was hätte ich tun sollen? Dich vor Scott küssen, damit alle wissen, dass wir im Flugzeug miteinander geschlafen haben?«

Ich zucke zurück. Nur weil der Sex für mich besonders war, muss er das nicht für ihn gewesen sein.

»Was?«, fährt er fort, als ich nicht reagiere. »Mehr war es nicht. Sex im Flieger und jetzt wohnst du halt hier.«

Die Worte kommen so hart und gepresst, dass ich sie ihm nicht abnehme.

»Es hat nichts zu bedeuten«, sage ich langsam und sehr bewusst. »Du hattest Flugangst und ich hab dir geholfen.«

Er nickt. Seine Schultern sinken nach unten, die Anspannung weicht ein Stück weit von ihm. »Und es ist besser so, wir sollten es keinem sagen. Scott ist mein bester Kumpel, mein Captain. Wenn er davon erfährt, wirft er mich aus dem Team.«

Er will also meinen Bruder vorschieben. Irgendwie finde ich das feige, auch wenn ich ebenfalls nicht möchte, dass es deswegen Stress gibt. Weder mit Scott noch im Team.

»Und wenn Scott nicht wäre?« Sofort presse ich die Lippen zusammen. Verdammt, Brook!

Ryker stößt hart die Luft aus und fährt sich durch die Haare. »Hör mal, ich will keinen Stress. Die letzten beiden Wochen waren anstrengend genug. Und wir beide haben aktuell kein Interesse an einer ernsthaften Beziehung, oder?«

»Nein.« Meine Antwort kommt prompt. Ich bin nicht nach

Auckland gekommen, um mich von einer Katastrophe in die nächste zu stürzen.

»Gut, dann haben wir das geklärt. Der Sex ist passiert, es ist vorbei und wir behalten es für uns. Keine Diskussion, kein Drama.«

Ich nicke mechanisch. Mein Magen rumort und eine leichte Übelkeit kriecht meine Speiseröhre hinauf. Der verdammte Joghurt. »Wissen die Jungs von deiner Flugangst?«

Ryker verzieht das Gesicht. »Nein. Es spielt keine Rolle.«

»Und von der Beerdigung?«

»Verdammt, Brook.« Er holt Luft, streicht sich erneut durch die Haare. Er war nicht offen im Flugzeug, aber zumindest ehrlich. Doch jetzt verschließt er sich. Hätte ich ihn so kennengelernt, wäre ich nie mit ihm auf die Toilette verschwunden.

»Natürlich wissen die Jungs, dass mein Dad gestorben ist«, sagt er schließlich und wieder habe ich das Gefühl, dass er sich zu jedem Wort zwingen muss. »Und Scott ... Scott weiß, was für Probleme ich mit meinem Vater habe. Deshalb ist er mir so wichtig, Brook, er ist mein bester Freund. Ich kann ihn nicht verlieren.«

Ich muss schlucken. Erneut spiegelt sich Angst in seinen dunkelbraunen Augen, sodass sich Verständnis in mir regt. »Ich werde nichts erzählen. Weder Scott noch irgendwem sonst.«

Er nickt. »Danke.«

Schnell wende ich mich um, damit er mein Mitleid nicht sieht, und schnappe mir meinen Kaffee. Mittlerweile ist er abgekühlt, daher nippe ich daran. Er schmeckt überraschend gut, offenbar habe ich die eine Sache im Speiseplan der Jungs gefunden, auf die sie Wert legen. Oder Ryker hat vor seinem Abflug genug Bohnen gekauft – im Zuge einer seiner wunderbar vorausschauenden Pläne.

In der Ferne heult eine Sirene auf. Dieser schrille, hohe Ton, den man selbst im lautesten Feierabendverkehr noch hört. Doch jetzt ist früher Morgen, da ist kein Lärm, der ihn mindert. Kälte kriecht über meine Haut, ich erstarre. Meine Hände zittern, der Kaffee schwappt über den Rand der Tasse.

Der Ton verschwindet nicht. Stattdessen brennt er sich durch meine Gehörgänge, bis tief in meine Gedanken hinein.

Nein, denke ich, nein.

Ich presse die Augen zusammen, hole Luft. Konzentriere mich auf meine Atmung. Trotzdem flimmern Bilder vor meinen geschlossenen Lidern, ich sehe ihn, höre die Schreie der Mutter. Die Anweisungen des Arztes.

Mein Herz setzt aus. Sein Herz.

Eine Sirene heult. Von irgendwoher.

Hilfe, rufe ich stumm. Wieso hilft niemand?

Aber ich kann mich nicht bewegen.

»Brook?«

Warme Finger streichen über meine nackten Arme, jemand nimmt mir die Tasse ab.

In meinen Ohren rauscht es, nach wie vor höre ich die Sirene, obwohl sie längst verschwunden sein muss.

»Brook?« Ryker wird lauter. Seine Finger krallen sich in meine Oberarme. »Was ist los? Die Krankenwagen fahren hier öfter vorbei, das ist nichts Ungewöhnliches.« Er erzählt mir irgendetwas über das Krankenhaus, über die ersten Sonnenstrahlen, die über den Dächern der Nachbarhäuser hervorblitzen.

Das Rauschen in meinen Ohren wird leiser, mein Herzschlag beruhigt sich. Erst als ich mir sicher bin, die Panik im Griff zu haben, öffne ich die Augen. Und zucke zurück.

Ryker steht direkt vor mir, seine Hände nach wie vor um meine Schultern gelegt.

Er ist nah, viel zu nah. In seinen Augen spiegelt sich so viel Verständnis, das ich schlucken muss.

»Geht es wieder?«, fragt er ruhig.

Dunkelbraune Augen, in denen goldene Feuerfunken tanzen.

Ich blinzle. Seine Berührung brennt auf meiner Haut, angenehm und unangenehm zugleich. Langsam hole ich Luft, atme – und spüre, dass da etwas zwischen uns ist.

Irgendetwas, das uns verbindet.

Strength is what we gain from the madness we survive.

Mein Blick fällt auf sein Tattoo und bevor ich es verhindern kann, streiche ich mit einem Finger darüber.

Ryker zischt. Ruckartig zieht er seine Hände weg und tritt einen Schritt zurück. Seine Brust hebt sich, mit zusammengekniffenen Augen mustert er mich.

»Hast du Angst vor Sirenen?«, fragt er schließlich.

Ich schüttle den Kopf. »Nein. Eher davor, was sie bedeuten.«

Sein Unterkiefer mahlt hin und her. »Willst du darüber sprechen?«

Beinahe muss ich lachen. Das fragt ausgerechnet er, der sich hinter vagen Andeutungen versteckt.

»Nein.« Ich bin noch nicht so weit. Immer noch nicht. »Aber tue mir bitte den Gefallen und sag Scott nichts.«

Ryker fährt sich erneut durch die Haare, die mittlerweile in alle Richtungen abstehen. Doch plötzlich hebt sich sein rechter Mundwinkel und dasselbe Lächeln tritt auf seine Lippen, das er im Flugzeug zeigte. Und das mein dummes Herz einmal mehr zum Stolpern bringt. »Das sind verflucht viele Geheimnisse. Wir sollten nicht anfangen, da etwas hineinzuinterpretieren.«

»Werde ich nicht, keine Sorge«, entgegne ich prompt und gehe an ihm vorbei zur Küchentür. »Wir hatten Sex und jetzt wohne ich halt hier. Mehr ist da nicht, schon vergessen?«

Sein Lächeln wird eine Spur schmaler. Und ich sehe ihm an, dass er die Lüge genauso wenig glaubt wie ich. Trotzdem drehe ich mich um und gehe zurück in mein Zimmer.

Keine Männer, Brook, ermahne ich mich erneut. Ryker würde alles nur komplizierter machen, so viel mehr, als es sowieso schon ist.

7. RYKER

»Hey, Ryker, es ist gut, dich wiederzusehen.« Der Coach kommt auf mich zu, kaum dass ich die Umkleidekabine betreten habe.

»Ja, finde ich auch.« Ich ziehe mir mein Shirt über den Kopf und werfe es in den Spind. Fürs Training habe ich ein anderes dabei, es ist aus einem speziellen Stoff gefertigt und leichter. Schnell streife ich es über.

»Hör mal, das mit deinem Dad tut mir leid.« Hayes lehnt sich gegen die Spinde und verschränkt die Arme vor der Brust. Seine gebräunte Haut spannt sich über die Muskeln seiner breiten Oberarme, in seinen strahlend blauen Augen glänzt Sorge. Auf seinen Wangen steht wie immer ein Drei-Tage-Bart. Unser Coach wirkt nach außen unfassbar hart, allerdings hat er immer ein offenes Ohr für unsere Probleme.

»Danke«, sage ich knapp, schnappe mir meine Stollenschuhe und schlage die Spindtür zu.

Die meisten anderen Spieler der Rebels sind schon draußen auf dem Platz. Ich gehöre zu den Letzten in der Kabine, da ich vor dem Training noch geschlafen habe. Zumindest habe ich es versucht, eingeschlafen bin ich nicht. Dafür war mein Kopf zu voll, ist es immer noch. Natürlich wollte ich mit Brook sprechen. Vereinbaren, dass wir beide die Klappe halten, und es beruhigt mich, dass sie das tun wird. Allerdings hatte ich nicht vor, ihr erneut so nahe zu kommen. Doch dann sah ich Brook, die zitterte und Panik hatte, sah die Angst in ihren Augen, die ich so gut kenne.

Fuck!

Brook macht etwas mit mir. Da ist dieses Gefühl, dieses Drängen, das ich schon im Flugzeug gespürt habe. Sie ist süß, auf ihre chaotische Art bezaubernd, aber das ist es nicht, was mich wachgehalten hat. Vielmehr war es die Neugierde, was sie erlebt hat. Vor was sie Angst hat und warum? Das Bedürfnis, ihr zu helfen, obwohl ich weiß, dass ich es nicht kann.

Dafür müsste ich zuerst meinen eigenen Scheiß in den Griff bekommen.

»Wie geht's deiner Mum?« Hayes beobachtet mich, während ich einen Fuß auf die Bank stelle und meine Schuhe zubinde.

»Sie ist okay. Dads Tod kam überraschend, ein Herzinfarkt. Die Ärzte konnten nichts mehr tun, er hat sich von dem Infarkt nicht mehr erholt. Allerdings war meine Mum schon immer jemand, der nach vorn gesehen hat. Sie hält nichts davon, sich zu vergraben und wochenlang zu trauern.«

»Deine Mum ist echt tough.« Letzten Sommer war meine Mum in Auckland und bei einigen Spielen. Sie hat das Team und auch den Coach getroffen, daher kennt Hayes sie.

»Das ist sie.« Ein echtes Lächeln huscht über meine Lippen und ich binde auch den zweiten Schuh zu. Meine Mum ist einer der wichtigsten Menschen in meinem Leben. Deshalb werde ich mir nie verzeihen, dass ich sie vor vier Jahren mit ihm allein gelassen habe.

»Wie geht es dir?« Hayes' Eisblick fokussiert mich. Unwillkürlich stelle ich mich aufrechter hin und drücke den Rücken durch. Mir ist klar, dass er die Schatten unter meinen Augen sieht, den trüben Blick, der verrät, dass ich zu wenig geschlafen habe.

»Das Training wird helfen«, antworte ich vage. Das Training hilft immer. Während der nächsten zwei Stunden werde ich mich nur auf das Spiel konzentrieren, meine Muskeln bis zum Äußersten treiben.

»Gut, Junge, dann lauf zu den anderen. Fünf Runden um den Platz, dann Dehnen. Ich behalte dich trotzdem im Auge.« Er scheucht mich mit einer Handbewegung aus der Kabine.

Die anderen sind bereits dabei, sich warm zu laufen. Ich jogge ihnen hinterher, nach einer halben Runde habe ich sie eingeholt.

»Na, auch schon wach?« Tama boxt mich in die Seite.

»Lass ihn«, weist Scott ihn zurecht, woraufhin unser Kumpel die Augen rollt und zu Lawrence aufschließt.

»Bist du okay?« Scott mustert mich nachdenklich. »Ich habe dich heute noch nicht gesehen.«

»Ich hab gepennt.« Kleine Grasfetzen fliegen zu unserer Seite auf, als wir weiter um das Spielfeld joggen. Die Sonne brennt unbarmherzig auf uns herab und der Schweiß läuft mir den Rücken hinunter. Zwei Wochen das kühle Nass Englands und prompt bin ich den neuseeländischen Spätsommer nicht mehr gewohnt. Wobei es Ende Februar mit jedem Tag kälter wird.

»Bist du deswegen so ungewohnt früh heim?« Scott grinst.

»Ich brauch noch ein paar Tage, bis ich diesen verdammten Jetlag überwunden habe.« Eine Runde ist geschafft. Vier weitere folgen.

»Der ist echt ätzend. Brook meinte vorhin auch, dass sie sich nicht fit fühlt. Ihr läuft die Nase, vermutlich hat sie sich was im Flugzeug geholt.«

Meine Schritte stocken, prompt stolpere ich. »Vermutlich«, murmle ich und hoffe, dass er es dabei belässt. Aber Scott hatte schon immer ein Gespür für unangenehme Themen.

»Wie findest du sie?«

Gottverdammter Mist.

»Sie ist deine Schwester«, antworte ich.

»Du willst sie nicht finden, oder?«

Ich schnaube frustriert. »Sie ist nett, okay? Aber du hast klargemacht, dass wir alle die Finger von ihr lassen sollen, also nein, mehr finde ich sie nicht. Kann sie kochen?«

»Warum fragst du?«

Aus offensichtlichen Gründen. »Dann teile ich sie dafür ein.«

Ein breites Grinsen zieht Scotts Lippen auseinander. »Ich ...« Er bricht ab und gluckst vergnügt. »Trag sie dafür ein.«

Skeptisch hebe ich eine Augenbraue. »Sie kann es nicht, oder?«

»Keine Ahnung. Allerdings hasst sie es, wenn jemand über sie bestimmt.«

Ja, das passt. Brook wirkte bisher nicht, als würde sie sich von irgendwem etwas sagen lassen und mir fällt prompt unser Gespräch im Flugzeug ein. Sie meinte, dass sie nach Auckland gekommen ist, um herauszufinden, was sie will.

»Sie studiert Medizin, oder?« Zumindest hat sie erzählt, wenn ich mich richtig erinnere. Vielleicht hat das etwas mit ihrer Angst vor Sirenen zu tun? Mit dem, was sie damit verbindet?

»Ja, sie ist im dritten Jahr wie ich. Sie will Dads Praxis in Richmond übernehmen.«

Oder auch nicht. Allerdings erklärt das nicht ihre Panik.

»Wieso fragst du?« Scott klingt plötzlich zu neugierig, daher zucke ich schnell mit den Schultern.

»Nur falls sich Tama wieder den Fuß verdreht.« Was völlig bescheuert ist, aber mir fällt auf die Schnelle nichts anderes ein.

Scott wirft mir einen schrägen Blick zu, schweigt jedoch.

Wir beenden die fünfte Runde und ich muss mich beherrschen, mich nicht keuchend auf meinen Oberschenkeln abzustützen. Zwei verdammte Wochen und ich fühle mich wie ein körperliches Wrack.

Hayes teilt uns in Zweier-Teams ein und lässt uns Pässe

werfen. Ich spiele mit Lawrence zusammen. Mehr als einmal stolpere ich zurück, wenn ich den Ball fange. Nach zehn Minuten tun meine Oberarme und meine Schultern weh, doch ich beiße die Zähne zusammen und ziehe durch. Anschließend üben wir verschiedene technische und taktische Spielzüge, heute vor allem Line-outs. Der Coach teilt mich als Hooker ein.

Als ich den Ball werfe, bricht ein Tumult los. Scott springt verflucht hoch, erreicht den Ball jedoch nicht, den ihm Ethan vor der Nase wegschnappt. Scott brüllt auf, Ethan wird von seinem Teamkollegen unterstützt, die blitzschnell ein Maul bilden. Körper pressen sich dicht zu einem Haufen zusammen, Ethan wird, umringt von anderen Spielern, in Richtung Try-Line gedrängt, allerdings verliere ich den verdammten Ball aus den Augen. Ich renne zu Scott und presse mich dicht an ihn heran. Keuchen dringt an mein Ohr, Fluchen. Ein Schrei. Es riecht nach Schweiß und feuchtem Gras. Körper rempeln gegen mich, irgendwer stößt schmerzhaft gegen mein Knie. Das gibt einen blauen Fleck.

Und trotzdem schießt Glück durch mich hindurch. Wie habe ich Rugby vermisst. Die Jungs. Und das Gefühl, Teil von etwas Größerem zu sein, ein Spieler im Team. Auf die Jungs kann ich mich verlassen, immer. Zwischen uns kommt nichts und wenn wir kommenden Samstag gegen die Eagles spielen, stehen nicht fünfzehn Spieler auf dem Feld, sondern nur einer. Die Liebe zum Sport verbindet uns alle.

Rugby ist ein verflucht ehrlicher Sport. Da gibt es keine Schutzpolster, keine High-Class-Werbeverträge, kein Cheerleaderteam, das uns zujubelt. Beim Rugby geht es ums Spielen. Um den Zusammenhalt. Um etwas Echtes.

Und ich werde mir das nicht nehmen lassen, von niemandem. Schon gar nicht von einem Mädchen, das ausgerechnet die Schwester meines Captains ist.

Nach zwei Stunden Training schleppe ich mich zurück in die Kabine und lasse mich auf die Bank fallen. Meine Beine wackeln, es gibt keinen verdammten Muskel in meinem Körper, der nicht wehtut. Und trotzdem habe ich mich seit Wochen nicht mehr so gut gefühlt.

»Ryker, kann ich kurz mit dir sprechen?« Hayes steht in der Tür zur Umkleide.

»Jetzt?« Mein Gesicht juckt vom Schweiß, meine Beine zittern. Das sollte der Coach nicht sehen.

Doch Hayes nickt. »Es dauert nicht lang.«

Mit zusammengebissenen Zähnen raffe ich mich auf. Tama grölt und zieht mir mit seinem durchgeschwitzten Shirt eins über. »Du Pussy, du kannst kaum noch laufen.«

Kommentarlos strecke ich ihm den Mittelfinger entgegen, was er mit einem breiten Grinsen quittiert.

Hayes wartet neben der Umkleide. »Gehen wir ein paar Schritte.«

Schweigend laufe ich neben ihm her. Meine Finger bohren sich in meine Handflächen und ich überlege verzweifelt, was der Coach von mir will.

»Ich weiß, dass ich heute nicht in Form war. Aber bis Samstag habe ich das aufgeholt. Gegen die Eagles werde ich alles geben.«

»Ich weiß, Ryker. Das tust du immer.« Er bleibt stehen. Die Sonne scheint ihm ins Gesicht und lässt seine blauen Augen funkeln. »Und genau darum geht es.«

Stirnrunzelnd hebe ich die Hand, um mich von der Sonne abzuschirmen.

»Wie lange studierst du noch?«, fragt er und überrascht mich damit. Ein flaues Gefühl breitet sich in meinem Bauch aus.

»Noch zwei Semester. Ich mache nächsten Sommer meinen Master.«

»Hast du dir schon überlegt, was du anschließend tun willst?«

»Ich ...« Ich gebe mir einen Ruck. Hayes ist mir so viel mehr Vater, als es mein Dad je war. Der hatte ein Problem mit dem

Studium und dem Rugby sowieso. »Ich würde gern zum Katastrophenschutz. Es gibt dort einen Bereich, der sich um die Überschwemmungsgefahr bei Tsunamis kümmert.«

Wieder habe ich das Gefühl, als würde mich Hayes' Blick durchleuchten. »Mein Neffe arbeitet beim NEMA, allerdings in einer anderen Abteilung. Keine schlechte Stelle, direkt nach dem Studium.«

»Ja.«

»Und Rugby? Hast du darüber mal nachgedacht? Du bist gut, Ryker. Deine Runs sind mit die Besten, die ich je gesehen habe. Und ich bin seit über fünfzehn Jahren Trainer.«

Ich kann seinem Blick nicht standhalten. Mit den Schuhen kratze ich über den Betonboden. »Ich liebe Rugby, aber ich glaube nicht, dass ich das Zeug zum Profi hätte.«

»Letzten Samstag war ein Scout der Blues dabei und hat zugesehen. Ich habe anschließend mit ihm gesprochen.«

Mein Magen macht einen Salto. Aber keinen von der guten Sorte, sondern einen, der ihn verknotet zurücklässt. »Wissen die Jungs davon?«, würge ich hervor.

»Scott weiß es. Allerdings haben wir entschieden, darüber Stillschweigen zu wahren.«

»Ich war am Samstag nicht da.« Sondern auf dem Rückflug aus London. Noch ein Knoten im Magen.

»Ich würde mit ihm sprechen, wenn du das möchtest. Ich kenne Ridley zufällig ganz gut.«

Mein Mund wird trocken. Sein Angebot erwischt mich eiskalt. Mein Plan, den ich mir zurechtgelegt hatte, bekommt Risse. Würde ich das wollen? Für die Blues spielen und irgendwann vielleicht sogar für … die All Blacks?

Scheiße, es vergeht kaum ein Tag, an dem wir nicht über die All Blacks sprechen. Über die Spiele, über ihre Siege. Immerhin waren sie beinahe dreißig Jahre ungeschlagen. Bis zu diesem verdammten Spiel gegen die Springboks letzten August. Jeder von uns träumt davon, das schwarze Trikot zu tragen. Aber bisher war es ein Hirngespinst. Nicht greifbar. Deshalb habe ich mich auf das Studium fokussiert und obwohl mir Rugby wichtig ist, war es immer nur ein Hobby. Eine Profi-Karriere ist unkalkulierbar.

Doch wenn ein Scout kommt, der mich für die Blues draftet? Was dann? Hätte ich wirklich eine Chance?

Mir wird übel.

»Kann ich darüber nachdenken?«

Ein Lächeln huscht über Hayes' Lippen. »Natürlich. Mit einer anderen Antwort hättest du mich ehrlich gesagt überrascht. Aber denk nicht zu viel nach, Ryker. Ab und zu muss man Entscheidungen aus dem Bauch heraus treffen.«

Ja, und die bereut man meist danach direkt wieder. Aber das sage ich nicht.

8. BROOK

Die medizinische Fakultät der Emerald University ist nur einen Steinwurf von Hunters Haus entfernt. Viel zu dicht, als das ich meine Gedanken bis dorthin sortiert hätte.

Es nieselt leicht, als ich auf das schmiedeeiserne Tor zulaufe, das den Eingang zur Fakultät markiert. Ein breiter Kiesweg führt hindurch, weiter hinten entdecke ich weiß getünchte Gebäude, die von einem Park gesäumt werden. Es ist hübsch, idyllisch, überhaupt nicht, wie ich eine Universität erwartet hätte.

Seufzend lasse ich die Schultern sinken und streiche mir ein paar feuchte Strähnen aus der Stirn. Natürlich habe ich keinen Schirm dabei, ich dachte nicht, dass ich für zehn Minuten Fußweg einen brauche.

Studenten laufen an mir vorbei, einige werfen mir neugierige Blicke zu. Zu meinem Glück studieren Tama, Scott und Ryker nicht Medizin, sodass wir uns heute Morgen zwar gesehen, aber nicht zusammen zur Uni gelaufen sind.

Die Riemen meines Rucksacks drücken in meine Schultern, obwohl er beinah leer ist. Aber die Lüge fühlt sich schwer an, weil ich nun der ungeschminkten Realität ins Auge blicke: Ich bin keine Studentin der Emerald University. Ich bin nicht mal mehr Studentin der UC London. Genau genommen bin ich nichts mehr, seit ich mein Studium abgebrochen habe.

Schuld schwappt über mich hinweg, Angst. Meine Hände fangen an zu zittern und sofort kehrt die Kälte zurück. Sie zwängt sich durch die Ritzen meiner mentalen Mauer, die ich seit dem vierten Januar um meine Gedanken errichtet habe. Und die erst Sonntagnacht wegen der beschissenen Sirene zusammengebrochen ist. Vor Ryker, ausgerechnet vor ihm.

Langsam hole ich Luft und straffe die Schultern. Ich bin nicht nach Auckland gekommen, um in meinen Erinnerungen zu ertrinken. Im Gegenteil. Ich bin hier, um ein neues Leben zu finden – oder zumindest eine Idee, was ich weiterhin tun will. Denn für mich stand nach diesem Tag fest, dass ich unmöglich Ärztin werden kann. Diese Hilflosigkeit, diese Starre. Die Blicke meiner Kollegen, als ich nicht reagiert habe. Ich wurde zur Seite geschubst, den Blick auf dem Gesicht des Jungen ...

Noch einmal hole ich Luft. Zittrig. Mein Hals wird eng, kalter Schweiß bricht mir aus.

Nein, Brook. Nein. Nicht schon wieder.

Meine Fingernägel bohren sich in meine Handflächen. Tief und schmerzhaft, doch das hilft mir, mich zu konzentrieren.

Ich bin nicht in der Lage, Menschen zu helfen. Das hat mir dieser eine Nachmittag in der Notaufnahme deutlich gezeigt.

Deswegen bin ich nicht mehr zur Uni gegangen. Konnte es nicht, weil ich keine Luft bekommen habe, sobald ich das Campusgelände betreten habe. Bis ich entschieden habe, dass ich keine Ärztin werden will.

Aber Mum und Dad waren so stolz auf mich, dass ich es nicht übers Herz gebracht habe, ihnen davon zu erzählen. Vermutlich würden sie es sogar verstehen. Ziemlich sicher sogar, doch ich will einen Plan haben, wenigstens einmal im Leben, bevor ich meine Eltern einweihe.

Ich werfe einen letzten Blick auf die medizinische Fakultät mit ihren Türmchen und den Rundbogenfenstern, dann drehe ich mich um und laufe weiter. Die Straße entlang, ohne ein bestimmtes Ziel, Hauptsache weg. Der Nieselregen hat aufgehört, stattdessen blitzt die Sonne zwischen den Wolken hindurch. Von allein führen mich meine Füße in den Pukekawa-Park, der neben der Uni liegt. Eine monströse Grünfläche mitten in der Stadt.

Ein paar Jungs werfen sich einen Ball zu, andere Studenten liegen in der Sonne und lesen. Die Atmosphäre ist entspannt, und ich merke, wie ich runterkomme. Mitten im Park finde ich ein Café. Sonnenschirme werfen Schatten über einen kreisrunden Vorplatz, auf dem mehrere Tische mit weißen Stühlen aus Eisen stehen. Holzpaletten rahmen die Szenerie ein, in denen bunte Blumen gepflanzt wurden. Es wirkt nett, vor allem überzeugt mich der süße Duft von frisch gebackenen Pancakes. Mein Magen knurrt zustimmend.

Ich schiebe mich zwischen den Tischen hindurch auf das große Schaufenster zu und werfe einen Blick hinein. Dunkle Holztische mit gemütlich aussehenden Ledersesseln sind im Innenraum verteilt. Im Hintergrund befindet sich eine große Theke, in der verschiedene Köstlichkeiten feilgeboten werden. Croissants, Kuchen, Sandwiches. Das Café wirkt gemütlich, ein bisschen französisch.

Eine junge Frau wirbelt zwischen den Tischen umher, ihre roten Locken hat sie mit zwei Stiften hochgesteckt, hinter ihrem Ohr klemmt ein weiterer Kugelschreiber. Sie unterhält sich mit einem Gast, mir fällt allerdings auf, dass sie immer wieder in Richtung Theke schielt. Aus einer großen roten Maschine läuft Kaffee in eine Tasse, offenbar eine weitere Bestellung.

Stirnrunzelnd beobachte ich, wie sie zurück zur Theke eilt, schnell die Tasse unter der Maschine hervorzieht und einen weiteren Kaffee zubereitet. Gleichzeitig wirft sie zwei Croissants auf Teller, stellt Untertassen mit kleinen Keksen bereit und stapelt alles auf ein Tablett. Sowohl draußen als auch drinnen sitzen Besucher, das Café ist voll. Und sie scheint allein zu sein.

Kurzentschlossen gehe ich zur Theke und warte, bis sie wieder hereingewirbelt kommt.

»Hey«, sage ich. Sie wirft mir einen knappen Blick zu, doch das Lächeln auf ihren Lippen ist echt. Sommersprossen ziehen sich über ihren Nasenrücken bis weit über ihre Wangen, ihre Augen blitzen goldbraun.

»Hey, möchtest du etwas essen oder trinken? Such dir einfach einen Platz, ich bin gleich bei dir.« Sie hat denselben weichen Akzent wie Ryker.

»Ich ... ähm ... brauchst du Hilfe? Ich bin neu in Auckland und suche einen Job«, stoße ich schnell hervor, bevor ich einen Rückzieher machen kann. Spontane Ideen sind meist die besten und mein Bauchgefühl sagt mir, dass ich hier richtig bin.

Ihre Augenbrauen schießen nach oben. Doch dann blinzelt sie und mustert mich erneut. Interessiert diesmal. »Woher kommst du?«

»Aus London.«

»Und was machst du in der City of Sails?«

Ich lege den Kopf schief und beobachte, wie sie ein Sandwich aus der Auslage nimmt, auf einen Teller legt und eine Serviette dazu packt. Beides landet auf einem Tablett.

»Ich brauche eine Pause von meinem Leben«, antworte ich ehrlich. Irgendetwas warnt mich davor, sie anzulügen. Das hier könnte der erste Teil eines neuen Lebens sein und da haben Altlasten nichts verloren.

»Eine Pause also.« Sie greift sich das Tablett. Wieder gleitet ihr Blick über mich hinweg. Über meine zerrissene Bluejeans, das weiße Shirt und die Jacke, die ich heute übergezogen habe. »Ich brauche tatsächlich Hilfe, Mabel hat letzte Woche gekündigt, daher bin ich vormittags unter der Woche allein.«

»Das Café gehört dir?« Ich kann meine Überraschung nicht zurückhalten. Sie kann nicht älter sein als ich.

Ihr Lächeln wird zum Grinsen. Stolz blitzt in ihren Augen auf. »Überrascht?«

»Allerdings. Es muss eine Heidenarbeit sein, ein Café zu führen.«

»Ist es. Aber um fair zu bleiben, es gehörte meinem Großvater. Ich habe es von ihm geerbt. Mum wollte es verkaufen, doch das konnte ich nicht zulassen.«

»Das wäre wirklich schade gewesen. Es ist wundervoll.« Ich hebe die Arme und deute über die Tische. Mehrere Gäste sehen zu uns, was mich daran erinnert, dass sie auf die Bestellungen warten.

»Lass mich dir heute helfen. Und wenn es gut klappt, arbeite ich eine Woche auf Probe«, schlage ich spontan vor und ziehe den Rucksack von meinen Schultern.

Sie schürzt die Lippen, wirft einen Blick zu den Gästen und zuckt mit den Schultern. »In Ordnung, London-Girl. Dann zeig mal, was du kannst.«

Schnell gehe ich hinter die Theke. Die Besitzerin zeigt mir, wo ich meine Jacke und den Rucksack hinlegen kann. Als sie meine Tattoos sieht, die sich in Blumen und Ranken über meinen gesamten rechten Arm ziehen, stößt sie begeistert die Luft aus.

»Wow, die sind echt cool. Ich habe mich das nie getraut.«

Dass es höllisch wehtat, verschweige ich. Stattdessen schnappe ich mir das volle Tablett. »Welcher Tisch?«, frage ich über die Schulter.

»Draußen, ganz außen rechts. Und die Gäste daneben wollen bestellen.«

»Alles klar. Ich bin übrigens Brook.«

»Bex. Und willkommen im Fondue.«

***

Die nächsten sechs Stunden sind das pure Chaos. Ich brauche eine Weile, bis ich einen Überblick über die Abläufe erlange, verstehe, welcher Tisch wo ist, was für Angebote das Café hat und wie die verschiedenen Sandwiches und Bagels zubereitet werden. Es ist ein Sprung ins kalte Wasser, aber ich habe mich seit Wochen nicht mehr so lebendig gefühlt.

Als wir um zwei Uhr mittags einen Moment zum Durchatmen haben, hält Bex mir ein Schnapsglas mit einer klaren Flüssigkeit hin. Ein zweites hat sie in ihrer anderen Hand.

»Hier, das ist ein Broken Heart Gin.«

Mit gehobenen Augenbrauen nehme ich ein Glas. »Meinst du nicht, es ist ein wenig zu früh zum Trinken?«

»Für den ist es nie zu früh.« Sie zwinkert und stößt mit mir an. »Willkommen im Fondue. Du bist hiermit eingestellt.«

Irritiert schüttle ich den Kopf. »Aber was ist mit der Probezeit?«

»Vergiss die Probezeit.« Sie setzt das Glas an die Lippen und kippt den Schnaps ab. »Du bist schnell, kannst dir Abläufe gut merken und ... ich mag dich.«

Grinsend setze ich ebenfalls das Glas an und trinke den Schnaps. Er brennt scharf in meiner Kehle, sodass ich husten muss. »Verflucht, was ist das für ein Zeug?«

Bex lacht und nimmt mir das Glas ab, bevor ich es fallen lasse. Wärme breitet sich in meinem Bauch aus, die mein Herz erreicht. Als würde der Alkohol seine wärmende Hand darum legen und es streicheln.

Broken Heart – der Name passt.

»Sie brennen den Gin in Christchurch, auf der Südinsel. Ich komme von dort und ein bisschen Heimat musste ich mit nach Auckland nehmen«, erklärt Bex, greift sich einen Lappen und wischt über den Tresen.

»Und auch ein gebrochenes Herz?«, frage ich vorsichtig, weil ich das Gefühl habe, dass noch mehr dahintersteckt.

Bex verzieht ihre vollen Lippen zu einem dünnen Strich. »Mein Ex hat mich mit meiner besten Freundin betrogen. Ich habe sie in unserer WG erwischt.«

»Autsch.« Während Bex weiter wischt, gehe ich zur Spülmaschine, öffne sie und beginne, Tassen und Teller wegzuräumen. Das leise Klingeln des Windspiels über der Tür kündigt einen neuen Gast an. Oder vielmehr Gäste, eine Gruppe Mädchen kommt wild schnatternd ins Café.

»Ja, autsch.« Bex stützt eine Hand an der Theke ab und beobachtet, wie sich die Mädels an zwei Tischen am Fenster niederlassen. »Ich wusste, dass Cole ein Arschloch ist, aber Nora war meine beste Freundin.« Sie seufzt. »Cole hat mir die Schuld gegeben. Ich hätte ihn vernachlässigt. Was totaler Quatsch ist.«

»Das tut mir echt leid.«

Bex zuckt mit den Schultern. »Ich sehe es so: Ohne ihn wäre ich niemals nach Auckland gekommen und hätte dieses Café übernommen. Jede beschissene Erfahrung ist also für etwas gut.« Sie lächelt, allerdings erreicht es ihre Augen nicht.

»Auf beschissene Erfahrungen«, sage ich und halte ihr meine Hand hin. »Und Neuanfänge.«

Sie schlägt ein. Das Grinsen auf ihren Lippen verändert sich. Wird echt. Ich erwidere es und das warme Gefühl in meinem Bauch flattert durch meinen Körper. Zuversicht durchströmt mich und für einen Moment glaube ich wirklich daran, dass ich es hier schaffen kann. Einen Neuanfang. Einen Weg, ein Leben zu finden, was ich wirklich will.

9. BROOK

Am späten Nachmittag laufe ich summend die Huntley Avenue nach Hause. Ich fühle mich leicht, befreit, und gleichzeitig erschlagen. Mir tun die Füße weh vom vielen hin und her rennen und hinter meiner Stirn pocht es. Trotzdem – der Tag war der Hammer.

Die Arbeit im Café hat Spaß gemacht, auch wenn sie sehr anstrengend war, aber ich fühle mich wohl im Fondue. Und ich mag Bex. Sie ist direkt und aufgeschlossen und bei Weitem organisierter als ich. Ich meine, wow – sie ist auch Anfang zwanzig und leitet ihr eigenes Café. So viel Verantwortung könnte ich mir gar nicht vorstellen.

Morgen um sieben soll ich wieder da sein. Obwohl das deutlich vor der Zeit ist, die ich normalerweise aus den Federn krieche, freue ich mich darauf.

Beschwingt gehe ich die Einfahrt zu Hunters Haus entlang und öffne die Tür. Jeder von uns hat einen Schlüssel bekommen, damit wir unabhängig sind.

»Hey, ich bin da!«, brülle ich, als ich in den Flur trete, und beiße mir prompt auf die Zunge. Das ist eine WG, Brook, nicht deine Familie.

Hitze prickelt über meine Wangen, die erlischt, als niemand antwortet. Hm, vielleicht sind die anderen noch im Training?

Ich lege meine Jacke und den Rucksack ab und gehe in die Küche. Ein DinA4-Blatt am Kühlschrank sticht mir sofort ins Auge, vor allem, da eine akkurate Tabelle darauf abgebildet ist. Wochentage, Aufgaben – unsere Namen.

Sofort verdrehe ich die Augen. Das kann Ryker nicht ernst meinen. Skeptisch hebe ich die linke Braue. Mein Name steht in der vierten Spalte und hat an jedem Wochentag ein Kreuz bei Kochen und Einkaufen. Außerdem soll ich staubsaugen. Fairerweise muss ich zugeben, dass jeder von uns Aufgaben übernimmt, Ryker hat penibel darauf geachtet, dass es gerecht verteilt ist. Aber ... what the fuck!?

Hätte er mich nicht wenigstens fragen können, ob ich kochen will? Hat er eine Ahnung, wie viel Arbeit das ist? Zumal die drei Herren vermutlich Unmengen verschlingen. Immerhin sind es Sportler und sie machen nicht den Eindruck, als würde ihnen ein kleiner Salat reichen. Und jeden Tag um achtzehn Uhr ... ich werfe einen Blick auf die altmodische Bahnhofsuhr. Es ist fünf.

Meine gute Laune ist dahin. Wütend reiße ich das Blatt vom Kühlschrank und stapfe ins Wohnzimmer. Die schwarze Ledercouch nimmt den meisten Platz im Zimmer ein, ein Holztisch aus Paletten steht davor. Die Terrassentür ist geöffnet und Tamas lautes Grölen dringt ins Zimmer. Durch das große Fenster sehe ich hinaus.

Und meine Wut verpufft.

Stattdessen flimmert Hitze über meine Haut und meine Wangen kribbeln verdächtig. Ich reiße die Augen auf, starre und starre, bis ich irgendwann trocken schlucke.

Die Jungs sind draußen. In einem verdammten Pool! Ich wusste, dass es einen Garten gibt, aber Scott hat nie einen Pool erwähnt. Von einer breiten Terrasse führt ein Weg tiefer in den Garten hinein, der rechts und links von Hecken und Palmen gesäumt ist und somit ein wenig geschützt vor den Nachbarn liegt. Im hinteren Bereich befindet sich der Pool, in den in diesem Augenblick Tama eine Arschbombe macht.

Ryker sitzt am Rand und hebt abwehrend die Arme, um sich vor den Fontänen zu schützen. Dabei lacht er und sieht ganz anders aus als gestern Morgen. Fröhlicher. Als wäre der dunkle Schleier, der zuvor auf ihm lag, verschwunden. Wasser glitzert auf seinem nackten Oberkörper, Strähnen hängen ihm feucht in die Stirn.

Ich blinzle. Noch einmal. Und in meiner Brust passiert etwas. Als würde jemand ein Streichholz entzünden, glimmt ein Funke auf, der sich binnen Sekunden zu einem Flächenbrand entwickelt. Ich weiß, wie sich Ryker anfühlt. Wie es ist, ihn zu küssen, ihn zu schmecken. Ihn in mir zu spüren. Und obwohl ich mir vorgenommen habe, ihn sowohl aus meinem Kopf als auch aus meinem Herzen zu verdrängen, reagiert mein Körper auf ihn.

Mit aller Macht wende ich den Kopf woanders hin. Zu meinem Bruder, der auf einer Liege chillt und auf seinem Handy herumtippt. Bierdosen liegen im Gras, mehrere offene Pizzakartons. So viel zum Thema Kochen.

Mit gestrafften Schultern gehe ich durch die Terrassentür. Ich fühle mich so verarscht wie schon lange nicht mehr. Nicht nur, dass sie mir Dienste aufnötigen, ohne mit mir gesprochen zu haben, sie untergraben sie auch sofort wieder.

Wut ist gut. Wut ist sehr viel besser als dieses Flirren, das Ryker in mir auslöst. Also klammere ich mich daran.

Scott sieht auf, als ich an ihm vorbei zum Pool stapfe. »Hey, Brook, wie war dein Tag?«

Seine Frage ignorierend marschiere ich weiter und baue mich vor Ryker auf. »Kannst du mir sagen, was das ist?« Ich halte ihm den Dienstplan hin.

Langsam wendet er den Kopf. Sein Gesicht glänzt feucht von den Wasserfontänen und seine braunen Augen schimmern durch die hellen Sonnenstrahlen. Als hätte jemand flüssiges Gold hineingegossen. Er hebt eine Augenbraue, die um eine Spur dunkler ist als seine blonden Haare.

»Ein Plan, damit unser Zusammenleben funktioniert«, sagt

er so abgeklärt, als wäre ich zu doof, das Offensichtliche nicht zu erkennen.

Ich beiße die Zähne aufeinander. Wenn er sich wie ein Arsch benimmt, macht es das deutlich leichter, mein Ziel im Blick zu behalten.

»Das sehe ich. Allerdings wäre es schön gewesen, wenn du mich gefragt hättest.«

»Ob du kochen kannst?« Er grinst so breit, dass dieses verdammte Grübchen in seiner Wange auftaucht. »Ich war mir da ziemlich sicher. Immerhin hast du einen ordentlichen Appetit.«

Wo ist der Blitz aus dem Himmel, wenn man ihn braucht?

»Und in den Genuss wolltet ihr heute offenbar nicht kommen?« Anklagend deute ich auf die Pizzakartons. Prompt regt sich mein Magen. Bex hat mir zwar angeboten, dass ich jederzeit im Fondue etwas essen kann, aber dafür war es heute zu stressig.

»Du warst den ganzen Tag weg. Wir wussten nicht, ob du rechtzeitig da bist, und hatten Hunger.« Ergeben zuckt Ryker mit den Schultern und lehnt sich zurück. Mein Blick fliegt über seinen Oberkörper, über die definierten Muskeln, die sich bis in seine Badeshorts ziehen ...

»Du solltest mich nicht so anstarren«, fügt er leise hinzu. Belustigung schwingt in seiner Stimme mit.

In dem Moment trifft mich ein Schwall kaltes Wasser. Die Flüssigkeit durchtränkt mein Shirt, das sich sofort wie eine zweite Haut an meinen Oberkörper schmiegt. Erschrocken schüttle ich mich. Tama lacht laut auf und spritzt erneut in meine Richtung.

»Hey!«, protestiere ich, doch in dem Moment schnappt sich jemand meine Taille und wirft mich ins Wasser. Die Fluten schlagen über mir zusammen, ich strample panisch und durchbreche keuchend die Oberfläche. Japsend schüttle ich das Wasser aus meinen Haaren.

Scotts Lachen dringt an mein Ohr. Er steht neben Ryker am Poolrand und schlägt mit ihm ab. Na warte. Mit schnellen Zügen schwimme ich zu den beiden hin und feuere eine Ladung Wasser in ihre Richtung. Ryker flucht, Scott nimmt stattdessen Anlauf und macht eine Arschbombe.

Ich tauche nach unten, zu ihm und wir rangeln unter Wasser, wie wir es früher gemacht haben. Prustend kommen wir beide nach oben und mein Bruder hebt die Hände.

»Gnade«, winselt er übertrieben. Er grinst breit, Wasser läuft ihm übers Gesicht. Und ich kann nicht anders, als meine Wut zu vergessen.

Mit Klamotten treibe ich im Wasser, aus dem Augenwinkel bemerke ich die beiden anderen Jungs. Doch ich sehe zu meinem Bruder, er zu mir. Es ist nur ein kleiner Ruck mit dem Kopf nach links, Scott versteht sofort. Sein Grinsen wird teuflisch, er zwinkert mir zu und dann preschen wir los. Gemeinsam gegen Ryker und Tama, bis wir alle im Pool sind und die Wasserfontänen nur so spritzen.

***

»Also, Brook, wo warst du den ganzen Tag?« Tamas Frage geht in der Pizza in seinem Mund fast verloren. »Scott hat sich ernsthaft Sorgen gemacht.«

Ich strecke die Beine auf dem Polster der Liege aus und drehe den Kopf zur Seite. Meine Klamotten habe ich gegen einen Bikini getauscht. Mein Bruder liegt rechts neben mir. Tama auf meiner anderen Seite, während Ryker im Schatten auf einer Liege schläft. Offenbar kämpft er immer noch mit dem Jetlag.

»An der Uni. Einführungskurse und anschließend ein Treffen für alle ausländischen Studenten.« Die Lüge kommt mir schwerer über die Lippen, als ich erwartet habe. Bei meinen Eltern hatte ich die letzten Wochen weniger Probleme.

»Und, wie sind die anderen Studenten?« Tama wackelt bedeutungsschwer mit den Augenbrauen.

Ich zwinkere ihm zu. »Nur halb so scharf wie ihr«, antworte

ich und schüttle gleichzeitig den Kopf. »Aber deshalb bin ich nicht hier. Ich will mich auf mein Studium konzentrieren.«

»Glaub mir, Darling, das wollen wir alle.«

»Könntest du aufhören, sie so zu nennen?«, murrt Scott und schnappt sich noch ein Stück Pizza.

»Auf keinen Fall. Außer, du magst es nicht.« Er sieht mich fragend an.

»Lass es«, antworte ich prompt, weil ich Kosenamen grundsätzlich verabscheue.

»Okay, okay, verstanden.« Tama hebt die Hände. »Aber abgesehen davon, wie gefällt dir die Uni?«

»Gut, die Profs haben einen netten Eindruck gemacht«, sage ich ausweichend und ein flaues Gefühl breitet sich in mir aus. »Wie lief euer Training?«, erkundige ich mich und schnappe mir ebenfalls ein Pizzastück. Zum Glück haben die Jungs eine für mich mitbestellt.

»Gut.« Etwas in Scotts Stimme lässt mich aufsehen. Doch sein Blick geht an mir vorbei zu dem schlafenden Ryker.

»Sorry, Folks, ich treff mich gleich mit Nate.« Tama erhebt sich. »Brook, es war mir eine Freude.« Er zwinkert mir zu.

Demonstrativ rolle ich mit den Augen, allerdings kann ich ein Grinsen nicht unterdrücken. Tama hat etwas an sich, dass es einem leicht macht, ihn zu mögen. Er nimmt nichts richtig ernst, vor allem nicht sich selbst. Und das ist ein Zug, den es viel zu selten gibt.

»Er ist so ein Freak«, sagt Scott, doch ich höre ihm an, dass er es positiv meint. Er mag Tama, sonst würde er nicht so viel mit ihm herumalbern.

»Ist bei dir alles in Ordnung?« Nachdenklich mustere ich meinen Bruder. Er wirkt gelassen wie immer, trotzdem erkenne ich den harten Zug um seine Augen. Irgendetwas beschäftigt ihn.

»Klar.« Er legt sich zurück auf die Liege und schließt die Augen. »Ist nur ein bisschen viel Stress. Die Spiele, das Training.«

»Das war vorher auch schon so«, stelle ich nüchtern fest.
»Für einige aus dem Team entscheidet sich dieses Semester, ob sie in die Profiliga aufsteigen.«

»Auch für dich?«

Scott zuckt mit den Schultern. Dann öffnet er ein Auge und mustert mich. »Sag du mir lieber, ob alles in Ordnung ist? Mein Gefühl sagt mir ebenfalls, dass etwas nicht stimmt.«

Schnaubend werfe ich den harten Pizzarand in die offene Packung, verschränke die Arme hinter dem Kopf und lehne mich zurück. »Wir waren noch nie gut darin, etwas vor dem anderen geheim zu halten.«

Scott grinst. »Nein. Es gibt noch eine andere Sache, aber über die muss ich ein bisschen nachdenken, bevor ich sie dir erzähle.«

»Aber das wirst du?«

»Wirst du es denn?« Das helle Sonnenlicht bricht sich in seinen klugen blauen Augen. Scott war nicht unbedingt besser in der Schule als ich, dafür zielstrebiger. Während ich Arbeiten auf den letzten Drücker abgab, war er Tage vorher fertig. Er war der Liebling aller Lehrer, während ich immer zu spät zum Unterricht kam. Und trotzdem hat Scott für jeden immer ein offenes Ohr. Dieses Talent, sich in Menschen hineinfühlen zu können. Mich wundert es nicht, dass er Captain der Rebels ist.

»Noch nicht. Ich muss erst noch darüber nachdenken«, wiederhole ich seine Worte und er lächelt.

Eine Weile später, als mir die Spätsommersonne Aucklands die Haut verbrutzelt hat, erhebe ich mich ebenfalls. Scott hat sich schon verabschiedet, Ryker liegt immer noch im Schatten. Nachdenklich werfe ich einen letzten Blick zurück und schaue prompt in seine halb geöffneten Augen.

Überraschung bricht sich darin, Irritation. Verlangen. Sein Blick brennt sich in meine nackte Haut, so intensiv, dass ich genau weiß, wo er gerade hinsieht. Mein Bauch kribbelt, meine Brust, mein rechter Arm mit dem Tattoo. Als er bemerkt, dass ich ihn ansehe, blinzelt er und setzt sich auf.

»Du solltest mich nicht so anstarren«, weise ich ihn zurecht.

Er fletscht die Zähne, blickt an mir vorbei zum Wohnzimmer, in das die Jungs verschwunden sind. Als wollte er sich versichern, dass wir wirklich allein sind. Mit all den verdammten Geheimnissen zwischen uns.

»Das ist ein schönes Tattoo«, sagt er schließlich und steht auf.

Ich hebe eine Augenbraue, trotzdem spannt sich mein rechter Arm unmerklich an. »Danke.«

»Bedeutet es etwas?« Er macht zwei Schritte auf mich zu und bleibt stehen. Eine Armlänge von mir entfernt. Um ins Wohnzimmer zu gelangen, muss er an mir vorbei.

Langsam hebe ich den Arm und drehe ihn so, dass er die Blumen sieht. Mein Finger gleitet zwischen ihnen hindurch, zu den kleinen Sternen, die darauf verteilt sind. »Kamellien sind meine Lieblingsblumen«, sage ich zögerlich. »Wir haben einen Strauch im Garten, daher verbinde ich sie mit Zuhause, mit meiner Familie.«

Rykers Blick saugt sich daran fest, er schluckt sichtbar. »Und die Sterne?«

»Dad sagt immer, ich soll nach den Sternen greifen.« Ich ziehe eine Grimasse, weil es selbst in meinen Ohren falsch klingt. Und so überhaupt nicht zu mir passt. Aber vor zwei Jahren, als ich mir das Tattoo habe stechen lassen, war mein Leben ein anderes, ich noch so voller Hoffnung. Ich hatte gerade die Uni begonnen und war zu Hause ausgezogen. Mit dem Tattoo wollte ich eine Verbindung schaffen, etwas, das mich immer an Mom und Dad erinnert. Und an meine Träume.

Ryker stößt den angehaltenen Atem aus und reibt sich über das Gesicht. »Glaubst du daran? An Träume, meine ich?«

Schnell drehe ich den Arm wieder weg und presse ihn an meinen Körper. Ein Schatten legt sich um mein Herz. »Nein.« Meine Fassade bröckelt und plötzlich ist mir trotz der Sommersonne kalt. »Ich dachte, dass ich einen Traum hätte. Aber wie sich herausstellte, ist es vielmehr der meiner Eltern.«

Er nickt nachdenklich. Und mir wird klar, dass seine Frage tatsächlich eher ihm selbst galt.

»Der Coach hat einen Scout der Blues zum nächsten Spiel eingeladen«, sagt er und blickt erneut zum Wohnzimmer. Nicht zu mir.

Meine Augenbrauen schießen nach oben. »Wow!«

Er verzieht das Gesicht und wirkt ertappt, überrascht – unsicher.

»Das ist doch gut?«, frage ich daher vorsichtig.

»Ich weiß es nicht.« Er atmet durch. »Ich weiß noch nicht einmal, warum ich dir das erzähle. Nur Scott weiß Bescheid.«

»Würdest du für die Blues spielen wollen?« Seinen Kommentar ignoriere ich.

»Ja, natürlich. Glaube ich. Ich habe nie darüber nachgedacht, weil das Studium der sichere Weg ist. Ich mache im nächsten Sommer meinen Abschluss und suche mir dann einen Job. Das war der Plan.«

In meiner Brust breitet sich ein Zittern aus. Meine Finger reiben nervös aneinander. Weil diese Situation gerade sehr ehrlich ist, sehr tief und mich überrascht. »Und du bist jemand, der Pläne braucht«, sage ich leise.

»Ja.« Da ist es wieder das schiefe Grinsen.

»Du verlierst nichts, wenn der Scout kommt und zusieht. Und wenn er dich will, kannst du darüber nachdenken.«

Ryker schweigt. Eine Möwe fliegt über uns hinweg, die Blätter der Bäume rascheln leise im Wind.

»Was sagt dein Bauchgefühl?«, frage ich.

»Dass ich dir zu viel erzähle.« Trotzdem wird das Lächeln in seinem Gesicht breiter, die Ernsthaftigkeit verschwindet.

Mein Herz stolpert einmal mehr, schnell wende ich mich um und laufe zum Wohnzimmer. Ryker folgt mir.

»Ich bin gut im Zuhören«, entgegne ich und bleibe an der Verandatür stehen. Ein Grinsen zieht meine Lippen auseinander. »Als Gegenleistung dafür könntest du mir allerdings einen anderen Dienst zuweisen.«

»Was willst du denn sonst tun? Aufräumen, abspülen, Betten beziehen?« Sein Grinsen wird apokalyptisch. »Unsere Toiletten putzen?«

Sofort erlischt meine gute Laune. »Dir regelmäßig in den Hintern treten«, stoße ich hervor und laufe an ihm vorbei durchs Zimmer. »Damit du dir deine verdammten Pläne sonst wohin schmierst.«

Rykers Lachen folgt mir und es klingt viel zu fröhlich, viel zu ehrlich, als dass ich die Wärme, die es auslöst, abschütteln könnte.

10. BROOK

Erstaunlicherweise verlaufen die kommenden Tage recht ereignislos. Mit Bex vereinbare ich, dass ich die Schicht im Fondue erst um acht starte, was in etwa der Zeit der ersten Kurse an der Emerald entspricht. So schöpft Scott keinen Verdacht, wenn ich morgens – gestresst, weil ich immer zu spät bin – das Haus verlasse. Da die Jungs beinahe jeden Nachmittag oder Abend Training haben, fällt nicht weiter auf, dass ich erst spät nach Hause komme.

So stellt sich tatsächlich eine gewisse Routine ein, die ich mehr als gedacht genieße. Die Arbeit im Café macht Spaß, die Gespräche mit Bex sind lustig und leicht, da wir uns beide nichts beweisen müssen. Selbst mit den Jungs läuft es gut, was vor allem daran liegt, dass ich ihnen jeden Abend etwas zu essen zaubere. Meine Kochkünste sind überschaubar, aber für Pasta reicht es zum Glück.

Mum schreibe ich regelmäßig Nachrichten, doch als sie mich eine Woche nach meiner Ankunft zum dritten Mal anruft, nehme ich ab.

»Hey, Mum«, flöte ich übertrieben fröhlich ins Telefon, während ich die Soße für die Lasagne umrühre. Beim Duft von Tomaten und Hackfleisch knurrt mein Magen.

»Elizabeth Brook Philipps!« Oh, verdammt. Die Kacke ist

am Dampfen. »Hast du eine Vorstellung davon, was für Sorgen wir uns um dich machen? Nein, natürlich nicht. Du hast noch keine Kinder. Aber kannst du dir vorstellen, wie das ist, wenn ein geliebter Mensch ans andere Ende der Welt zieht, und nicht einmal anruft?«

Kann ich. Das hat Scott vor gut zwei Jahren getan. Allerdings sage ich das nicht, weil das Mums Laune weiter verschlimmern würde. »Es tut mir so leid, Mum«, beteure ich und stelle die Herdplatte aus. »Auckland ist wundervoll und aufregend. Die Uni hat schon gestartet und es war echt stressig in den letzten Tagen.« Was nur die halbe Wahrheit ist. Vielmehr habe ich mich nicht getraut anzurufen, aus Angst, dass sie mir die Lüge anhört.

Mum seufzt und ein feiner Stich schießt durch meine Brust. Ich liebe meine Eltern. Wirklich. Ich möchte sie nicht enttäuschen und tue es trotzdem. »Wir haben mit Scott telefoniert, daher wussten wir, dass es dir gut geht.«

Scott, natürlich. »Ihr braucht euch wirklich keine Sorgen zu machen.«

»Wie läuft es an der Uni? Hast du die Kurse bekommen, die du wolltest?«, fragt sie und verursacht mir damit Magengrummeln.

»Ja, hab ich. Die Profs sind super und die Kurse bringen mich echt weiter«, antworte ich ausweichend und fühle mich gleichzeitig furchtbar. Ich sollte sie nicht derart belügen.

»Sehr schön. Dein Dad hat überlegt, ob du nächstes Frühjahr, während deiner Ferien, in seiner Praxis arbeiten möchtest? Das wäre sicher eine gute Erfahrung.«

»Mum, bitte.« Dad schlägt das jede Woche vor und jedes Mal schiebe ich irgendeinen anderen Grund vor. »Ich bin erst in Auckland angekommen. Ich möchte meine Zeit hier genießen und mir noch keine Gedanken über nächstes Jahr machen.«

»Natürlich, Liebes. Das verstehe ich. Du kannst es dir ja überlegen.«

Ich brumme etwas Unverständliches und schichte die Soße und die Nudelplatten in eine Auflaufform.

Am Rande bekomme ich mit, wie jemand die Haustür öffnet. Stimmen erklingen, Scott und Tama, der nur wenige Atemzüge später den Kopf in die Küche streckt und schnuppert. »Hm, das riecht aber gut.«

Noch nie war ich so dankbar, ihn zu sehen. »Mum, ich muss Schluss machen, Scott und seine Kumpels kommen gerade nach Hause und wir wollen essen.«

Tamas Grinsen wird breiter. Er schnappt sich einen Löffel aus dem Regal und kratzt den Topf aus. »Hey, Mrs Philipps. Vielen Dank, dass Sie uns ihre bezaubernde Tochter geschickt haben.«

Mum lacht gekünstelt. »Na gut, dann kümmere dich um die Jungs.« Irritiert schaue ich zuerst das Telefon und dann Tama an, dessen Grinsen teuflisch wird. Mum hängt echt im letzten Jahrtausend fest. »Aber melde dich bitte das nächste Mal zeitiger.«

Ohne sie darauf hinzuweisen, dass sie sich gemeldet hat, verabschiede ich mich.

»Du bist unmöglich«, sage ich zu Tama, schiebe das Handy in die Hosentasche und die Auflaufform in den Ofen.

»Und du eine Lügnerin«, entgegnet er grinsend und leckt genüsslich den Löffel ab. »Das Zeug ist verflucht gut, deshalb lasse ich dir das durchgehen.«

Erschrocken zucke ich zusammen und schlage den Ofen zu fest zu. Der Knall hallt durch die Küche. »Was meinst du damit?«

Er neigt den Kopf. »Du hast hier keinen Stress. Du hattest schlicht keinen Bock, deine Eltern anzurufen.« Verschwörerisch lehnt er sich zu mir. »Ich verstehe das. Ich liebe meine Mum, aber ihre ständigen Nachfragen gehen mir auf die Eier.«

Alles klar. Erleichtert grinse ich zurück und gehe zum Waschbecken, um meine Hände abzuspülen. Allerdings verflüchtigt sich meine gute Laune, als Ryker die Küche betritt. Ich muss nicht hinsehen, mein Körper reagiert sofort auf ihn.

»Wie lange dauert das Essen noch?« Seine tiefe Stimme schickt Schauer über meinen Rücken, allerdings klingt er ziemlich angefressen.

»Vierzig Minuten. In der Zeit wirst du nicht verhungern.«
Ich schenke ihm ein zuckersüßes Lächeln.

Eine steile Falte bildet sich zwischen seinen Brauen, als er die Augen zusammenkneift und mich fokussiert. »Hättest du weniger telefoniert, würde sich die Frage nicht stellen.«

Woooah, irgendetwas habe ich verpasst.

»Vierzig Minuten. Das ist gerade noch drin, oder?« Mein Tonfall wird giftig und am liebsten würde ich die Worte zurücknehmen. Normalerweise zicke ich nicht so rum. Normalerweise würde ich über Rykers Verhalten hinwegsehen und sogar einen Witz reißen. Aber bei diesem Kerl gibt es kein Normal.

Er tritt näher. »Warum mache ich mir eigentlich die Arbeit und organisiere alles?« Sein Blick fällt auf die Uhr, die über der Küchentür hängt. Ja, gut, es ist bereits viertel nach sechs, aber wer bitte ist so penibel?

»Vielleicht solltest du deine Energie lieber in etwas anderes stecken«, schlage ich vor.

Ein Zischen antwortet mir. Ryker macht noch einen Schritt auf mich zu, trotzig hebe ich das Kinn. »Vielleicht solltest du dich einfach daran halten.«

»Vielleicht solltest du dich mal entspannen.«

»Vielleicht würde ich das, wenn du nicht da wärst.«

Ich presse die Lippen aufeinander. In seinen Augen blitzt es. Ein Funken glimmt auf, dann noch einer. Er ist mir so nah, dass sein Atem über meine Wange streicht. Meine Zunge drückt sich gegen den Gaumen und ich muss schlucken.

Rykers Augen werden dunkler, verändern sich. Sein Ärger weicht, trotzdem sehe ich aus dem Augenwinkel, wie er die Fäuste ballt.

»Alter, ihr liebt euch echt, oder?« Tama lacht laut auf.

Wir beide zucken zusammen. Ryker flucht, geht zum Kühlschrank, schnappt sich eine Milchtüte und trinkt diese aus.

What the hell?!

»Ich muss zurück zum Training. Hayes will mit mir Pässe üben.« Er stellt die Milch zurück und knallt die Tür zu.

»Jetzt noch?« Sogar Tama klingt überrascht. Es ist nach achtzehn Uhr, Freitag.

»Wegen des Spiels morgen. Es ist das erste in der URC.« Ryker zuckt mit den Schultern, sein Blick huscht zu mir. Mit einem Mal verstehe ich, warum er so angespannt ist. Wegen des Scouts, der morgen kommen wird. Deshalb will der Trainer mit ihm üben und deshalb ist er angepisst, dass das Essen noch nicht fertig ist. Trotzdem ist das keine Art.

Mir liegt auf der Zunge, etwas zu erwidern, doch ich halte den Mund. Tama weiß nichts von dem Scout, sonst hätte Ryker es offen angesprochen.

»Hm.« Tama schüttelt den Kopf, aber auch sein Blick sagt deutlich, dass er seinem Teamkollegen nicht glaubt. »Sag mal, Brook, kommst du morgen auch? Wir werden die Eagles grillen.«

»Klar. Ich habe es Scott versprochen.«

Tama wirft mir ein High-Five zu, dass ich auffange und einstecke. Ryker murrt etwas Unverständliches und trollt sich aus der Küche.

»Nimm es ihm nicht übel«, sagt Tama. »Die Beerdigung seines Dads hat ihn sehr mitgenommen.«

Das hat sie sicher, auch wenn er das Gegenteil meinte.

»Du meinst, er war vorher weniger arschig?«, frage ich leichthin.

Tama lacht und lehnt sich gegen den Küchenblock. Er verschränkt seine muskulösen Arme vor der Brust, über die sich wie bei Ryker Tattoos ziehen. Nur sind es sehr viel mehr, dunkle breite Streifen und Zacken, die ich schon öfter bei Gästen im Fondue gesehen habe. Bex hat mir erklärt, dass es Maori-Tattoos sind und jedes einzelne eine besondere Bedeutung hat.

»Er ist kein Arsch. Auch wenn er sich gern so benimmt. Es dauert eine Weile, bis man Ryker knackt. Aber wenn man es geschafft hat, ist er einer der loyalsten und besten Freunde, den man haben kann.«

Zweifelnd ziehe ich die Augenbrauen hoch. »Du meinst den Kerl, der ernsthaft eine Anleitung dafür geschrieben hat, wie man die Waschmaschine und den Trockner bedient.«

Wieder ein Lachen. »Okay, okay. Aber Ryker war für mich da, als ich letztes Semester durch eine Prüfung geflogen bin. Er hat mir geholfen, als ich von ein paar Freaks zusammengeschlagen worden bin, weil sie mit meiner Hautfarbe nicht klarkamen. Ihrer Meinung nach gehört kein Maori in ein Rugby-Team, was totaler Schwachsinn ist. Ich spiele nicht besser oder schlechter als die anderen Jungs, nur weil mein Dad keine weiße Haut hat. Ryker hat nie nachgefragt, was passiert ist. Er hat sie verdroschen und vertrieben und mich anschließend in ein Krankenhaus gefahren.«

Ein Schauer läuft über meine Haut. Unwillkürlich rutscht mein Blick auf eine schmale Narbe an seiner Schläfe.

»Ja«, Tama nickt. »Die verdanke ich diesen Idioten. Und es wäre viel schlimmer gekommen, hätte Ryker nicht eingegriffen.«

Ich reibe mir über die Arme, um den Schauer zu vertreiben. Hass kommt in mir auf, auf die Unbekannten, die Tama das angetan haben. Doch er erzählt so leicht dahin, dass mir bewusst wird, dass er damit abgeschlossen hat. Aber Rassismus wird es immer geben. Und es wird immer irgendwelche Idioten geben, die meinen, besser als andere zu sein. Daher zolle ich Ryker meinen Respekt, dass er eingeschritten ist. Einfach, weil es richtig war.

***

»Ich fasse es nicht, dass du mit den Rebels in einer WG wohnst.« Bex schüttelt zum vermutlich zehnten Mal ihren Kopf. Um uns herum füllen sich die Zuschauerränge des Rugby Stadiums im Colin-Maiden-Park. Überwiegend Studenten sitzen auf den Holzbänken, auch Fans oder Familienangehörige sind gekommen, um dem ersten offiziellen Spiel der Saison beizuwohnen. Das erste von acht in der neuseeländischen University Rugby Championship. Alle großen Unis nehmen daran teil, und heute geht es gegen die Eagles der Massey University.

Als ich Bex erzählte, was ich am Samstagnachmittag vorhabe, ist sie schier ausgeflippt. Zum Glück übernimmt George die Wochenendschichten, sodass Bex ihm guten Gewissens das Café überließ. Wie ich liebt sie Rugby. Das Lebendige, die Energie, die während des Matches von den Spielern auf das Publikum übergeht. Im Gegensatz zu Football, bei dem sich Spieler hinter Schulterpolstern und Helmen verstecken, ist Rugby echt. Ehrlich. Zumindest hat Scott es so immer gesagt und tatsächlich empfinde ich es auch so.

Daher bin ich nicht nur aufgrund seiner Bitte hier, sondern weil ich es wirklich will. Ich sehe meinem Bruder gern beim Spielen zu, außerdem bin ich neugierig, wie Tama sich schlägt. Und Ryker.

»Dein Bruder spielt für die Rebels? Wieso hast du das nicht früher erwähnt?«

Ich rolle demonstrativ mit den Augen, muss aber trotzdem lachen. »Ja, Scott ist sogar Captain.«

»O mein Gott.« Theatralisch legt sich Bex die Hand auf die Brust. Die Geste ist so übertrieben, dass ich in lautes Gelächter ausbreche, in das meine Freundin einstimmt.

»Und trotzdem ist er ein Mensch und mein Bruder, der früher in der Nase gebohrt hat«, schiebe ich hinterher, schnappe mir meine Coke und nehme einen Schluck. Die Kälte des Getränks lässt mich frösteln, zumal die Temperaturen abgesackt sind. Anders als in England ist März nicht der Beginn des Frühlings, sondern das Ende des Sommers.

»Wie ist es in einer WG mit vier Jungs?« Bex hat sich einen Hotdog gekauft und beißt herzhaft in das Brötchen.

»Drei. Hunter ist aktuell in den USA, deshalb kann ich in seinem Zimmer schlafen.«

»Ah.« Bex fokussiert das Feld, an dessen Rand gerade einige Spieler der Rebels auflaufen und sich warm machen. In ihren blauen Trikots stechen sie hervor, ich mag die Farbe sehr. Eine

Mischung aus Türkis und Aquamarin. Scott meinte, dass die Farbe den vielen Buchten rund um Auckland nachempfunden ist.

»Es ist okay«, antworte ich ausweichend und verenge die Augen. Schnell stelle ich die Coke beiseite und schirme mit der Hand die Sonne ab. Tama erkenne ich sofort an seiner großen Statur und den dunklen kurzen Haaren, Scott ebenfalls. Allerdings sucht mein Blick unwillkürlich jemand anderen.

»Okay ist es auch mit meiner Grandma«, kommentiert Bex und ich kann das Grinsen in ihrer Stimme hören.

Ryker joggt am Rand des Spielfeldes entlang. Allein. Seine Bewegungen sind sicher, selbst aus der Entfernung kann ich sehen, was für eine Kraft in ihm steckt. Und genau genommen weiß ich das sogar. Ein anderer Spieler gesellt sich zu ihm, mein Bruder. Sie unterhalten sich, während sie laufen, mehrmals schüttelt Scott den Kopf. Plötzlich schaut er auf. Als wüsste er genau, wo ich sitze, blickt er in meine Richtung, hebt die Hand und winkt.

Ein Lachen breitet sich auf seinem Gesicht aus und ich kann nicht anders, als es zu erwidern. Ein warmes Gefühl durchströmt mich. Es ist schön, in Scotts Nähe zu sein, und ich nehme mir fest vor, ihm das später zu sagen.

Plötzlich kommt Bewegung in die Spieler auf dem Platz. Die gegnerische Mannschaft läuft ein, in grünen Trikots. Stille senkt sich über das Stadion, die Anspannung ist förmlich greifbar. Scott steht zwischen seinen Teamkollegen und kurz durchflutet mich Stolz, dass er da unten ist. Ein Captain, dem der Respekt der ganzen Mannschaft gehört.

Der Schiedsrichter pfeift an, Ryker läuft zum Ball. Er wartet kurz ab, dann schießt er. Sofort stürmen die ersten Rebels los, die Eagles bilden eine Verteidigungslinie. Bex und ich springen auf, die Arme angespannt. Scott schafft es, den Ball für sich zu gewinnen und sprintet los. Allerdings kommt er kaum vier Schritte weit, bis ihn ein Eagle tackelt.

Sie krachen zu Boden, zwei weitere Spieler springen auf sie

drauf. Der Ball rollt zur Seite, ein Spieler der Eagles schießt bis weit in die gegnerische Hälfte. Die Verteidigung der Rebels bröckelt. Am Rande des Feldes beobachte ich Ryker, wie er parallel zum Ball läuft. Er ist frei, die Gegner decken ihn nicht. Schnell rennt er weiter, springt.

Ich halte den Atem an. Seine Position ist günstig, wenn er Glück hat, kann er den ersten Punkt für die Rebels erzielen. Doch der Ball rutscht ihm aus den Fingern, Ryker stolpert und fällt.

»Verdammt.« Mit einem Schnauben setzt Bex sich zurück auf die Bank und greift nach meiner Cola. Ich verkneife es mir, sie darauf hinzuweisen. »Das hätte ein Punkt werden können.«

Ich stimme ihr zu. Mein Blick bleibt an Ryker kleben, er hat vor Frust die Fäuste geballt und das Gesicht wütend verzogen. Ich muss an den Scout denken, der irgendwo im Publikum sitzt. Mit dieser Aktion hat er ihn sicher nicht von sich überzeugt.

Das Spiel läuft weiter, doch obwohl die Rebels deutlich stärker sind und auch mehr Ballkontakte haben, gelingt es ihnen nicht, einen Punkt zu erzielen.

»Dein Bruder ist heiß«, meint Bex plötzlich und zwinkert mir zu.

Ich schnaube. »Tu dir keinen Zwang an.« Wobei mir die Vorstellung nicht gefällt, dass sie was mit Scott anfängt. Die Freundschaft zwischen mir und Bex ist so frisch, ich will nicht, dass sie direkt wieder kaputt geht. Schon gar nicht wegen eines Mannes.

Augenblicklich breitet sich Druck in meiner Brust aus, denn mir wird bewusst, dass ich in derselben Situation bin. Ich hatte etwas mit Ryker, der mir sehr deutlich gesagt hat, wie wichtig ihm die Freundschaft mit Scott ist. Und auch mein Bruder wäre nicht begeistert, wenn er von unserem One-Night-Stand wüsste. Oder wenn sich etwas zwischen uns entwickeln würde.

»Keine Angst, von Männern habe ich die Schnauze voll«, lacht Bex und schüttelt ihren Kopf. Ihre roten Haare schimmern im Sonnenlicht, die langen Ohrringe mit den Glasperlen klirren leise.

Plötzlich springen unsere Banknachbarn auf. Gebrüll zieht durch das Stadion, Klatschen.

»Fuck!«, entfährt es mir, als ich den Spieler der Eagles im gegnerischen Feld entdecke. Nur noch ein paar Schritte. Scott ist ihm dicht auf den Fersen. Doch der Kerl springt, den Ball fest umschlossen, und landet hinter der Try-Line.

Weitere fünf Punkte für die Eagles, die Rebels liegen hinten.

»Mist«, flucht Bex. »Sie verlieren, wenn die zweite Halbzeit auch so läuft.«

Ich stimme ihr zu. Ein schriller Pfiff ertönt, die erste Halbzeit ist rum. Die Rebels liegen mit zehn Punkten im Rückstand.

Frustriert schnappe ich mir meine Cola und stelle fest, dass der Becher leer ist. »Ich hole mir noch eine, willst du auch was?«

»Nein, ich warte.« Bex lehnt sich zurück, zieht ihr Handy hervor und tippt darauf herum.

»Alles klar, bis gleich.« Ich laufe zwischen den Reihen hindurch bis zum Gang. Am Rande des Stadions gibt es einen Stand mit Getränken. Während ich mich in eine Schlange stelle, beobachte ich Scott und die Jungs dabei, wie sie zurück in ihre Kabine gehen. So zerknirscht wie mein Bruder gerade schaut, hat er seinen Jungs einiges zu sagen.

Sie werden verlieren. Und verlieren ist etwas, mit dem Scott nicht umgehen kann.

11. RYKER

Als Kind hatte ich vor allem Möglichen Angst. Vor Spinnen, vor zu lautem Geschrei anderer Kinder, davor, keine Worte zu finden. Der Dunkelheit. Deshalb brannte in meinem Zimmer immer ein Nachtlicht in der Steckdose. Ich habe es kontrolliert, jeden Abend, bevor ich ins Bett geklettert bin. Und wieder jeden Morgen, ob es noch funktioniert. Das tat es immer.

Bis mein Vater entschied, dass ich zu alt für solche Albernheiten sei. Ich war neun Jahre alt und habe die Nacht darauf vor lauter Angst ins Bett gepinkelt. Ich traute mich nicht, meine Eltern zu wecken, traute mich nicht, nur einen Fuß unter der Decke hervorzuschieben.

Als ich am nächsten Morgen nicht aufstand, kam meine Mum zu mir ins Zimmer. Sie verstand, nahm mich in den Arm und hielt mich fest. Mein Vater rastete aus. Er brach mir den Arm, meiner Mum eine Rippe. Den Ärzten erzählten wir, dass es ein Unfall war, Mum und ich waren unglücklich gestürzt. Mein Vater war Sergeant bei der örtlichen Polizei, beliebt, angesehen. Niemand zweifelte an unseren Aussagen.

Wir sprachen nie wieder darüber und ich schwieg. Schwieg, als er meine Mum das nächste Mal schlug, schwieg, als er mich nachts in meinem Zimmer einsperrte, damit ich die Dunkelheit zu akzeptieren lernte.

Ich erschuf meine eigenen Regeln. Abläufe, Pläne, wie alles zu funktionieren hatte. Nur so hatte ich das Gefühl, die Kontrolle zu behalten. Auch wenn das natürlich ein Trugbild war.

»Was zur Hölle ist heute los? Ihr seid nicht bei der Sache. Ich will, dass ihr schnell und fokussiert vorgeht. Gerade nach vorne, gezielte Pässe und dann einen Try. Verstanden?«

Hayes blickt uns der Reihe nach an. Scotts Schulter stößt gegen meine, als ich vergesse zu nicken. Schnell senke ich den Kopf, was mir ein Seufzen vom Coach einbringt.

Die erste Hälfte war ein Desaster. Und ich weiß, dass es auch meine Schuld ist, dass wir hinten liegen. Mein Kopf ist nicht frei, die Zeit in England hängt mir noch nach. Die Erinnerungen an meinen Dad sind so präsent wie lange nicht mehr. Der Hass auf ihn sticht mir bei jedem Atemzug ins Herz.

Ich habe versucht, es ihm recht zu machen. War unauffällig, habe gute Noten geschrieben. Habe ihm keinen beschissenen Anlass geboten, auszuflippen – und er ist es trotzdem. Nur dass ich nicht dafür zahlen musste, sondern Mum. Immer wieder. Bis zu dem Tag, an dem ich zurückgeschlagen habe und er mich dafür über Nacht in den Knast geschickt hat.

»Konzentrier dich, Mann«, zischt mir Tama zu. »Seit du aus England zurück bist, stehst du echt neben dir.« Kopfschüttelnd steht er auf und läuft den anderen Jungs hinterher aus der Umkleide. Scott bleibt sitzen, ich spüre seinen Blick auf mir.

Ich weiß, dass Tama recht hat. Und ich weiß, dass ich Scott Antworten schulde. Bisher haben wir nicht über England gesprochen. Nicht weil Scott es nicht angeboten hätte, sondern weil ich nicht bereit war. Ich habe erst in England erfahren, wie oft Mum in den letzten Monaten beim Arzt war. Von meiner Tante, nicht von ihr. Mum würde mir das nie erzählen.

Und jetzt ist Dad tot. Eigentlich sollten meine Probleme damit gelöst sein, die Schuld verschwinden. Aber das tut sie nicht, sie wächst in mir wie ein Geschwür.

»Packst du das heute?«

Ich balle die Fäuste. Ich habe gelernt, meine Gefühle zu verbergen. Habe gelernt, nicht zu zeigen, wenn ich Angst habe. Aber da draußen im Publikum sitzt irgendwo ein Scout der Blues. Und verdammt, das hebt meinen Magen aus.

Ein letztes Mal hole ich Luft und stehe auf. »Klar!«

Scott hebt skeptisch eine Augenbraue. »Du hättest ablehnen können. Hayes hätte es dir nicht krummgenommen.«

Ein Muskel in meiner Wange zuckt. »Ich weiß. Aber diese Chance wird nicht wiederkommen und ich wäre blöd gewesen, sie nicht zu nutzen.«

»Vielleicht.« Scott legt mir eine Hand auf die Schulter und schiebt mich vor sich aus der Kabine. »Allerdings solltest du dir im Klaren darüber sein, ob du das willst.«

Er klingt wie seine Schwester. Brook hat mir gesagt, dass ich nichts zu verlieren hätte, wenn der Scout heute kommt. Dass es eine Chance sei und ich mich nicht entscheiden müsse. Aber das stimmt nicht. Ich habe zugestimmt, weil ich es wagen wollte. Einmal träumen wollte. Doch jetzt bricht alles über mir zusammen.

Es ist der falsche Zeitpunkt über Träume nachzudenken – oder über sie. Über Brook, die irgendetwas in mir berührt, die mich dazu bringt, ausbrechen zu wollen. Mehr zu wollen.

»Es wären die Auckland Blues. Natürlich will ich das, Scott«, sage ich, doch meinen Worten fehlt die Kraft.

Mein Kumpel antwortet nicht. Stattdessen bleibt Scott stehen, die Hand weiterhin auf meiner Schulter. »Du gehst da raus und spielst, Ryker. Nicht für irgendeinen Scout, sondern für uns. Weil du das kannst, verdammt, und wir uns auf dich verlassen!« Zwar hängt Verständnis in seinen Augen, trotzdem erkenne ich die Aufforderung, mich zu konzentrieren. Es geht ums Spielen, ums Gewinnen, da haben meine Probleme nichts verloren.

Ich presse die Lippen zusammen und nicke.

Vor uns liegt das Spielfeld des Colin-Maiden-Parks, rechts und links vom Ausgang der Spielerkabinen befinden sich die Zuschauerränge. Lärm dringt an meine Ohren, das Quatschen mehrerer hundert Zuschauenden, die gekommen sind, um uns spielen zu sehen. Um zu erleben, wie wir gewinnen, allerdings haben wir von unserer üblichen Stärke nicht viel gezeigt.

»Wo ist eigentlich Tyler?«, frage ich und deute die Ränge entlang. Der mannsgroße blaue Plüschdelfin, der üblicherweise die Zuschauer motiviert und anheizt, fehlt heute. Tyler hat diesen Job seit gut einem Jahr und ich zolle ihm wirklich Respekt dafür. Immerhin dauert so ein Rugby-Spiel um die achtzig Minuten und das Kostüm wiegt an die zwölf Kilo.

»Er hat geschmissen«, antwortet Scott zerknirscht.

Überrascht hebe ich eine Braue. »Warum?«

»Er ist fertig mit der Uni. Und offenbar reicht ihm das Geld nicht, sich alle zwei Wochen zum Affen zu machen.«

»So ein Mist.« Auch wenn es verständlich ist. Nicht einmal für hundert Dollar würde ich in so ein Plüschtier steigen.

»Ja. Vielleicht läuft es deshalb nicht rund, der verdammte Delfin fehlt.«

Zweifelnd stoße ich die Luft aus, doch Scott schaut so verbissen, dass ich mir jeden zynischen Kommentar schenke. »Du glaubst wirklich daran, oder?«, frage ich stattdessen und überrasche mich selbst damit.

»Du etwa nicht?«

»Es ist ein verdammtes Plüschtier.«

»Zu dem wir alle eine emotionale Verbindung haben«, hält Scott dagegen. »Unterschätze nicht, wie stark Emotionen ein Rugby-Match beeinflussen können.«

»Lass stecken, Scott«, murre ich, weil mein Kumpel äußerst elegant zu einem anderen Thema umlenkt.

»Okay, Bro. Aber wir reden später und du schaltest jetzt deinen verdammten Kopf aus. Machen wir die Vögel platt.« Scott haut mir gegen das Schulterblatt. Der Stoß ist so hart, dass ich nach vorn stolpere. Mein Kumpel lacht, natürlich war das Absicht, und joggt an mir vorbei zu seiner Position.

Ich schüttle mich ein letztes Mal, vertreibe alle Gedanken an meinen Dad oder Mum – und Brook – aus meinem Kopf und renne ihm hinterher.

Die Luft heute ist kühl. Mein Nacken kribbelt, als ich mich vorbeuge und konzentriere. Adrenalin pumpt durch meine Adern und dumpf dringt das Raunen der Zuschauer an meine Ohren, das allmählich leiser wird. Ruhe. Stille. Nur ich und das Team. Der Ball, der hinter die Try-Line muss. Das bekomme ich hin. Wie immer. Nur noch vierzig Minuten.

Der Schiedsrichter hebt die Hand mit der Pfeife. Ich spanne mich an, spüre jeden Muskel in meinem Körper, fixiere den Ball, der auf dem Tee in der Mitte des Spielfelds ruht.

Kontrolle ist gut. Und nur, wenn ich die Kontrolle behalte, wird es nicht wieder passieren. Dad wird Mum nicht schlagen. Wird niemanden mehr schlagen.

Meine Hände ballen sich zu Fäusten. Keine Schwäche, keine Angst. Jeder Fehler bedeutete ein Schlag. Für mich und für sie.

Das schrille Pfeifen des Schiedsrichters ertönt. Ich zucke zusammen. Lawrence tritt vor und schießt. Der Ball segelt in einer perfekten Bogenbahn auf das Team der Eagles zu. Sofort sprinte ich los. Meine Muskeln verkrampfen, mein Herzschlag beschleunigt sich.

Die Verteidigungslinie der Eagles formiert sich, aber das blende ich aus. Jeder Schritt bringt mich dem Ball näher. Mein blaues Trikot schmiegt sich wie eine zweite Haut an meinen Oberkörper, ich fühle den Widerstand des Rasens unter meinen Stollenschuhen. Mein Atem geht schnell, und das Rauschen in meinen Ohren übertönt alles, außer den Rufen meiner Mitspieler.

Scott fängt den Ball und rennt los in Richtung 22-Meter-Linie. Die ersten Tackles fliegen. Ich sprinte weiter, bereit einzugreifen. Ab jetzt gibt es nur noch mich, die Jungs und den verdammten Ball. Und das Ziel, heute zu gewinnen. Dem Scout zu zeigen, dass ich das Zeug habe, für die Blues zu spielen; dass wir alle es hätten.

Die zweite Hälfte hat begonnen, und endlich bin ich mittendrin.

12. RYKER

»Die nächste Runde geht auf mich!« Scotts Brüllen dringt bis in den hintersten Winkel des Danny's.

Die Sportsbar im Viaduct Harbour ist bis auf den letzten Platz gefüllt. Dicht an dicht drängen sich die Spieler der Rebels, zusammen mit unzähligen Fans, die alle gekommen sind, um das erste Spiel der Championship zu feiern. Den ersten Sieg, den wir haarscharf errungen haben.

Aus Lautsprechern an der Decke dröhnt ein Popsong, während wir an massiven Holztischen auf hohen Hockern sitzen und ein Pint nach dem anderen kippen. Die Stimmung ist ausgelassen, sogar Hayes ist mit uns gekommen, um zu feiern.

Doch das Spiel war auch anstrengend, besonders die zweite Hälfte. Die Eagles haben gemauert, ihre Würfe waren präzise, ihre Tackles brutal. Meine Schulter tut weh und auch am Arm habe ich mehrere blaue Flecken einstecken müssen. Nicht ungewöhnlich für ein Spiel, trotzdem hat es mir heute mehr abverlangt als sonst.

»Wenn du weiter so wirfst, Ryker, ist uns die Meisterschaft diese Saison sicher«, ruft Scott quer über den Tisch und reckt die Faust. Mehrere Jungs grölen, Tama haut mir auf die Schulter. Ich verschlucke mich an meinem Bier und schnappe hustend nach Luft. Noch mehr Grölen folgt, während ich aus dem

Augenwinkel beobachte, wie sich Brook und eine weitere junge Frau zu uns schieben. Sofort versteife ich mich.

Das Danny's ist so voll, hätten sie sich nicht einen anderen Platz suchen können? Nein, natürlich nicht. Denn Brook ist neu in Auckland und Scott ist ihr verdammter Bruder.

Während der zweiten Halbzeit ist es mir gelungen, sie aus meinem Kopf zu verbannen. Nicht dem Wunsch nachzugeben, sie im Publikum zu suchen. Nicht darüber nachzudenken, was sie zu dem Spiel sagen würde – zu mir? Doch in diesem Moment holen mich meine Gefühle wieder ein. Der irrationale Wunsch, sie in meiner Nähe zu haben, erneut mit ihr zu reden, obwohl ich weiß, dass jedes Wort eines zu viel ist.

Wir wollten Abstand voneinander halten. Abstand. Doch wie soll ich das schaffen, wenn sie an unserem Tisch im Danny's sitzt?

Tama sagt etwas, was allerdings im lauten Gegröle untergeht. Er drängt sich an mich und bevor ich protestieren kann, schiebt er mich zur Seite.

Um Brook und der anderen Platz zu machen. Mir gegenüber, neben Scott. Wunderbar.

Ihre blonden Locken hat sie zu einem hohen Knoten gebunden, einzelne Strähnen hängen ihr ins Gesicht. Ihre blauen Augen strahlen aufgeregt, was das Trikot der Rebels noch unterstreicht. Verdammt, woher hat sie das? Der Anblick macht etwas mit mir, denn als Brook sich zur Seite dreht, kommt der irrationale Wunsch in mir auf, dass es meine Nummer sein soll, die sie auf ihrem Rücken trägt. Meine, weil sie zu mir gehört. Fuck!

Natürlich ist es die neun. Scotts Nummer.

Brook lacht, sagt etwas zu ihrer Freundin und mein Magen krampft zusammen. Da ich plötzlich den beschissenen Drang verspüre, sie zu berühren. Zu ihr zu gehen und sie zu küssen. Weil es wundervoll war, betörend und mir – zumindest für eine kurze Zeit – aus meinem Loch geholfen hat.

Scheiße. Ohne dass Brook ein Wort gesagt hat, drehe ich ab.

»Ich geh pissen«, murmle ich in Tamas Richtung und stehe auf.

Der Boden des Danny's ist mit groben Holzdielen ausgelegt, auch die Wände sind damit verkleidet. Eine Bar zieht sich durch den gesamten vorderen Bereich, daneben hängen zwei Dartscheiben. Es erinnert mich an die Pubs in England, vielleicht kommen wir deshalb so gern her. Das Danny's ist echt, authentisch, und das Bier ist günstig. Viele Studenten der Emerald treffen sich hier – und wir nach den Spielen.

Ich schiebe mich durch die Massen hindurch, werde immer wieder angehalten und abgeklatscht. Ein Mädchen mit braunen kurzen Haaren lächelt mich auffordernd an, doch ich schüttle den Kopf. Stattdessen deute ich in Tamas Richtung, er ist bei uns der Mann für die One-Night-Stands.

Im Bereich der Toiletten ist es ruhiger. Meine Gedanken kreisen um diesen einen Moment im Flugzeug, in dem Brook mich gesehen hat. Wirklich gesehen hat. In dem ich eine Offenheit gespürt habe, eine Vertrautheit, die ich nicht einmal Scott gegenüber empfinde. Ich muss an den Moment in der Küche denken, als sie Panik hatte. Angst. Dieselbe Angst, die ich kenne und die die drängende Frage zurücklässt, was sie erlebt hat?

The madness we survived.

Vielleicht ist es das, was uns verbindet. Die verdammten Geheimnisse. Oder ich interpretiere zu viel hinein.

Egal, was es ist, es muss aufhören. Und zwar schnell. Zwischen ihr und mir wird nichts laufen. Weder heute noch sonst irgendwann.

Ich atme durch und wasche die Hände mit eiskaltem Wasser, bevor ich zu den anderen zurückgehe. Kaum bin ich aus der Tür, bleibe ich jedoch wieder stehen. Hayes wartet auf mich, diesen wissenden Ausdruck im Gesicht, der ihm so eigen ist. Scheinbar ruhig lehnt er an der Wand, die Arme vor der Brust verschränkt. Als würde er wirklich nur warten.

Doch der Anblick täuscht, dieser Mann macht nichts ohne Hintergedanken.

»Hey, Ryker.« Er zieht einen Mundwinkel hoch. Seine Haut ist von der Sonne gebräunt, um seine Augen ranken sich ein paar Lachfalten. Trotzdem ballt sich mein Magen zu einem Klumpen zusammen. Es kann nur einen Grund geben, warum er ein Gespräch mit mir sucht.

»Hey«, stoße ich hervor und drücke den Rücken durch. Er soll mir nicht anmerken, wie nervös ich bin.

»Wie fühlst du dich?«, fragt der Coach und nickt in Richtung Hinterausgang. Es gibt einen kleinen Innenhof, den vorwiegend die Raucher für sich beanspruchen. Allerdings nutzen ihn auch alle, die kurz für sich sein wollen.

»Es ging mir schon besser«, gebe ich ehrlich zu. Es nieselt leicht, als wir nach draußen treten. Ein Frösteln kriecht über meine Haut, weil ich nur ein Shirt trage. »Wir haben gewonnen, aber ich war heute nicht gut.«

»Nein, warst du nicht. Du hast schon deutlich besser gespielt.«

Ich schätze Hayes' Ehrlichkeit, aber er hätte sie etwas diplomatischer verpacken dürfen. »Ich weiß. Es tut mir leid. Nächstes Spiel läuft wieder besser.« Frustriert reibe ich mir über die Stirn und löse ein paar vom Regen feuchte Strähnen von meiner Stirn.

»Du bist brillant, Ryker, wenn du wirklich bei der Sache bist. Aber du weißt selbst, dass du seit ein paar Wochen abgelenkt bist. Ich will gar nicht wissen, von was genau, Junge, aber kläre das. Ansonsten kannst du eine Karriere im Rugby vergessen.« Er schüttelt den Kopf. Viel schlimmer als seine Aussage ist die Enttäuschung in seinen Augen. Anders als mein Dad glaubt Hayes an mich. An jeden von uns. Und es ist echt ein Scheißgefühl, ihn zu enttäuschen.

»Der Scout war nicht überzeugt. Auch wenn ihr gewonnen habt und du in der zweiten Hälfte besser gespielt hast. Aber für die Blues reicht das nicht.«

Ich knirsche mit den Zähnen und balle die Fäuste. Frustration spült durch meine Gedanken, die jedes andere Gefühl vertreibt. Es war ein Traum, nichts weiter. Ein Wagnis, sich überhaupt darauf einzulassen. Träume platzen und das Schicksal scheißt auf mich. Wieder muss ich an Brook denken. Schon wieder.

»Scheiße«, murmle ich.

»Ja, Scheiße«, stimmt Hayes mir zu und legt mir eine Hand auf die Schulter. »Ich möchte, dass du das als Arschtritt verstehst.« Er lächelt aufmunternd. Seine Finger drücken in meine Haut. Beruhigend, Mut machend. Obwohl ich es wirklich verschissen habe. Hayes hätte allen Grund, mich rund zu machen. Mein Dad hätte es getan. Aber der Coach nickt mir zu, nimmt seine Hand weg und geht zurück ins Danny's.

Ich lege den Kopf in den Nacken und starre in den dunklen Himmel. Regen platscht in mein Gesicht, durchtränkt meine Haare, mein Shirt. Doch es ist mir egal, ich spüre ihn kaum. Da ist nur diese unbändige Wut auf meinen Vater, der mir immer alles kaputt macht. Und auch mich selbst, weil ich es zulasse.

Für mich stand fest, dass ich keine Profi-Karriere anstrebe. Das Studium ist der sicherere Weg. Und trotzdem ... fühlt es sich an, als hätte ich etwas verloren. Eine Chance, die nie wiederkommt, einen Traum, den es nicht mehr geben wird.

»Es tut mir leid.«

Ich neige den Kopf. Scott steht im Türrahmen. Den Mund zu einem schiefen Lächeln verzogen, trotzdem hängt Traurigkeit in seinem Blick.

»Hat Hayes mit dir gesprochen?«

»Ja. Aber das hätte er nicht gemusst.«

Erneut wallt die Wut durch meinen Körper. Am liebsten würde ich schreien oder auf etwas einschlagen. Doch beides ist keine Option. Auffallen ist keine Option.

»Ich weiß, dass du deinen Dad nicht sonderlich mochtest,

aber er war trotzdem dein Vater«, sagt Scott so verdammt ruhig. »So einen Verlust steckt man nicht einfach weg.«

Meine Arme spannen sich an, mein Atem beschleunigt sich. Bilder blitzen vor meinem geistigen Auge auf, der Tag der Beerdigung. Mum in einem schwarzen Kleid, Tante Gaby. Irgendwelche Menschen, die ich nicht kannte und die mir trotzdem kondolierten. »Ich will nicht um ihn trauern«, flüstere ich. »Dennoch tue ich es. Er ist in meinen Gedanken, jeden verdammten Tag, und ich schaffe es nicht, das von mir zu schieben.«

»Das ist okay, Mann, wirklich. Niemand erwartet von dir, dass du sofort damit klarkommst. Nimm dir eine Auszeit, schiebe das Semester. Oder fahr in Urlaub. Alles wäre okay.«

»Nein, das wäre es nicht.« Ich schüttle den Kopf. »Denn dann hätte er gewonnen.«

Scott hat sich nicht bewegt, steht immer noch im Türrahmen und schaut zu mir.

Ich atme durch. Lege den Kopf wieder in den Nacken und schließe für einen Moment die Augen. »Für meinen Vater gab es immer nur eine Richtung: nach vorn. Er hat nie zurückgesehen oder sich für Dinge entschuldigt. Versagen war keine Option, Schwäche gab es in seiner Welt nicht. Ich habe bis heute nicht herausgefunden, warum das so ist, aber diesen Anspruch hat er an alles und jeden gestellt. An sich selbst, aber auch an Mum – und an mich.«

Ich drehe mich in Scotts Richtung. Er hat die Hände in die Hosentaschen geschoben und den Kopf geneigt. Er hört zu, wartet ab.

»Als ich noch klein war, hat mir das geschmeichelt. Ich war furchtbar ehrgeizig als Kind, wollte ihm gefallen. Eine Zeit lang hat das funktioniert. Er hat mich sogar mit aufs Revier genommen. Ich war sein Prinz und er mein verdammter Held.« Frustriert stoße ich die Luft aus.

»Was ist passiert?« Scotts Stimme klingt ruhig, schwer.

Ein zynisches Lachen bricht aus mir hervor. »Nichts. Alles. Ich bin älter geworden und all die Dinge, die ich nicht konnte, in denen ich nicht perfekt war, hat er mir vorgeworfen. Und als das nicht reichte, hat er in seiner Wut meine Mum geschlagen.«

Mein Blick saugt sich an den nassen Steinen auf dem Boden fest. Schuld schwappt erneut über mich hinweg, diesmal so brennend und schmerzhaft, dass sie mir die Luft abschnürt.

Einen Herzschlag später ist Scott da. Er steht vor mir, ich spüre seine Nähe.

»Verdammtes Arschloch«, stößt er hervor.

Mein rechter Mundwinkel zuckt. Weil er es versteht, jeder tut es. Nur ich nicht. »Das war er. Und trotzdem kann ich das nicht abhaken.«

Bevor ich es verhindern kann, zieht mich Scott in eine Umarmung. Ich fühle seine Arme um meine Schultern, seine Kraft, sein Verständnis. Für einen Augenblick gestehe ich mir das zu. Scott ist mein bester Freund, ohne ihn wäre ich die letzten beiden Jahre verrückt geworden. Er war immer für mich da und ohne dass er alle Details kannte, hat er genau das Richtige gesagt und getan.

Ich kann diese Freundschaft nicht verlieren. Ihn nicht verlieren.

Mit einem Mal ist seine Nähe mir zu viel, daher befreie ich mich aus seiner Umklammerung und trete einen Schritt zurück. Atme durch und schüttle das ungute Gefühl ab.

»Er war dein Vater. Trotz allem.« Scott hat die Lippen zu einem traurigen Lächeln verzogen. »Es ist in Ordnung, dass du ihn vermisst. Obwohl er all das getan hat. Und selbst wenn die Beerdigung für dich ein Abschluss sein könnte, das ist erst eine Woche her, Ryker, niemand verarbeitet das so schnell. Gesteh dir das zu. Nicht alles im Leben folgt einem Plan. Das weißt du besser als ich. Und besonders Gefühle sind unberechenbar. Vor allem die eigenen.« Er grinst traurig und wieder kommt das Gefühl in mir auf, dass Scott mir etwas verschweigt. Dass er selbst ein Päckchen zu tragen hat, über das er nicht sprechen will.

»Kennst du das Gefühl, wenn dir alles entgleitet? Wenn du die Kontrolle verlierst?«, frage ich und streiche mir noch einmal durch die nassen Haare.

»Natürlich. Das habe ich nach jedem Training.« Er zieht eine Grimasse. »Allerdings gibt es Schlimmeres. Und vielleicht solltest du es einmal zulassen. Du könntest überrascht werden.«

Sicher. Nicht. Die letzte Überraschung sitzt kaum zehn Schritte von mir entfernt im Danny's und könnte mit einem falschen Wort mein Leben zerstören.

»Komm, lass uns was trinken. Und Brook hat eine heiße Freundin dabei. Vielleicht bringt sie dich auf andere Gedanken.«

Ähm. Ja. Vielleicht wäre eine Frau tatsächlich nicht schlecht. Nur von Brooks Freundin sollte ich die Finger lassen. Der Stress mit Brook reicht mir schon.

13. BROOK

Unauffällig beobachte ich Scott und Ryker, die sich zwischen den Studenten hindurch zu unserem Tisch schieben. Scott lacht und redet auf Ryker ein, wobei mir auffällt, dass er immer wieder einen Blick in unsere Richtung wirft. Allerdings nicht zu mir, sondern eher zu Bex.

Ryker hingegen blickt stur zur Seite. Als würde er mich bewusst meiden. Was kindisch ist, und für kindisch halte ich ihn nicht. Eher für viel sensibler, als er vermitteln möchte, und das wiederum bedeutet, dass ihn etwas beschäftigt.

»Wer ist das hinter deinem Bruder?« Bex hat sich so dicht zu mir gelehnt, dass ihr warmer Atem über meinen Hals streicht und mich kitzelt.

»Ryker«, sage ich so neutral wie möglich, doch sein Name auf der Zunge fühlt sich merkwürdig an. Bedeutungsvoll. Wie ein Geheimnis, dass ich in diesem Augenblick preisgebe.

»Wohnt er auch in der WG?«

Ich zucke mit den Schultern und nicke gleichzeitig. »Ja. Warum fragst du?«

»Nur so. Er kommt mir bekannt vor.«

Überrascht sehe ich sie an. Bex hat die Stirn gerunzelt und auf ihrem Nasenrücken liegen drei kleine Falten. »Vielleicht war er schon bei dir im Fondue? Er studiert auch an der Emerald, Desaster Management.«

»Da bist du ja gut informiert.« Sie zwinkert mir zu.

Sofort prickelt eine verdächtige Hitze auf meinen Wangen und ich reibe schnell darüber. »Er hat es mal erwähnt, ebenso wie Tama. Der studiert Business Management«, sage ich ausweichend, doch Bex grinst.

Glücklicherweise rettet mich in diesem Augenblick Tamas lautes Fluchen, das die Aufmerksamkeit des gesamten Tisches auf sich zieht. »Rylan hat gerade abgesagt«, wiederholt er. »Dieser Idiot verkauft lieber Tickets für die Stadtrundfahrt, anstatt Daisy zu sein.«

Ein frustriertes Fluchen antwortet ihm, einige Jungs hauen auf den Tisch. Das Bier in den Gläsern schwappt und die Stimmung kippt so schnell, dass die Frustration und Anspannung greifbar werden.

Ich verstehe nur Bahnhof. »Wer ist Daisy?«, frage ich in die plötzliche Stille.

»Daisy«, Tama presst seine Hände theatralisch an die Brust. »Daisy ist unser Herz. Die Seele der Rebels, das wichtigste Mitglied im Team. Ohne sie spielen wir beschissen, wie man heute gesehen hat.«

Missbilligend hebe ich die Augenbrauen. »Bitte sag mir, dass ihr kein Groupie habt, das ihr durchreicht.«

Tama schürzt die Lippen, während Bex neben mir lacht. »Nein, Daisy ist unser Maskottchen. Der schönste Delfin in der Bay und unser Glücksbringer. Bis Tyler hingeworfen hat.«

Ein Maskottchen. Vor meinem geistigen Auge sehe ich einen Kerl in einem lächerlichen Delfinkostüm, der vor den Zuschauern auf und ab hüpft und Fähnchen schwingt.

»Willst du das nicht übernehmen?« Scotts Stimme dringt an mein Ohr.

Erschrocken reiße ich die Augen auf. »Nein, auf keinen Fall.« Abwehrend hebe ich die Hände und schüttle demonstrativ den Kopf, sodass meine Locken über meine Schultern wirbeln.

»Du suchst doch einen Job und das wäre perfekt«, fährt mein Bruder ungerührt fort und ignoriert die tödlichen Blicke, die ich ihm zuwerfe. »Die Arbeitszeiten passen perfekt zu den Unikursen.«

»Nein, wirklich nicht. Es ist lieb, dass ihr fragt, aber das ...«

»Doch, die Idee ist super!«, stimmt Tama ihm zu.

Panik kommt in mir auf. Ich sehe keinen Mann in einem Kostüm, sondern mich. Schweißtriefend, kurz vor dem Zusammenbruch. »Scott, ehrlich. So ein Kostüm ist sicher sauschwer und Sport ist nicht mein Ding.«

Achtzig Minuten Spielzeit halte ich niemals durch. Hektisch schaue ich zu Bex, doch die zuckt mit den Schultern und presst die Lippen zusammen. Meine Freundin weiß, dass ich keinen Job brauche. Allerdings kann ich schlecht meine Schichten im Fondue vorschieben.

»Ach was, das schaffst du. Deiner Kondition wird das guttun.« Mein Bruder zwinkert mir fröhlich zu. »Und ich geh mit dir joggen, damit du durchhältst.«

Sein Grinsen ist so breit, dass seine weißen Zähne aufblitzen. Ich schnappe nach Luft. Suche nach weiteren Ausreden. Ich werde auf keinen Fall zu einem persönlichen Scott-Philipps-Projekt. Das wird meine Hölle auf Erden.

Mein Mund öffnet sich, ich will etwas sagen – und schließe ihn wieder. Einige Jungs stimmen Scott zu und ich spüre, wie ich plötzlich im Zentrum der gesamten Aufmerksamkeit stehe. Mein Atem geht schneller. Ich will das nicht. Nicht nur, weil ich mich lächerlich machen werde, sondern ... Rykers Blick trifft mich. Die Ablehnung in seinen dunklen Augen ist so tief und dunkel, dass sich meine Schultern verkrampfen. Und sie tut weh. Viel mehr als sie sollte.

»Daisy war bisher immer ein Kerl, das Kostüm ist viel zu groß für Brook«, sagt er und klingt so feindselig, dass er damit meinen Trotz weckt.

»Ach was, das geht schon«, wiegelt Scott ab. »Wir passen es ein bisschen an.«

»Nein. Mit Traditionen sollte man nicht brechen.« Rykers Blick liegt nach wie vor auf mir. Unnachgiebig und fordernd, sodass ich von allein den Mund öffne und etwas sage. Ohne nachzudenken.

»In welchem Jahrtausend lebst du eigentlich? Euer Delfin heißt Daisy, was als solches schon skurril ist. Warum bestehst du also darauf, dass das Kostüm nur ein Mann tragen kann? Das ist nicht nur frauenfeindlich, das ist konservativ und engstirnig.«

Eine steile Falte bildet sich zwischen Rykers Augenbrauen. »Es ist eine Tradition. Und bisher sind wir damit gut gefahren.«

»Aber heute nicht, oder? Heute hast du mehr als einen Ball schlecht geworfen und damit fast euren Sieg verschenkt.«

Sein Kiefer tritt hervor, so fest presst er die Zähne aufeinander. Alles an ihm spannt sich an, seine Oberarme, seine Schultern, seine Fäuste. Ein leises Rauschen brandet in meinem Ohr auf, das alles andere in den Hintergrund drängt. Da sind plötzlich nur noch Ryker und ich. Die Wut, die er ausstrahlt, mein Trotz. Und das verdammte Geheimnis zwischen uns.

»Und ausgerechnet du willst uns retten?«, stößt er so abfällig hervor, dass ich nach Luft schnappe. »Die von zu Hause abhaut, weil sie ihren Eltern nicht die Wahrheit sagen kann? Die Termine vergisst und zu spät kommt? Die überall Chaos hinterlässt, wo sie auftaucht?«

Die Sitzbank unter meinem Hintern verschwindet und ich habe das Gefühl zu fallen. Unnachgiebig nach unten gezogen zu werden, plötzlich keine Kraft mehr zu haben. Tränen schießen mir in die Augen, die ich mit aller Macht zurückdränge.

»Ja, verdammt, ich will das«, presse ich hervor.

»Du wirst dich lächerlich machen.«

»Und du tust es gerade.«

»Nein, ich spreche lediglich das aus, was alle denken. Geh zurück nach London, Brook. Und kläre deinen Scheiß.«

Ruckartig stehe ich auf. Ich fühle Finger, die sich auf meinen Oberschenkel legen. Bex. Doch mein Blick fokussiert den Kerl am anderen Ende des Tisches, der mich nach wie vor anstarrt. Und in dessen Augen die Wut so hoch flackert, dass ich mich unwillkürlich frage, was mit Ryker nicht stimmt.

»Alter, was geht denn bei euch?« Tamas Stimme klingt so weit weg.

»Du bist ein verdammtes Arschloch, Ryker!«, zische ich und stürme los. Tränen nehmen mir die Sicht. Blind dränge ich zum Ausgang des Pubs. Das Rauschen in meinen Ohren hat zugenommen, das Herz in meiner Brust poltert. Wegen ihm. Wieder wegen ihm. Allerdings habe ich diesmal nicht das Bedürfnis, ihn zu berühren, sondern eher, ihm den Hals umzudrehen.

Wie konnte er all das sagen? Wie konnte er – vor Scott und der Mannschaft – aussprechen, dass ich meine Eltern belüge? Wie kann er sich herausnehmen, mir das um die Ohren zu hauen?

Trotzig wische ich mir über die Augen und trete aus dem Danny's. Nieselregen fällt auf mich herab, der sich sofort auf meine Haare und die nackten Arme legt. Das Trikot der Rebels schmiegt sich an meinen Oberkörper, einzelne Haarsträhnen kleben an meiner Stirn. Fluchend fasse ich meine Haare erneut zusammen, drehe sie hoch und befestige sie mit einem Band, das ich um mein Handgelenk getragen habe.

Trotz nagt an mir, Verzweiflung. Denn natürlich hat Ryker einen Punkt getroffen. Ich weiß, dass ich mit meinen Eltern reden muss, mit Scott. Dass ich wegrenne. Aber das gibt ihm kein Recht, es offen auszusprechen.

Noch einmal reibe ich mir über das Gesicht. Die Tränen vermischen sich mit dem Regen, meine Augen brennen. Ich atme durch. Rieche den salzigen Duft des Meeres, den feinen Geruch nach Öl, der sich damit vermischt.

Es war ein Fehler, mit Ryker zu schlafen. Es war ein Fehler, ihn so nahe an mich heranzulassen. Aber damit ist jetzt Schluss.

Suchend schaue ich mich um. Rechts und links vom Eingang

tummeln sich Studenten, viele haben ihre Drinks mit nach draußen genommen. Entschlossen laufe ich über die Straße zum Kai. Wellen schlagen gegen die Betonmauer, die den Hafen vom Meer trennt. Unzählige Schiffe liegen an den Stegen an, bei einigen leuchtet warmes Licht durch die Fenster nach draußen.

Ich sollte wieder zurück ins Danny's gehen. Allerdings will ich mir die Blöße nicht geben, so wie ich aussehe. Verheult und emotional zerstört. Daher wende ich mich nach links und laufe den Kai entlang. Möwen sitzen auf der Mauer und haben ihren Kopf in das Gefieder gesteckt. Bänke stehen in regelmäßigen Abständen am Ufer, Nikau-Palmen dazwischen.

Auf der dritten Bank nehme ich Platz und setze mich auf die Lehne. Die Ellenbogen auf den Knien, den Kopf in die Hände vergraben. Vielleicht sollte ich Bex eine Nachricht schicken, dass sie rauskommt. Oder einfach nach Hause gehen.

Schritte erklingen. Ich reagiere nicht darauf, hoffe, dass die Person weitergeht. Aber das tut sie nicht. Ein leiser Fluch entweicht mir. Die ersten Worte irgendeiner Ausrede auf der Zunge hebe ich den Kopf. Der Gedanke erstirbt. Denn kaum zwei Meter von mir entfernt steht Ryker. Die Hände tief in die Hosentaschen geschoben, die Kiefer aufeinandergepresst. Seine blonden Haare kleben ihm feucht an der Stirn und ich kann selbst aus dieser Entfernung die Wut in seinen Augen blitzen sehen. Aber nicht nur die.

»Es tut mir leid«, sagt er und klingt tatsächlich zerknirscht. Nur dass ich ihm die Entschuldigung nicht abnehme. Stattdessen grollt heißkalter Zorn in mir hoch und ich springe mit einem Satz von der Bank. Direkt vor ihn. Damit wir endlich klären, was seit Tagen unausgesprochen zwischen uns brennt.

14. BROOK

»Was sollte das gerade eben?«, fahre ich ihn an und stütze die Hände in die Hüften.

»Ich habe doch schon gesagt, dass es mir leidtut.« Er dreht den Kopf zur Seite und sieht auf das Meer.

Frustriert stoße ich die Luft aus. »Shit, Ryker, nein. Das reicht nicht. Du kannst nicht so einen Scheiß erzählen und dann ernsthaft glauben, eine einfache Entschuldigung reiche aus, um das aus der Welt zu schaffen.«

Endlich schaut er zu mir. Immer noch funkelt Wut in seinem Blick, trotzdem meine ich, einen Hauch Verzweiflung zu erkennen. »Okay. Und was sollte ich deiner Meinung nach tun?« In seiner Stimme schwingt so viel Aggression mit, dass sich meine Finger fester in die Seite krallen.

»Herrgott, hätte ich gewusst, was für ein Arschloch du bist, hätte ich nie …« Ich beiße mir auf die Unterlippe. Sofort blitzen Bilder vor meinem geistigen Auge auf, die ich vehement zur Seite schiebe.

»Sag es ruhig.« Spöttisch zieht er eine Braue hoch. »Du hättest nie mit mir geschlafen. Und glaube mir, damit bist du nicht allein.«

»Gut, dann haben wir das ja geklärt.«

Er zieht die Hände aus den Hosentaschen und fährt sich

übers Gesicht. Die Haare streicht er aus der Stirn, die feucht vom Regen glänzt.

»Du hast mich vorgeführt, weil du keinen Bock darauf hast, dass ich euer Maskottchen spiele«, stoße ich aus. Ein Frösteln läuft über meine Haut. Ich reibe mit den Händen über meine Oberarme und verschränke sie vor der Brust.

Ryker atmet durch. »Ich weiß. Und das tut mir leid, ich hatte kein Recht, diese Dinge über dich zu sagen.«

Diesmal glaube ich ihm. Vielleicht weil die Wut aus seinem Blick verschwindet und sich stattdessen mit Schuld mischt.

»Warum hast du es dann getan?«

Ein zynisches Lächeln zieht seine Lippen auseinander. »Weil ich Abstand zu dir halten will, Brook. Sonst gibt es eine Wiederholung von gerade eben. Da ist etwas zwischen uns, das jeden Tag anstrengender wird. Explosiver. Intensiver.« Seine Stimme wird leiser. Und seine Worte ziehen mir den Boden unter den Füßen weg. Meine Wut verpufft, stattdessen starre ich ihn mit großen Augen an.

»Ich ... Du bist einfach überall, Brook. Im Haus, in derselben Bar und ab sofort wirst du bei allen Heimspielen dabei sein. Ich habe das Gefühl, dass mir die Kontrolle entgleitet.«

Ich starre weiter. Das kann er nicht ernst meinen. »Du hast gesagt, dass ich zurück nach London gehen soll.« Ein saurer Geschmack breitet sich in meinem Mund aus. Meine Worte kommen zu leise, zu langsam. Meine Stimme zittert.

Ryker scharrt mit seinem Sneaker über den nassen Asphalt. Er hat den Kopf geneigt, als würde er in dem verdammten Beton seine Antwort finden.

»Ja. Und es wäre sicherlich das Beste. Für mich, aber auch für dich. Du rennst weg, Brook. Das hast du selbst gesagt. Wenn du wirklich keine Ärztin werden willst, solltest du das deinen Eltern sagen.«

Mein Atem geht schneller. Viel zu schnell. Mein Herz beginnt zu rasen und mit einem Mal ist mir so kalt, dass mein Unterkiefer zittert.

»Du könntest etwas anderes studieren, deine Zeit anders nutzen«, fährt Ryker fort und ich glaube ihm sogar, dass er es gut meint. Dass er mir helfen will. Aber, verdammt noch mal, das tut er nicht.

»Das kann ich nicht«, stoße ich hervor. Rykers Miene verschwimmt vor meinen Augen. Wird zu Liams Gesicht, der nach Luft schnappt und dessen Augen trüb werden. Ich konnte ihm nicht helfen. Konnte nichts tun, nur dastehen und zusehen. Sirenen erklingen in meinem Kopf, das Rufen der Sanitäter und Ärzte. Blicke treffen mich, vorwurfsvoll, zornig.

Du bist unfähig, flüstern sie. Nichts wert. Wie soll so jemand Ärztin werden?

Ich schlucke. Blinzle. Zwinge die Erinnerungen erneut weg.

»Doch, das kannst du. Ich verstehe, dass du vor dem Gespräch mit deinen Eltern Angst hast. Aber sie werden es sicher nachvollziehen.«

Seine Worte erreichen mich nicht. Immer noch flimmert Liams Gesicht vor mir, die Hilflosigkeit, die Wut. Die Schuld, weil ich unfähig war. Unfähig bin.

Ryker tritt einen Schritt auf mich zu. »Es tut mir leid, was ich gesagt habe, wirklich.«

»Ich kann das nicht!« Diesmal brülle ich. Erneut schießen Tränen in meine Augen, mischen sich mit dem feinen Nieselregen.

Rykers Augenbrauen fahren zusammen. »Weil du Angst hast?«

»Nein, verdammt, weil ich nicht mehr studiere. Ich habe keine Luft mehr bekommen, sobald ich in der Nähe des Campus war. Ich habe aufgegeben, Ryker ... und ich habe sie alle belogen.« Mein Atem geht keuchend. Mein Herz rast. Zitternd hebe ich die Hand und wische mir über das nasse Gesicht. Ich fühle mich wund, verzweifelt, hilflos. Alles zusammen und gleichzeitig wie nichts. Der Boden tut sich unter mir auf und es gibt nichts mehr, das mich hält.

»Fuck«, stößt Ryker leise aus. Er steht immer noch vor mir, knapp einen Meter entfernt.

»Ja, fuck. Renn zurück ins Danny's und erzähle es Scott. Dann muss ich zurück nach London und du bist mich los.«

Ryker zuckt zusammen, als hätte ich ihn geschlagen.

Abrupt drehe ich mich um und stürme zurück. Also zumindest hatte ich das vor, doch er langt so schnell nach meinem Arm, dass ich stolpere und hingefallen wäre, hätte er mich nicht gehalten. Plötzlich ist er mir ganz nah. Ich spüre seinen Atem an meinem Hals, seine Hand an meinem Arm. Seine verdammte Nähe, die einen Schauer über meine Haut schickt.

»Das werde ich nicht tun«, sagt er leise, trotzdem bebt seine Stimme.

Das hier ist zu viel. Zu viel Nähe, zu viel Wahrheit. Ich hatte niemals vor, ihm all das zu erzählen.

Ryker hebt seine freie Hand und streicht mir über die Wange. Schiebt eine nasse Strähne beiseite, die mir in die Augen hängt. Seine andere Hand liegt immer noch an meinem Arm. Allerdings macht er keine Anstalten, mich loszulassen.

»Hat es mit den Sirenen zu tun?«, fragt er vorsichtig.

Ich presse die Lippen zusammen. Schaue in seine dunklen Augen, schaue in Liams. Wieder verschieben sich die Bilder, aber diesmal schaffe ich es, hier zu bleiben. Ryker muss mir trotzdem ansehen, was in mir vorgeht, denn er seufzt leise.

»Was ist passiert?«

Automatisch schüttle ich den Kopf. Worte drängen sich gegen meine Lippen, doch ich will sie nicht aussprechen. Denn dann würde ich zugeben, dass ich nichts wert bin. Dass sie alle recht hatten, dass ich unfähig bin. Schuldig.

Rykers Finger graben sich fester in meinen Arm. Als würde er meinen Kampf fühlen, ihn verstehen. Und vermutlich tut er das auch. Ebenso meine Unfähigkeit, darüber zu sprechen.

Gleichzeitig habe ich das Gefühl, als würde etwas in mir aufbrechen. Feine Risse ziehen sich durch meine Schutzmauer.

Er neigt den Kopf. »Du musst es Scott sagen, wenigstens

ihm. Er macht sich so viele Sorgen um dich, er hat die Wahrheit verdient.«

Augenblicklich bildet sich ein Kloß in meinem Hals. »Aber was würde das ändern?«

»Es wäre ein erster Schritt. Du willst dein Leben wieder in den Griff bekommen, du musst irgendwo anfangen.«

Eine patzige Antwort liegt mir auf der Zunge, aber ich schlucke sie herunter.

»Brook?«

»Ja?«

»Tue es. Bitte. Für dich.«

»Und wenn ich es nicht schaffe? Oder wenn er mich danach hasst?«

Sein Griff um meinen Arm wird fester. »Das wird er nicht.«

»Woher willst du das wissen?«

»Weil ich Scott verdammt gut kenne. Und du auch.«

Meine Unterlippe zittert. Ich muss schlucken. Der Riss in meiner Mauer wird tiefer, breitet sich aus. Und lässt das Gefühl von Hoffnung hindurch.

»Okay.« Ein Lächeln breitet sich auf meinen Lippen aus, das ungewohnt vorsichtig ist. Weil das vor mir immer noch Ryker ist, der mich eben erst vor dem ganzen Team bloßgestellt hat.

»Und wir müssen das klären, das zwischen uns«, sagt er leise.

Ein erster Schritt wäre, dass er seine Hand wegnimmt, aber das tut er nicht. Plötzlich ist mir Ryker nah. So verdammt nah.

»Du bist überall, Brook«, flüstert er und legt seine Hand an meine Wange. Meine Haut kribbelt, von meinem Kinn über meine Schläfe bis hinauf zu meinem Haaransatz. Mir ist übel und trotzdem bewege ich mich nicht.

»Und das ist nicht gut. Weil du mir aus irgendeinem Grund unter die Haut gehst und etwas mit mir machst, das ich nicht kontrollieren kann. Deshalb kommt es zu Ausbrüchen wie gerade eben, die mir leidtun und die unfair sind.«

Hektisch schlucke ich. Das hier ist nicht gut, gar nicht gut.

Und es ist definitiv nicht das, was wir vorhatten. Trotzdem hebe ich meine Hände und kralle sie in sein Shirt.

»Wir waren uns einig, dass das hier nicht geht.« Meine Worte prallen gegen seine Lippen. »Und eben hast du mir noch gesagt, dass ich verschwinden soll. Aus deiner Stadt, deinem Team – deinem Leben.«

»Und das solltest du.« Mit dem Daumen streicht er über meine Unterlippe. Ich fühle, dass er lächelt, dass er zögert.

Ich halte die Luft an. Warte darauf, dass etwas passiert. Dass er Vernunft annimmt. Oder sich mein Hirn wieder einschaltet. Das hier ist eine dumme Idee, aus so vielen Gründen. Und trotzdem pocht mir das Herz bis zum Hals und das verdammte Flattern im Brustkorb will nicht aufhören.

Ryker kommt mir entgegen. Nur ein wenig, aber genug, dass seine Lippen über meine streichen. Ein Zittern rennt durch mich hindurch, das macht, dass mein ganzer Körper bebt. Das hier ist etwas anderes als der Kuss im Flugzeug. Das hier geht weiter, tiefer, weil Ryker kein Fremder mehr ist. Weil ich ihn kenne, diesmal wirklich, und wir beide wissen, dass dieser Kuss etwas bedeuten würde.

Ryker war nicht geplant. Ryker wird alles kompliziert machen. Nicht nur wegen Scott, der vermutlich nicht begeistert ist, wenn ich etwas mit seinem besten Kumpel anfange, sondern vor allem für mich.

»Nein«, sage ich und will ihn von mir schieben. Stattdessen kralle ich mich nur fester an ihn.

»Ich weiß.« Er seufzt und küsst mich auf den Mundwinkel. Federleicht, trotzdem krampft mein Herz zusammen.

Weil mir bewusst wird, wie falsch das hier ist. Dieser Kuss würde alles verändern und gleichzeitig nichts. Denn Ryker – ist Ryker. Der beste Freund meines Bruders und ein Junge mit so vielen Problemen, dass er Ablenkung sucht. Ja, ich mag ihm unter die Haut gehen und etwas in ihm auslösen, das er nicht kontrollieren kann. Und dass er dasselbe mit mir tut, steht außer Frage. Aber das reicht nicht, um alles andere aufs Spiel zu setzen.

Ich bin weit davon entfernt, in Ryker verliebt zu sein, und er hat selbst gesagt, dass ich mein Leben in den Griff bekommen muss. Dass ich irgendwo anfangen muss. Ein Kuss mit ihm oder gar eine geheime Beziehung, steht dem absolut entgegen.

»Es geht einfach nicht.« Jetzt schiebe ich ihn wirklich von mir.

Rykers Hand liegt nach wie vor auf meiner Wange. Langsam gleiten seine Finger über meine Haut und verschwinden. Ein Kribbeln bleibt zurück, Kälte. Ich beiße mir auf die Unterlippe, ringe mit mir, bereue und weiß doch, dass ich das Richtige tue. Nicht nur für mich, sondern auch für ihn.

»Wir sollten das nicht tun. Wir sollten das überhaupt nicht tun, vor allem nicht aus dem Impuls heraus, etwas anderes damit überspielen zu wollen.«

Er tritt einen Schritt zurück, reibt sich mit den Händen übers Gesicht und dreht sich zur Seite. »Du hast recht. Und ich weiß das auch. Da ist nur diese Anziehung, die ich mir nicht erklären kann. Ich meine, du bist das komplette Gegenteil von mir und obwohl ich weiß, dass es völlig falsch ist, dich zu küssen, will ich es trotzdem.« Er schenkt mir ein schiefes Grinsen. Dasselbe wie im Flugzeug, das ihn jünger erscheinen lässt. Nicht so ernst und verschlossen.

Ich öffne den Mund, sortiere meine Gedanken, meine Worte. Und schiebe alle Emotionen beiseite. Einmal durchatmen, dann habe ich mich wieder im Griff. Soweit das in dieser Nacht überhaupt geht.

»Das willst du nicht. Und ich will es auch nicht. Also nicht wirklich. Und daran werden wir uns halten.«

Skeptisch zieht er die Augenbrauen hoch. »Und was tun wir stattdessen?«

»Du könntest dich weniger wie ein Arsch benehmen.« Demonstrativ schürze ich die Lippen.

Ryker zieht eine Grimasse. »Okay, das habe ich verdient.«

Bewusst übergehe ich seinen Kommentar. »Wir könnten anfangen, wirklich miteinander zu reden.«

»Hältst du das für klug?« Zweifelnd verzieht er den Mund.

»Allerdings.«

»Gut, Brook Philipps, worüber willst du mit mir sprechen?« Er schiebt seine Hände zurück in die Hosentaschen und mir fällt auf, dass sich eine Gänsehaut auf seinen Armen gebildet hat. Der Regen hat aufgehört, allerdings hängt eine kühle Feuchtigkeit in der Luft. Wir sollten zurückgehen, langsam werden sich die anderen fragen, warum wir beide so lange verschwunden sind.

»Bist du allein auf die Idee gekommen, mir nachzugehen und dich zu entschuldigen, oder hat dich mein Bruder geschickt?«

Mir antwortet ein missbilligendes Schnauben. »Ich hab's wirklich verkackt, wenn du mir so eine Frage stellst.«

»Auf ganzer Linie.«

»Fuck!« Er hebt den Arm und reibt sich den Nacken. »Aber so viel Rückgrat darfst du mir zugestehen. Ich weiß, wenn ich Scheiße baue.«

Immerhin. Ganz sicher war ich mir nicht.

»Es tut mir leid, was ich gesagt habe«, gebe ich zu und wende mich in Richtung Pub. Ryker folgt mir, langsam gehen wir zurück. »Du spielst nicht schlecht. Also zumindest nicht nur. Und es lag nicht nur an dir, dass ihr beinahe verloren hättet.« Kurze Pause. Ich sollte besser die Klappe halten. Doch ich kann nicht anders. »Ihr habt nicht verloren, weil kein Maskottchen da war. Und ihr werdet nicht gewinnen, wenn ich mich in dieses Kostüm zwänge. Die Eagles haben besser gespielt, weil ihr nicht bei der Sache wart.«

Zwei junge Frauen laufen an uns vorbei, eine mit kurzen braunen Haaren wirft Ryker einen bohrenden Blick zu. Er ignoriert es, was mein Herz bedauerlicherweise bemerkt.

»Ich weiß, den Vortrag hat mir Scott schon gehalten. Aber mein Kopf ist so voll.« Er atmet durch. Abwartend sehe ich zu ihm auf. Ryker hat die Augen zusammengekniffen, als müsste er überlegen, wie viel er mir erzählen darf. Als würde er abwägen, was er zulassen kann und was nicht. Doch dann gibt er sich einen Ruck. »Die Beerdigung meines Dads hat mich umgehauen. Da sind ... Dinge, mit denen ich klarkommen muss. Und dann lädt Hayes einen Scout zum Spiel ein. Ausgerechnet heute. Er hat es gut gemeint, aber ich kann ...« Er ballt die Fäuste. Seine Wut flirrt zwischen uns umher und am liebsten würde ich die Hand nach ihm ausstrecken. Doch das ginge zu weit, das würde Grenzen überschreiten, die wir gerade bewusst gezogen haben.

»Hast du ihm das gesagt?«, frage ich zögerlich, weil ich nicht sicher bin, wie weit ich gehen kann.

Ryker lacht freudlos. Der helle Schein einer Straßenlaterne beleuchtet sein Gesicht, lässt es kantiger und herber aussehen, als es ist. »Nein. Hayes ist ein guter Coach und er hat immer ein Ohr für unsere Probleme. Aber ich wüsste nicht, was ich ihm sagen soll.«

»Vielleicht, dass dich der Tod deines Dads mitnimmt? Das würde jeder verstehen.«

Er mahlt mit den Kiefern aufeinander. Wieder kommen mir seine Worte im Flugzeug in den Sinn, dass er ihm nicht nahestand. Dass ihm sein Dad nichts bedeutet hat, doch das glaube ich einfach nicht. »Jeder Mensch hinterlässt Spuren, vor allem unsere Eltern. Und auch wenn du das nicht wahrhaben willst, solltest du dich damit auseinandersetzen, rede mit irgendwem darüber. Mit Scott – oder deiner Mum. Aber du machst dich kaputt, wenn du so weitermachst.«

Ryker reagiert nicht, schaut mich einfach nur an. Dann, nach einer gefühlten Ewigkeit bleibt er stehen, dreht sich zur Seite und starrt auf das Meer. Wir sind fast am Danny's angekommen, Studenten stehen um uns herum, leise Gespräche mischen sich mit unserer Stille.

»Wie machst du das?«, fragt er irgendwann. »Du weißt so

gut wie nichts über mich und trotzdem hast du mit jedem Wort recht.«

»Ich bin gut im Raten«, antworte ich keck und muss grinsen, wobei mir eigentlich nicht danach ist.

Ryker lacht leise. »Du bist völlig anders als Scott und trotzdem seid ihr euch unglaublich ähnlich.«

»Na ja, wir sind verwandt. Ab und zu haben die Gene einen gewissen Einfluss.«

»Keine Ahnung.« Er zuckt mit den Schultern. »Ich habe keine Geschwister. Es gab nur Mum, Dad und mich.«

»Das tut mir leid«, sage ich aus einem Impuls heraus, weil ich mir ein Leben ohne meinen Zwillingsbruder nicht vorstellen könnte.

»Das Leben als Einzelkind hat durchaus Vorteile. Man ist immer der Erste, bekommt alle Geschenke, das größte Stück vom Kuchen und ...« Er bricht ab. Verschluckt die Worte, die ihm auf der Zunge liegen, und die ich trotzdem fühle. Die kalt sind und kantig und wehtun und deshalb lieber still bleiben.

»Scott ist furchtbar korrekt. Und er hatte immer alle Hausaufgaben fertig, während ich meistens die Hälfte vergessen habe«, sage ich schnell, um irgendetwas zu sagen. Um Ryker zu helfen, um ihn auf andere Gedanken zu bringen.

»Scott ist für dich da. Nur seinetwegen bist du in Auckland. Und nur seinetwegen wirst du unser Maskottchen.«

Womit wir beim eigentlichen Thema angelangt wären. Ich atme tief durch. Die Luft schmeckt salzig und irgendwie nach Seetang. »Wenn du nicht möchtest, dass ich Daisy übernehme, tue ich es nicht.«

Ich meine es ernst. Und um das zu verdeutlichen, drehe ich mich halb zu ihm um. Neben uns ragt die Mauer in die Höhe, die uns vom Meer trennt. Hinter uns laufen Jugendliche grölend über die Straße.

Langsam dreht sich Ryker in meine Richtung. Sein Brustkorb hebt und senkt sich ruhig, doch ich nehme ihm die Gelassenheit nicht ab. »Nein, es ist schon okay. Mein Argument war ... völliger Quatsch. Es ist egal, ob ein Mann oder eine Frau im Kostüm steckt, es macht keinen Unterschied. Es kommt darauf an, die Zuschauer zu begeistern, und das kannst du bestimmt gut.«

»Du bist dir sicher?«

»Bist du es denn?« Ein neckischer Funke blitzt in seinen Augen auf, der mich herausfordert. Ein warmer Schauer flirrt durch meinen Brustkorb.

»Klar, wie anstrengend kann das schon werden?« Jedes Wort straft mich Lügen. Denn ich weiß, dass es die Hölle wird. Aber einen Rückzieher mache ich nicht, erst recht nicht, als sich ein wissendes Grinsen auf Rykers Lippen ausbreitet.

»Alles klar, ich bin gespannt, wie lange du durchhältst.« Sein Grinsen wird breiter.

Trotzig straffe ich die Schultern und drehe mich um. Gemeinsam gehen wir zurück ins Danny's. Ryker lässt mir den Vortritt und ich zwinge ein Lächeln auf meine Lippen, als wir uns zwischen den Studenten vorbei an unseren Tisch schieben. Trotzdem entgeht mir Scotts Stirnrunzeln nicht, sein Blick, der wie immer so viel mehr sieht. Rasch greift er nach meinem Arm, während sich Ryker auf den Platz neben ihm setzt.

»Ist alles okay?«, fragt mein Bruder. Er mustert mich, sieht meine feuchten Haare, das Trikot, das wie eine zweite Haut an meinem Oberkörper klebt. Dann wirft er Ryker einen knappen Blick zu.

Mein Lächeln verschwindet. Ich kann jedem etwas vormachen, außer Scott.

»Klar«, murmle ich und beuge mich schnell vor, um ihn zu umarmen. Etwas überrumpelt zieht er mich an sich, ich fühle seine Stärke unter meinen Händen, seine Zuversicht.

Scott wird immer für mich da sein und er wird immer auf mich aufpassen. Das will ich nicht verlieren, indem ich ihn verletze und belüge. Ich werde mit ihm sprechen, das nehme ich mir in diesem Augenblick fest vor.

15. RYKER

Die Dämmerung ist schon aufgezogen und färbt den Himmel über der Bay in abertausend Lilafacetten, als ich am Dienstagabend die Stufen zu Hunters Haus hinauflaufe. Heute haben wir kein Training und ich habe die Zeit genutzt, um in der Bibliothek für die nächste Hausarbeit zu recherchieren. Ein Projekt über die Risikokommunikation während einer Naturkatastrophe. Als hätte der Prof genau gewusst, dass Kommunikation so absolut mein Ding ist. Nicht.

Die Recherche im Uninetzwerk hat mir ein paar Denkanstöße und Statistiken gebracht, sodass ich bis Ende des Monats etwas Sinnvolles zu Papier gebracht haben werde. Irgendwie.

Nur noch zwei Semester, dann habe ich meinen Master – der Gedanke löst Schwermut in mir aus. Die Unizeit mit den Jungs ist besonders. Vor allem seit Scott in Hunters WG wohnt und wir alle zusammengewachsen sind. Seit wir alle bei den Rebels spielen. Wenn ich ehrlich bin, haben mich vor allem die Jungs und das Rugby die letzten Jahre getragen.

Mein Magen knurrt, als ich die Haustür öffne. Ein leicht verbrannter Geruch steigt in meine Nase, was meine Laune sofort in den Keller schickt. Missmutig hänge ich meine Jacke an die Garderobe und stelle meinen Rucksack neben den Treppenaufgang. Scott und Tama sitzen im Wohnzimmer und schauen fern, doch mich zieht es zunächst in die Küche.

Sie ist überraschend aufgeräumt. Kein schmutziges Geschirr, keine verdreckten Töpfe. Dafür entdecke ich auch kein Essen. Ein Blick in den Kühlschrank lässt meine Hoffnung endgültig schwinden. Ein armseliger Haufen Nudeln mit ... Käsesoße? ... steht im untersten Fach eines ansonsten leeren Kühlschranks.

Frustriert knalle ich die Tür zu und starre auf das weiße Blatt mit dem Arbeitsplan. Brook hat neben ihren Namen ein zwinkerndes Smiley gemalt, was aber nichts daran ändert, dass sie nicht nur mit Kochen, sondern auch mit Einkaufen dran gewesen wäre.

Gut, sie hat gekocht. Und erstaunlicherweise auch nicht das übliche Chaos hinterlassen. Allerdings habe ich Hunger und die beschissenen drei Nudeln reichen mir nicht.

Wütend fahre ich herum, stapfe durch das Foyer zu ihrem Zimmer. Die Tür ist nur angelehnt, trotzdem hebe ich die Hand, um anzuklopfen.

Niemand reagiert.

Ich klopfe ein weiteres Mal und als sie mir diesmal nicht öffnet, schiebe ich die Tür auf.

»Sag mal ...« Der Rest des Satzes erstirbt. Meine Wut rauscht durch mich hindurch und verschwindet. Stattdessen breitet sich ein sanftes Flimmern in meiner Brust aus.

Brook liegt auf ihrem Bett, Kopfhörer auf den Ohren, ein Buch in der Hand. Und ihre Augen schwimmen vor Tränen. Eine einzelne läuft ihre Wange hinunter und in ihrem Gesicht liegen so viele Emotionen, dass mein Herz verkrampft.

Wie kann jemand so viel fühlen? Wegen eines Buches? Während ich meine Emotionen verschließe und am liebsten alles für mich behalte, kann Brook sie nicht verstecken, konnte es schon im Flugzeug nicht.

Ich hole Luft und halte den Atem an. Mein Blick gleitet über ihr Gesicht weiter nach unten, über den groben Strickpullover, der ihr halb über die Schulter gerutscht ist. Makellose, weiße

Haut schaut hervor, die macht, dass das Flimmern weiter nach unten zieht. Ihre Beine stecken in hautengen schwarzen Leggins.

Der Anblick lässt mich trocken schlucken. Irgendwo in meinem Hirn springt eine Warnlampe an, ich sollte mich umdrehen, gehen. Aber ich bleibe und starre sie weiter an.

Brook hat mir am Samstag einen Spiegel vorgehalten. Sie hat mir klar und deutlich gesagt, dass ich daran kaputt gehen werde, wenn ich nicht anfange, mich mit meinen Problemen auseinanderzusetzen.

Mein Vater war ein Arschloch. Und ich werde ihm das nie verzeihen, aber darum geht es nicht. Ich muss mir selbst vergeben und das kann ich nur, wenn ich anfange, über meine Probleme zu sprechen.

So wie sie.

Brook seufzt theatralisch auf, was einen heißen Stich durch meinen Unterleib schickt. Genauso hat sie im Flugzeug geklungen, so ehrlich, so echt.

Hitze flammt in mir auf, die ich mit aller Macht zurückdränge – und scheitere. Meine Hand krallt sich fester um das Türblatt und mit einem verzweifelten Räuspern versuche ich, mich aus der Situation zu retten.

Brook lässt das Buch sinken, ihre Augen werden groß.

»Wie lange stehst du schon da?« Ihre Stimme klingt rau. Schnell zieht sie die Kopfhörer ab, setzt sich auf und wischt sich mit einem Ärmel über die Augen.

»Ich ...« Ich räuspere mich noch einmal. »Wir gehen jetzt einkaufen.«

»Was? Warum? Ich war heute Nachmittag schon.«

»Der Kühlschrank ist leer – und ich habe Hunger.«

Zwischen ihren Augenbrauen bildet sich eine steile Falte. »Ich hab Nudeln gekocht, pünktlich diesmal.«

Ich kann nicht anders, ich muss schmunzeln. »Offenbar nicht genug.«

»Dieser verfluchte Tama«, murrt sie und klettert aus dem

Bett. Mein Blick bleibt erneut an ihren schlanken Beinen hängen, an der nackten Schulter.

Brook baut sich vor mir auf und hebt fragend die Augenbraue. Die Haut um ihre Lider herum ist gerötet, wodurch ihre Augen noch blauer wirken. Ihr Duft steigt in meine Nase und plötzlich rutscht mein Blick auf ihren Mund. Auf den Mundwinkel, den ich am Samstag geküsst habe und der sich so weich angefühlt hat, so verlockend, so ... mehr.

»Lässt du mich vorbei?« Sie verschränkt die Arme vor der Brust.

Ich blinzle. Reden, Mann. Ihr wolltet miteinander reden.

»Ja, sorry.« Ich trete zurück.

Brook verzieht spöttisch den Mund, schiebt sich aber kommentarlos an mir vorbei und geht ins Wohnzimmer. Gleich darauf erklingt ein lautes Gezeter, Tama lacht, Scott entschuldigt sich reumütig.

Wütend stapft Brook zu mir zurück, schnappt sich ihre Jacke vom Haken und sieht mich an. »Ich fasse es nicht. Das war ein Kilo Nudeln. Und vier Joghurts.« Sie schüttelt den Kopf.

»Ich komme mit. Wir können Hunters Wagen nehmen.«

Zögernd nickt sie. »Okay. Ich kann dir auch eine Pizza mitbringen, immerhin kommst du gerade von der Uni.«

»Nein, das ist schon okay. Wir fahren ins Countdown, da können wir für ein paar Tage einkaufen.«

»Danke. Und, sorry, das war anders geplant.«

Ich ziehe mir ebenfalls meine Jacke über und gemeinsam verlassen wir das Haus. »Du hast aufgeräumt«, sage ich, als wir in den Pick-up steigen, der neben dem Haus parkt. Ich fahre, Brook setzt sich auf den Beifahrersitz.

»Ich bemühe mich.«

»Denk an Hunters Fische. Da ist er echt emotional.«

»Ja, Dad.«

Ich zucke zusammen. Mit einem Schlag verschwindet die

Leichtigkeit in meinem Körper, stattdessen fühle ich mich eingesperrt.
Das Licht, Ryker, mach das Licht aus.
Ja, Dad.
Und bist du vorhin gelaufen? Sport ist wichtig.
Ja, Dad.
Mir wird übel. Die Parallelen zwischen mir und meinem Vater sind so deutlich, dass Ekel in mir aufkommt. Er hat mich in Ideale gepresst und ich drücke Brook wiederum meine Regeln auf.

»Hey.« Ihre Hand legt sich über meine, die sich fest um das Lenkrad gekrallt hat. »Sieh mich an.«

Ich schließe die Augen, atme durch. Der Motor brummt unter meinem Sitz, aber zum Glück sind wir noch nicht losgefahren.

»Sieh mich an, Ryker.«

Ich tue es. Sorge zerfurcht Brooks hübsches Gesicht, eine harte Falte hat sich um ihren Mund gelegt.

»Es tut mir leid«, sagt sie bestimmt ruhig. »Es ist mir rausgerutscht.«

Ich habe mit ihr noch nicht über meinen Vater gesprochen, aber sie muss sich zusammengereimt haben, dass etwas nicht stimmt. Ihre Intuition war bisher bestechend gut.

»Schon okay.« Ich ziehe meine Hand weg. Ihre Nähe ist zu viel, so weit bin ich noch nicht. Stattdessen nehme ich den Fuß von der Bremse und fahre los.

Brook nestelt an den Bändern ihrer Jacke herum, ich merke ihr deutlich an, dass sie mit sich kämpft. Dass ihr Fragen auf der Zunge liegen. Aber ich will jetzt nicht über meinen Dad reden oder darüber, was er mit mir gemacht hat.

Die Straßenlaternen werfen ein goldenes Licht auf die dunkle Straße und trotz der späten Stunde, sind Unmengen Autos unterwegs. Feierabendverkehr im Herzen Aucklands.

»Wie war es in der Uni? Du warst ziemlich lang dort.«

Überrascht werfe ich ihr einen kurzen Blick zu. Ihre Frage

ist ein Angebot, das begreife ich. Ein Lächeln huscht über mein Gesicht und die Beklemmung löst sich ein Stück weit. Und schon fange ich an zu erzählen. Von der Recherche über Kommunikationsstrategien von Ich-Botschaften oder dem Aufbau einer Nachricht. Wie wichtig es ist, gerade in der Risikokommunikation klare und eindeutige Botschaften zu verbreiten. Und Brook hört zu. Hört wirklich zu, nicht wie Tama oder Scott, die sich meine Ideen zwar anhören, aber nicht verstehen.

Brook hingegen ist begeistert von meinem Projekt und der Versuchsreihe in den Sozialen Medien, die ich im Zuge dessen geplant habe. Und ich merke, wie die Beklemmung weiter von mir abfällt. Bei diesem Thema fühle ich mich sicher, hier gibt es keine Fallstricke oder Gräben.

Als wir den Parkplatz des Countdown erreichen, fühle ich mich regelrecht aufgekratzt. Brook grinst mich an und auf ihren Wangen liegt eine hinreißende Röte.

»Man merkt, dass du dein Studium liebst«, meint sie und greift nach der Tür, um auszusteigen.

»Es ist ziemlich cool und die Emerald ist eine der besten Unis für Desaster Management.«

»Meinst du, wir kriegen auch dieses Desaster in den Griff?« Sie nickt in Richtung Einkaufszentrum. Sie meint nicht das Center, sondern den leeren Kühlschrank mit den zwei dauerhungrigen Rebels zu Hause.

»Auf alle Fälle.« Ich steige aus. Und grinse. Breit und befreit. Tatsächlich fühle ich mich so gut wie schon lange nicht mehr.

16. BROOK

Ich bin Flipper. In einer fetten, flauschigen und – zugegeben – recht süßen Version. Nichtsdestotrotz: Dieses Kostüm ist ein Albtraum. Schweißperlen rinnen mein Rückgrat hinab und ich habe das Gefühl, keine Luft zu bekommen, obwohl nur ein dünnes transparentes Netz vor meinem Gesicht hängt. Aber dieses Kostüm ist so grottenschwer, dass ich mich kaum bewegen kann. Mal abgesehen davon, dass ich klatschnass geschwitzt bin, obwohl ich kaum was getan habe.

Probehalber hebe ich einen Arm und winke mir selbst im Spiegel zu. Super, winking Flipper. Scheiße, in was habe ich mich da nur hineingeritten?

Hinter mir grölt es. »Yeah, Brook, gib alles.« Tama reckt die Faust in die Luft und grinst mich an. Halbnackt, weil er gerade dabei ist, sich für das Spiel umzuziehen.

Durch den Spiegel blicke ich zu ihm. Und zu den anderen Rebels ... und schlucke trocken. Fuck! Ich habe kein Problem mit nackten Männern, aber dieser Haufen halb nackter Rugby-Spieler ist doch etwas viel. Zu viel Haut, zu viel Testosteron. Zu viel – Rebels. Nate zieht sich in diesem Moment sein Trikot über den Kopf, während Lawrence seine Schuhe zuknotet. Mein Bruder hat seinen Spind weiter hinten und hat nichts am Körper als seine beschissene Boxershorts.

Zwar habe ich Scott schon nackt gesehen – immerhin ist er mein Bruder –, trotzdem schaue ich schnell woanders hin. In den Spiegel, zu mir – zu Flipper. Das Kostüm bietet wenigstens den Vorteil, das mich niemand erkennt. Oder niemand sieht, dass sich ein verräterisches Prickeln auf meinen Wangen gebildet hat. Was nur von der mörderischen Hitze unter diesem Plüschberg rührt.

Durch den Spiegel sehe ich, wie Ryker in die Kabine kommt. Er ist zu spät, was ihm prompt einen Rüffel von Scott einbringt. Sein Blick gleitet über die anderen Spieler und bleibt für eine Sekunde an mir hängen. Er kneift die Augen zusammen, hebt seinen rechten Mundwinkel – und grinst amüsiert. In meiner Brust poltert es. Wunderbar, spätestens jetzt weiß ich, wie dämlich ich aussehe.

Ryker zwinkert mir zu und dreht sich zu seinem Spind. Ohne zu zögern, öffnet er diesen und beginnt, sich umzuziehen. Das Shirt verschwindet, die Hose folgt. Seine Schulterblätter bewegen sich, ebenso die Muskeln seiner Arme und am Bauch. Die Hitze wird unerträglich und mein Herz beginnt zu pochen. Mein Mundwinkel kribbelt. Die Stelle, die er geküsst hat, bevor ich ihn weggeschoben habe.

»Jenny Devenger.« Lawrence Stimme dringt dumpf an mein Ohr. Sie klingt so weit weg. Er klatscht mit Nate ab.

»Und hat sie …«, fragt dieser und macht eine anzügliche Bewegung mit den Händen.

»Sie hat.« Lawrence grinst breit, seine blauen Augen blitzen. »Jedes verdammte Loch, Mann.«

Mir wird übel. Die Rebels grölen, Tama wirft ihm ein High-Five zu. Die anderen lachen und das Niveau erreicht den Tiefpunkt.

»Hey, Fokus auf das Spiel, Jungs«, ruft Scott dazwischen, sofort verstummen die Gespräche. »Alle herkommen.«

Die Rebels schieben sich durch die Reihen, bis sie sich um ihren Captain versammelt haben. Ich halte mich im Hintergrund und plötzlich fühle ich mich wie ein Eindringling. Das hier ist besonders. Etwas Intimes, zu dem ich nicht dazugehöre. Trotzdem breitet sich ein Kribbeln in mir aus, als die Jungs mit der Hand den Arm ihres Nachbarn packen, bis sie alle verbunden sind.

»Brook«, sagt Scott ruhig und schaut in meine Richtung.

Überrascht drehe ich den Delfinkopf und finde mich plötzlich im Zentrum ihrer Aufmerksamkeit.

»Du auch. Du bist ab sofort Teil dieses Teams.« Er streckt mir seine freie Hand entgegen.

»Ähm ... seid ihr sicher?« Das Gefühl, ein Eindringling zu sein, wird stärker.

»Natürlich.« Ein warmes Lächeln breitet sich auf dem Gesicht meines Bruders aus. »Nun mach schon, sonst verpassen wir den Anpfiff.«

Ich gebe mir einen Ruck und gehe die wenigen Schritte zu ihm. Seine Hand greift sich eine Flosse, die andere nimmt Nate.

»Wir alle wissen, dass das letzte Spiel gegen die Eagles nicht gut lief«, beginnt Scott und schaut jeden von uns nacheinander an. Auch mich. »Unser Sieg war nicht mehr als Glückssache. Aber wir alle haben hart trainiert und wir können das besser.«

Gemurmel antwortet. Mein Blick huscht zu Ryker, der Scotts anderen Arm hält. Er schaut stur nach vorn, wirkt in sich gekehrt, konzentriert.

»Wir gehen da jetzt raus und machen die Waves platt. Fokus auf das Spiel, jeder von uns weiß, was er zu tun hat. Wer sind wir?«, brüllt Scott laut.

»Rebels!«, antworten alle.

»Wofür kämpfen wir?«

»Für den Sieg.«

»Im Leben wie im Tod.«

»REBELS FOREVER!«, antworten ihm die Jungs in einer Lautstärke, dass es durch die Kabine hallt. Sie lösen jeweils ihre rechte Hand und schlagen sich einmal auf die Brust. Dabei brüllen sie laut.

Alter. Ich habe das Gefühl, einem Balzritual beizuwohnen, und gleichzeitig reißt mich die Energie mit sich, sodass ich ebenfalls brülle.

Nacheinander joggen die Jungs aus der Kabine. Ich folge ihnen, zögerlich und doch so voller Anspannung und Aufregung, dass meine Knie weich sind und mein Magen in den Kniekehlen hängt.

Tosender Applaus empfängt uns. Die Atmosphäre im Stadion erschlägt mich. Die Zuschauer auf der Tribüne brüllen und klatschen und feiern die Rebels, als wäre es das Finale der Championships. Ich habe das Gefühl, neben mir zu stehen und weiß überhaupt nicht, wo ich hinsehen soll. Scott und der Coach haben mich im Vorfeld gebrieft, was ich tun soll, doch jetzt ist mein Kopf wie leer gefegt. Mein Blick gleitet über die Zuschauer, hunderte Gesichter, die ich nicht kenne, in denen die Begeisterung aufblitzt, die Freude auf das Spiel. Und ich stehe vor ihnen wie ein Trottel und bin völlig überfordert.

»Brook!« Eine junge Frau mit wilden roten Locken winkt mir zu. Die Arme weit ausgestreckt hüpft sie in der vorderen Reihe auf und ab.

Bex. Sie macht irgendwelche Zeichen mit den Händen und deutet vor sich.

Scheiße. Ein Ruck fährt durch meinen Körper und endlich springt mein Hirn wieder an. Schnell laufe ich – so gut es eben mit einer überdimensionalen Schwanzflosse geht – vor die Tribüne und reiße die Hände nach oben.

Und alle tun es mir nach.

Wooow.

Ich ziehe mit den Armen einen Bogen und wieder folgen viele meinen Bewegungen. Ein Zupfen an meinen Mundwinkeln lässt mich grinsen. Ein unbekanntes Gefühl durchströmt mich und ich brauche einen Moment, um es zu greifen. Es ist dieses Gefühl, eine Situation zu kontrollieren, was angesichts meiner persönlichen Lage so irrwitzig ist, dass ich kichern muss.

Das hier widerspricht allem, was ich normalerweise tue. Ich bin es, die sich treiben lässt, die wegrennt, wenn es brenzlig wird. Das hier ist neu. Und es gefällt mir und macht mich auf verrückte Art und Weise stolz.

Adrenalin prescht durch meine Adern und ich kann es mir nicht verkneifen, einen kurzen Moonwalk vor dem Publikum hinzulegen. Sie danken es mir mit johlender Begeisterung.

Hinter mir pfeift der Schiri das Spiel an und ich reiße die Hände nach oben. Ich fühle die Energie des Spiels, die Symbiose zwischen Publikum und Spielern, die mir vorher nie so bewusst war. Und ich fühle mich wie ein Dirigent, der diese Energie steuern kann. In diesem Augenblick begreife ich zum ersten Mal, wie wichtig das Publikum für die Spieler ist. Wie wichtig es ist, Fans zu haben, die hinter einem stehen. Wie viel Power und Antrieb das auslösen kann.

Und ich gebe alles. Verliere mich in den Anfeuerungen der Rebels, in dem begeisterten Klatschen der Zuschauer, als Ben einen Try macht. Über zwei Stunden springe, hüpfe und tanze ich, bis mir irgendwann alles wehtut und ich mich kaum auf den Beinen halten kann. Das bisschen Pilates mit meiner Mum und auch die Jogging-Runden, zu denen Scott mich verdonnert hat, reichen nicht, um innerhalb einer Woche genug Kondition aufzubauen. Trotzdem sprudle ich über vor Begeisterung, als Ryker schließlich den letzten Try macht und die Rebels auch im zweiten Match der URC zum Sieg führt.

Sie haben gewonnen.

Wir haben gewonnen.

Und ich habe tatsächlich das Gefühl, dabei gewesen zu sein, auch wenn sich der Ball nicht in meiner Reichweite befand. Trotzdem pulsiert Euphorie durch meine Adern, Stolz und das verrückte Gefühl, etwas erreicht zu haben. Ich habe die achtzig Minuten durchgezogen, habe das Team unterstützt und alles gegeben, meine Muskeln brennen und ich weiß schon jetzt, dass ich mich morgen nicht mehr bewegen kann. Und trotzdem ... trotzdem fühle ich mich so lebendig und glücklich wie schon lange nicht mehr.

Die Arbeit im Fondue mit Bex macht Spaß, es ist toll mit ihr. Sie hilft mir, runterzukommen, mich auszugleichen und abzulenken. Das hier ist anders. Das hier lässt mich brennen. Und auch wenn es vermutlich völlig übertrieben ist, habe ich das Gefühl, alles schaffen zu können.

Es ist ein weiterer Schritt in die richtige Richtung.

***

»Du warst der Hammer, Brook!« Scott packt mich an der Taille, hebt mich hoch und wirbelt mit mir umher. Den Delfinkopf habe ich zum Glück schon abgelegt.

Erschrocken jauchze ich auf. »Vorsicht, ich bin schwer.«

»Glaub mir, gegen Tyler bist du ein Fliegengewicht«, lacht er und wirbelt noch eine Runde umher. Die Zuschauerränge leeren sich und die meisten Spieler sind in die Umkleide verschwunden. Meine Klamotten kleben an meinem Körper wie eine zweite Haut, alles zwickt und juckt vom Schweiß. Und meine Beine zittern vor Anstrengung. Trotzdem brennt immer noch die Euphorie in mir, das Gefühl vor lauter Glück schreien zu wollen. Und dass mein Bruder – und die Jungs – es ebenso sehen, macht mich unfassbar stolz.

Scott lässt mich herunter. Er strahlt, Schweiß überzieht sein Gesicht.

»Du warst mega!«, stimmt Tama zu und schubst mich.

»Feuertaufe bestanden, würde ich sagen.« Er grinst zufrieden. Dann sieht er zur Kabine, aus der die restlichen Rebels ... wieder herauslaufen? Irritiert runzle ich die Stirn.

»Halt sie fest!«, weist Scott in diesem Augenblick seinen Locker an, der prompt die Hände um meine Flosse legt.

»Hey«, protestiere ich, doch da werde ich hochgehoben. Scott schnappt sich meinen freien Arm, Nate meine Beine. Hektisch zapple ich zwischen ihnen hin und her, was die

Jungs allerdings nur belachen. Gegen drei durchtrainierte Rugby-Spieler habe ich nicht den Hauch einer Chance.

»Hey, was soll das?«, protestiere ich und versuche, nach Nate zu treten. Doch der Kerl ist dermaßen groß und muskulös gebaut, dass meine Gegenwehr für ihn nicht mehr als das Zappeln einer Ameise darstellt.

Ich recke den Kopf. Die anderen Rebels stehen am Spielfeldrand, Tama hat einen verdammten Wasserschlauch in der Hand.

»Was habt ihr vor?« Meine Stimme schwankt.

»Sie wiegt wirklich nichts, wir müssen aufpassen, dass wir sie nicht zu hoch werfen«, meint Nate.

Werfen?

In dem Moment fangen sie an, mich hin und her zu schwingen. Die Jungs lachen und dann lassen sie mich los. Kopf voran fliege ich durch die Luft, kreische wie ein hysterisches Mädchen und werde gefangen.

»Fuck, was soll das?«, japse ich. Rechts und links von mir stehen die Rebels, die Arme verschränkt, ich zwischen ihnen.

»Wir sind noch nicht fertig«, grinst Lawrence und in diesem Moment trifft mich eine Wasserfontäne. Durch den vielen Plüsch ist der Strahl nicht so hart, trotzdem bin ich binnen Sekunden durchtränkt. Und nicht nur ich, sondern auch das Team. Ich plumpse zu Boden, rapple mich auf, während Tama uns mit einem Schlauch nass spritzt. In wenigen Augenblicken bricht eine Rangelei aus und ich bin mittendrin. Über mir sind irgendwelche Arme, neben mir Beine und ich japse und kämpfe und gebe irgendwann einfach auf. Das Wasser verschwindet und wir sehen aus, als hätten wir uns im Schlamm gesuhlt.

Nate liegt halb über mir, Tama an meiner Seite. Alle Lachen und wirken so gelöst und glücklich. Ich begreife, dass das hier mehr ist als ein Spiel. Mehr als ein Haufen Jungs, die einmal die Woche gegen eine andere Mannschaft antreten.

»Rebels!«, dröhnt Scotts Stimme über den Platz.

Sofort rappeln sich alle auf und bilden einen Scrum. Lawrence packt mich und bevor ich verstehe, was passiert, bin ich mittendrin. Körper drücken gegen mich und es wäre gelogen, wenn ich behaupten würde, dass es angenehm wäre. Ist es nicht. Wirklich nicht. Ich werde zusammen gequetscht, angerempelt, irgendjemand tritt mir auf die Füße. Es riecht nach Dreck und Schweiß und Adrenalin. Plötzlich brüllen sie alle los, so laut, dass mir das Trommelfell scheppert. Und dann ist es vorbei. Nach und nach richten die Jungs sich auf.

»Jetzt bist du eine von uns«, sagt Scott und haut mir so fest gegen den Arm, dass ich zur Seite stolpere.

Ich fühle mich matt, überfordert – und irgendwie glücklich.

»Willkommen im Team, Brook.«

Noch ein Brüllen.

Taumelnd folge ich den anderen zurück in die Kabine, weil meine Beine drohen nachzugeben.

»Macht ihr das jede Woche mit mir?«, frage ich auf dem Weg zu meinem Spind.

»Nein, das war das Aufnahmeritual. Du warst wirklich gut, so begeistert war das Publikum lange nicht mehr.« Die dunkle Stimme lässt mich zusammenzucken. Ryker geht neben mir, ich habe ihn nicht bemerkt. Wasser läuft aus seinen Haaren über sein Gesicht und das Trikot klebt an seinem Körper. An seinen verdammten Muskeln, die sich deutlich darunter abzeichnen.

»Danke«, stoße ich hervor und zwinge mich, woanders hinzusehen. Das Hochgefühl von eben verschwindet, stattdessen flirrt Nervosität durch mich hindurch.

»Trägst du mich, wenn ich gleich zusammenbreche?«, stoße ich schnell hervor, um dem Drängen in meiner Brust etwas entgegenzusetzen.

Ryker lacht. »Hast du eine Ahnung, wie schwer du in dem nassen Kostüm bist?«

Ich blecke die Zähne. »Charmant wie immer.«

»Ich gebe mir Mühe.« Er zwinkert, trotzdem fällt mir auf, dass er langsamer geht.

»Du warst gut heute.«

Er streicht sich durch die nassen Haare. »Ich war besser. Gut noch lange nicht. Aber es hat geholfen ... dass ihr mir den Kopf gewaschen habt. Ich habe gestern mit meiner Mum telefoniert.« Er wird noch langsamer und bleibt schließlich stehen. Das Grinsen in seinem Gesicht hat sich verändert, ist schmaler geworden, vorsichtiger. »Sie war überrascht.«

»Das kann ich mir vorstellen.« Ich hebe die Flossen an und lasse sie gleich wieder sinken. Der durchtränkte Stoff zieht meine Arme nach unten.

»An dieses Reden-Ding muss ich mich erst gewöhnen.« Ryker schnaubt und wie am Abend vor dem Danny's scharrt er mit seinen Schuhen über den Rasen.

»Es ist nicht einfach, sich zu öffnen. Aber es hat geholfen, oder?«

Er hebt den Blick. Seine dunkelbraunen Augen fokussieren mich. Und plötzlich ist die Anspannung in meiner Brust wieder da. Dieses Gefühl, dass etwas zwischen uns ist, das nicht sein darf. »Hast du mit Scott gesprochen?«

Ich presse die Lippen zusammen. Das Thema haben wir die letzte Woche elegant umschifft. Und er weiß, dass ich es nicht getan habe, das verrät ihm meine Reaktion. »Ich habe Angst«, antworte ich ehrlich. Alles andere wäre eine vorgeschobene Ausrede.

»Ich würde dir helfen, wenn ich könnte. Aber das musst du allein mit ihm klären.« Er sieht zur Kabine. Mittlerweile sind wir die Letzten auf dem Spielfeld. Die Sonne strahlt vom Himmel, trotzdem zieht ein Frösteln über meine Haut.

»Kommst du heute Abend mit ins Danny's?«

Seine Frage überrascht mich. Und prompt muss ich an die Situation vor einer Woche denken, die uns beiden entglitten ist. Eine Woche. Es war nur eine Woche und trotzdem hat sich zwischen uns vieles verändert. Ein bisschen weniger Chaos, ein bisschen mehr Offenheit.

»Wenn du mich nicht wieder anfauchst?«

Ryker zieht die Nase kraus. »Wenn du mich nicht provozierst?«

»Warum bitte sollte ich auf die Idee kommen?«, rufe ich, stolpere vor und versuche, ihn in die Seite zu boxen. Was allerdings aufgrund des Kostüms nicht gelingt. Stattdessen falle ich über den nassen Stoff und krache in Ryker hinein, der mich gerade noch festhalten kann, bevor wir auf den Rasen stürzen.

»Langsam, Rowdy«, sagt er, viel zu nah an meinem Gesicht. Ein Prickeln rennt über meine Haut, Hitze flimmert auf meinen Wangen. Sofort zucke ich zurück und stelle mich aufrecht hin.

Zusammen gehen wir in die Kabine. Und ich schaffe es tatsächlich, nicht mehr in seine Richtung zu sehen. Ihm nicht dabei zuzusehen, wie er sich vor dem Duschen auszieht und danach mit nichts als einem Handtuch um die Hüften zurückkommt. Also zumindest fast.

17. RYKER

»Zehn, neun, acht ... Halten, Ryker.«

Schweiß läuft mir über die Schläfen und brennt in meinen Augen, während Scott neben mir herunterzählt. Meine Arme zittern, mein Atem geht stoßweise.

»Drei, zwei, eins und ab.« Er greift nach der Langhantel und hilft mir, sie in die Sicherung einzuhaken. Meine Arme fallen herab. Fuck, bin ich am Arsch.

»Du bist echt nicht in Form«, frotzelt der Cap und grinst mich an. »Oder die letzte Nacht war zu kurz.«

Ich antworte mit einem Schnauben. Um uns herum trainieren die anderen Spieler der Rebels an unterschiedlichen Geräten, eine Spiegelwand zieht sich zu meiner Rechten den Raum entlang. Der Coach hat uns Krafttraining aufgebrummt, obwohl wir alle lieber auf dem Feld trainiert hätten.

»Frag deine Schwester, was sie morgens um fünf in der Küche verloren hat«, stoße ich hervor und setze mich auf. Mein Gesicht ist knallrot und glänzt, auf meinem Shirt zeichnen sich dunkle Flecken ab.

»Sie hat uns Pancakes gemacht. Und soweit ich mich erinnere, fandest du sie ziemlich gut.« Scotts Grinsen wird breiter. Ich verdrehe die Augen.

Ja, die verdammten Dinger waren gut. Und nicht nur sie.

Augenblicklich zieht Hitze quer durch meinen Bauch und ich greife erneut nach der Hantel. Meine Finger legen sich um das Metall und ich spanne die Arme an, um es hochzustemmen. Und um Brook aus meinem Kopf zu vertreiben – was natürlich nicht gelingt.

Ich habe es aufgegeben, ihr aus dem Weg zu gehen. Das klappt nicht, Brook ist überall. Und wenn nicht sie, dann liegt irgendwo etwas von ihr herum. Ein Buch, ein Pullover, wobei sie sich sichtlich Mühe gibt, Ordnung zu halten. Aber es sind zu viele Dinge, die mich an sie erinnern. Hinzu kommt, dass unser Verhältnis sehr viel besser geworden ist. Wir können tatsächlich miteinander reden. Ich fühle mich leichter in ihrer Gegenwart, als müsste ich mich nicht länger verstecken. Sie legt nicht jedes Wort auf die Waagschale, hört mir zu und lacht sogar ab und zu über einen meiner zynischen Kommentare.

Sie erinnert mich immer mehr an Scott, auch wenn unser Verhältnis ein ganz anderes ist.

»Und hoch!«, weist Scott mich an und ich drücke die Arme durch.

Denn Scott will ich nicht vögeln.

Mit einem Krachen fällt die Stange zurück in die Halterung.

»Das reicht wirklich.« Scott grinst auf mich herab. »Du solltest mal Dampf ablassen, Mann. Ich kann dir ansehen, dass du völlig untervögelt bist.«

Als könnte er in meinen Kopf schauen. Hoffentlich nicht, denn dann würde er sehen, dass sich meine Gedanken ausschließlich um seine Schwester drehen. Und das würde ihn wenig begeistern. Wobei – ich kann mir nicht vorstellen, dass sich Scott zwischen uns stellen würde, wenn es etwas Ernstes wäre. Scott ist ein guter Kerl und bisher hatte er für alle meine Probleme Verständnis.

Der Gedanke setzt sich in meinem Kopf fest. Und das ist nicht gut, er öffnet Türen, die besser verschlossen bleiben sollten.

Ächzend schwinge ich mich von der Hantelbank und tausche mit Scott die Position. Unser Halfback legt seine Hände um die Metallstange, stemmt sie hoch und beginnt zu pumpen. Bei ihm sieht das deutlich eleganter aus als bei mir.

»Ryker verkommt wirklich zur Pussy«, ruft Tama hinter mir, während Nate und Lawrence lachend zustimmen. Ich werfe ihnen einen giftigen Blick über die Schulter zu. Tama tut, als würde er einen Luftkuss fangen und sich aufs Herz pressen.

»Halt die Klappe, Pinky«, rufe ich zurück, woraufhin er mir zuzwinkert.

»Ich glaube, es wird Zeit für eine Challenge«, schlägt Lawrence vor, während er an einer Hantelbank Gewichte stemmt.

»Das wäre die erste diese Saison. Cap, dein Job.« Tama schaut auffordernd zu Scott.

»Ja!«, schnaubt dieser und legt die Hantel zurück in die Sicherung. »Wer nachher im Training weniger als fünf Trys macht, zahlt heute Abend eine Runde im Danny's.«

»Am Arsch, Scott. Das hat noch niemand geschafft.« Nate flucht und legt die Hanteln weg.

»Dann bemüht euch, sonst haben wir morgen alle einen ordentlichen Kater.« Scott lacht. Wir anderen knirschen mit den Zähnen. Was der Cap sagt, gilt, dagegen können wir schlecht aufbegehren.

Nach dem Training verfluchen wir allerdings Scotts Idee. Nur Ben und Lawrence haben es geschafft, daher stehen uns dreizehn Runden bevor. Den morgigen Uni-Tag können wir vergessen.

Fünf Stunden später sind wir sternhagelvoll, sodass Scott und ich Tama zwischen uns nehmen, als wir in der Nacht nach Hause laufen. Arm in Arm, mehr als einmal stolpern wir, weil Tama nicht mehr geradeaus laufen kann.

»Ich liebe euch, Bros. Forever«, lallt Tama.

»Wir dich auch, Mann.« Scott lacht und in mir breitet sich ein warmes Gefühl aus. Weil es wahr ist und ich diese Jungs wirklich wie Brüder liebe.

»Ohne euch wüsste ich echt nicht, was ich machen soll. Ich

meine, hey, wir wohnen zusammen. Und wir sind Rebels. Bitte versprecht mir, dass wir das immer bleiben. Irgendwann zusammen für die Blues.« Er sieht zu mir auf.

Ich packe fester zu, damit er nicht fällt. Doch ich antworte nicht, kann es nicht, weil mir prompt einfällt, dass ich meine Chance verbockt habe.

Allerdings antwortet unser Cap auch nicht.

Wir stolpern weiter, bis wir irgendwann unser Haus in der Huntley Avenue erreichen. Selbst als ich im Bett liege, geistern mir Tamas Worte weiter im Kopf herum und obwohl es natürlich total übertrieben war, haben sie einen wahren Kern. Ich liebe diese Jungs. Das ganze Team. Sie sind meine Familie. Und ich habe mich schon lange nicht mehr so gut gefühlt wie in diesem Moment.

Daran halte ich mich fest. Es gibt mir so viel Stärke und Kraft, dass ich den anderen Scheiß ausblenden kann. Diese Zeit, dieser letzte Winter mit den Rebels ist besonders, und ich werde alles dafür geben, dass es unser bester wird.

***

Sonnenstrahlen fallen durch mein offenes Fenster. Mein Schädel dröhnt und der Geschmack in meinem Mund erinnert mich an den Sauerkrautauflauf meiner Mum. Den habe ich als Kind schon gehasst. Stöhnend drehe ich mich auf die Seite. Sofort explodiert Übelkeit in meinem Magen, die ich tapfer hinunterschlucke.

Scott und seine Scheißideen. Dafür werde ich ihn killen.

Eine halbe Stunde später fühle ich mich so weit okay, dass ich mich aus dem Bett traue. Nur in Boxershorts wanke ich in Richtung Badezimmer. Die Türen zu Tamas und Scotts Zimmer sind verschlossen, allerdings erklingt Geklirr aus der Küche. Natürlich ist Brook schon wach und der Geruch gebratener Eier zieht hoch bis in den Flur. Mein Magen rebelliert und ich schaffe es gerade noch rechtzeitig ins Badezimmer, bevor er sich entleert.

Eine kalte Dusche später geht es mir zwar nicht besser, aber zumindest klären sich meine Gedanken. Angezogen laufe ich die Treppe hinunter, weil gegen einen Kater bei mir nur viel trinken und was zu essen hilft.

Über dem Geländer der Treppe hängt Scotts Jacke und als ich durch den Flur laufe, stolpere ich über Tamas Schuhe, die er einfach liegen gelassen hat. Die Küche hingegen ist erstaunlich aufgeräumt, eine Pfanne mit Rührei steht auf dem Herd, ein Kuchen mit Schokoguss auf der Theke daneben. Wann zur Hölle hat Brook das alles gezaubert?

Mein Magen knurrt, zumindest hebt er sich nicht mehr. Schnell wende ich mich zum Kühlschrank, hole eine Flasche Wasser hervor und stürze sie hinunter.

»Harte Nacht?« Brook steht im Türrahmen und grinst mich an. Wissender Spott blitzt in ihren Augen, die mich einmal mehr an das Wasser in den Northlands erinnern. Sie trägt bereits ihre Jacke, über ihrer Schulter hängt ihr Rucksack.

Ich brumme nur, trinke noch einen Schluck und setze die Flasche dann ab.

»Bei Scott hilft nur Unmengen Essen, wenn er einen Kater hat. Zumindest war das früher so. Daher habe ich euch was gemacht.« Sie deutet auf die Eier.

»Danke«, stoße ich hervor. Meine Stimme klingt genauso beschissen, wie ich mich fühle.

Schmunzelnd hebt Brook die Brauen. »So schlimm?«

»Schlimmer. Als Tama angefangen hat, mitten im Danny's einen Haka zu tanzen, sind wir gegangen.«

Sie beißt sich auf die Lippe, doch das Lachen bricht aus ihr heraus. »Das hätte ich zu gern gesehen.«

»Besser nicht.« Mit dem Handrücken streiche ich mir über die brennenden Augen.

»Ich muss los. Sag den anderen beiden, sie sollen was essen.« Sie hebt die Hand, dann dreht sie sich um und macht sich auf den Weg. Kurz darauf fällt die Haustür ins Schloss.

Ein Schmunzeln huscht über meine Lippen, das sofort wieder verschwindet, als mir klar wird, was es bedeutet. Brook ist in den letzten vier Wochen Teil dieser WG geworden, Teil der Rebels. Es fühlt sich natürlich an, dass sie da ist, und doch tut sie nicht nur den Jungs oder dem Team gut, sondern vor allem mir. Auf ihre ganz eigene, chaotische Art und Weise.

Das Vibrieren meines Handys rettet mich aus meinem Gedankenkarussell. Normalerweise würde ich es ignorieren, aber die eine Person, die mir das übelnehmen würde, ruft an.

Daher fluche ich stumm, stelle die Wasserflasche beiseite und greife nach dem Handy.

»Hey, Mum«, sage ich und wende mich um, um ins Wohnzimmer zu laufen.

»Hey, Schatz, wie geht es dir?«

Beschissen, wäre die ehrliche Antwort. Aber das kann ich Mum nicht sagen. Sie braucht nicht zu wissen, dass ich mich gestern Abend betrunken habe. »Es geht.«

»Das klingt nicht sonderlich gut.« Mum hat schon immer mehr gehört, als sie sollte.

»Ich war gestern mit den Jungs was trinken«, gebe ich nun doch zu. Es macht keinen Sinn, sie zu belügen.

»Schön! Wie geht es Scott und Hunter? Und wie hieß der vierte Junge in eurer WG?«

»Tama«, antworte ich und lasse mich auf die Couch sinken. Nicht ohne vorher zu checken, ob nicht was darauf herumliegt. Die Jungs hinterlassen so ein Chaos! »Und denen geht es gut. Mum, es ist früh, ich muss nachher zur Uni und noch ein bisschen was lesen.« Außerdem dröhnt mein Schädel und ich habe Mühe, mich zu konzentrieren.

»Natürlich.« Sie holt Luft. Sofort kribbelt es unangenehm in meinem Brustkorb. Es ist nicht mehr als ein Gefühl, dass mir nicht gefallen wird, was sie gleich sagen wird. »Ich komme nach Auckland, übermorgen bin ich da.«

»Warum?« Ich setze mich auf. Meine Finger verkrampfen.

»Ich muss mit dir reden, Ryker. Und das möchte ich nicht am Telefon tun.«

Druck legt sich auf meine Brust, für einen Moment höre ich wieder ihre Schreie. Das Gefühl der Hilflosigkeit breitet sich in mir aus, ich bin wieder der Junge, der nur zusehen konnte.

Siehst du Ryker, was ich mit ihr mache?

Mein Dad funkelt mich an. Dunkle Augen, die meinen so verflucht ähnlich sind.

Du hast Scheiße gebaut, Junge. Der Mathetest war wichtig. Wie willst du einen ordentlichen Job finden, wenn du nicht lernst?

Meine Mum schreit auf. Ich schreie auf und halte mir die Ohren zu. Doch mein Dad hörte nicht auf. Erst wenn sie heulend am Boden lag.

Mir wird übel. Ich blinzle, atme, balle die Hand zur Faust.

»Was kannst du nicht am Telefon mit mir bereden?« Meine Stimme klingt kalt. So kalt. Und es tut weh, weil meine Mum mehr verdient hat.

»Ryker, bitte.«

Ich schließe die Augen. Konzentriere mich. Vielleicht geht es um etwas völlig anderes, nicht um meinen Dad. Vielleicht trügt mich mein Gefühl und sie will nur wissen, was ich nach dem Studium vorhabe. Doch all das könnten wir am Telefon besprechen, nichts davon wäre so wichtig, dass sie extra nach Neuseeland kommen müsste.

»Okay«, sage ich langsam und bemüht ruhig. »Melde dich, wenn du da bist. Ich habe die nächsten Tage Uni und Training. Aber natürlich habe ich Zeit für dich.«

»Mein Flug geht heute Abend, danke, Schatz.«

»Ich freu mich, dich zu sehen«, schiebe ich hinterher, weil es die Wahrheit ist. Und weil ich ihr das viel zu selten sage.

»Ich mich auch.« Ihre Worte klingen warm und mein Herz stolpert. Ich freue mich wirklich auf sie, allerdings bleibt das ungute Gefühl hängen, auch nachdem wir aufgelegt haben.

18. RYKER

Zwei Tage später laufe ich mit meinem Rucksack auf den Schultern aus der technischen Fakultät. Professor Lenningart hat heute über Evakuierungsstrategien lamentiert und es macht mich wütend, dass so viele dabei eingeschlafen sind. Katastrophenschutz ist wichtig. Gerade, da der Klimawandel zunimmt und die Tsunami-Gefahr mit jedem Jahr steigt.

Andere Studenten kommen mir entgegen, viele von ihnen grüßen mich. Der Bereich Disaster Management ist überschaubar, wir kennen uns untereinander.

Ein kalter Wind schlägt mir ins Gesicht, als ich aus dem Gebäude trete. Vor mir liegt die Park Avenue, rechts von mir ein großes Einkaufszentrum.

Mein Handy vibriert. Schon wieder meine Mum, sie ist bereits da und wartet. Da ich zwischen den Vorlesungen und dem Training heute nur eine Stunde habe, habe ich das *Fondue* als Treffpunkt vorgeschlagen. Es liegt zentral auf dem Campus, im Pukekawa-Park, und ein öffentlicher Ort war mir lieber, als dass wir uns in Hunters Haus treffen.

Das letzte Mal, als ich in dem Café war, ist beinahe ein Jahr her. Mit Tina. Sofort breitet sich dieses flaue Gefühl aus, wie immer, wenn ich an meine Ex denke. Wir waren kaum zwei Monate zusammen und die Trennung war ebenso ein Desaster wie die Beziehung. Vielleicht, weil sie mir zu ähnlich war. Vielleicht auch, weil es für mich nicht mehr als eine Flucht war.

Ich schiebe die Hände in die Hosentaschen meiner Jeans und laufe weiter. Den Pukekawa-Park säumen Pōhutukawa-Bäume, weiter hinten auf der Grünfläche kicken ein paar Studenten. Für einen kurzen Moment sehe ich Scott, Hunter und mich. Mein Kumpel fehlt mir und spontan schicke ich ihm eine Nachricht.

Wie läuft es in L. A.?

Er antwortet sofort, obwohl es auf der anderen Seite des Pazifiks bald Nacht ist.

Läuft. Football ist kacke. Ich kann mich nicht bewegen in diesen Polstern.

Ich antworte mit einem lachenden Smiley.

Wie lief das letzte Spiel gegen die Waves?

Wir haben gewonnen.

Daumen hoch.

Ich hab gehört, wir haben ein neues Maskottchen?

Vermutlich hat er noch viel mehr gehört. Hunter hat die besondere Gabe, immer alles zu wissen. Selbst wenn er nicht vor Ort ist.

Ja, Scotts Schwester hat das übernommen.

Eine Frau?!

Jap.

Cool.

Unwillkürlich muss ich grinsen. Es passt zu Hunter, dass er das sofort befürwortet. Mein Kumpel hält nicht viel von Konventionen, wenn einer wirklich ein Rebell ist, dann er.

Pass auf dich auf, schreibt er, als wüsste er tatsächlich, dass ich gerade durchhänge.

Du auch, tippe ich zurück und stecke das Handy weg. Mir fehlt Hunters Art, die Dinge anders zu sehen und mir regelmäßig in den Arsch zu treten. Er ist derjenige von uns, der viel hinterfragt und dann trotzdem sein eigenes Ding macht. Auch aus diesem Grund ist er unser Hooker.

Kurze Zeit später erreiche ich das Fondue. Weiße Sonnenschirme überspannen den Außenbereich, unter denen schon einige Gäste sitzen. Unter anderem meine Mum. Sie winkt, als sie mich entdeckt. Als könnte man die Frau mit dem großen Sonnenhut, der runden Brille und dem geblümten Kleid in kreischendem Pink übersehen.

»Hey, Schatz.« Sie greift nach meiner Hand und drückt sie.

Ich beuge mich vor und gebe ihr einen Kuss auf die Wange. Sie riecht nach Lavendel und der Duft erinnert mich sofort an meine Kindheit.

»Du siehst gut aus.« Sie lächelt mir zu und zieht ihre Sonnenbrille ab. Moms Augen sind blau, meine dunklen habe ich von Dad geerbt. Vielleicht mag ich sie deshalb nicht.

»Du auch.« Schmunzelnd ziehe ich mir einen Stuhl zurück und nehme Platz. Den Rucksack stelle ich neben unseren Tisch, auf dem bereits eine Tasse Kaffee steht.

»Danke.« Sie streicht sich mit der Hand durch die blonden Strähnen, die knapp unterhalb ihres Kinns enden. Eine neue Frisur, die kurzen Haare stehen ihr. Lassen sie jünger wirken als Mitte vierzig.

»Wie läuft das Studium?« Sie nimmt ihre Tasse und nippt daran. Dabei mustert sie mich aufmerksam, mit diesem Blick, den nur Mütter draufhaben. Sofort fühle ich mich wieder wie ein Kind, das berichten muss, warum die Noten schlecht sind.

»Gut. Ich habe ein paar Kurse mehr als letztes Jahr, aber die Analyse der Erdbebengefahr interessiert mich.«

»Wäre das auch ein Thema für die Masterarbeit? Ich könnte mal mit Conny sprechen, sie arbeitet beim NEMA.« Bevor sie nach England zog, arbeitete Mum im Ministerium für Katastrophenschutz und sie ist bis heute als Beraterin tätig. Sie hat definitiv Kontakte, die mir hilfreich sein könnten.

»Ich habe überlegt, über Tsunamis zu schreiben«, sage ich zögerlich, weil es bisher kaum mehr als eine Idee ist.

»Das finde ich gut.« Sie lächelt.

Mein Blick gleitet zu den anderen Gästen, ins Fondue hinein, auf der Suche nach der Bedienung. Als ich eine junge Frau mit einer schwarzen kurzen Schürze entdecke, stoße ich einen überraschten Pfiff aus.

»Kennst du das Mädchen?« Mum ist mein Blick natürlich nicht entgangen.

»Ja, das ist meine Mitbewohnerin.« Brook nimmt gerade die Bestellung von zwei Frauen ein paar Tische weiter auf, bevor sie sich umwendet – und zu mir sieht. Sie reißt die Augen auf, Panik huscht über ihr Gesicht, und sie streicht mit den Händen über ihre Schürze. Für einen Augenblick macht es den Anschein, als wollte sie abhauen. Doch dann strafft sie die Schultern und kommt auf uns zu.

Rasch hebe ich die Hand vor meinen Mund, um ein Schmunzeln zu verstecken. Nein, sie würde niemals kleinbeigeben, auch wenn ihr die Situation unangenehm ist.

»Hey«, sagt Brook und schaut bewusst zu meiner Mum. »Kann ich euch noch was bringen?«

»Ich nehme ein Tonic Water«, sage ich und mustere sie, während Brook die Bestellung in ein Tablet eingibt. Sie wirkt routiniert, ruhig, souverän.

»Wollt ihr auch was essen?«, fragt Brook und sieht auf. Zögerlich lächelt sie mich an. Ich wusste, dass sie nicht studiert, allerdings habe ich nicht weiter hinterfragt, was sie stattdessen tut. Und ich finde es gut, dass sie sich einen Job gesucht hat, aber bringt sie das Café tatsächlich weiter?

»Ryker, möchtest du etwas?« Mum schaut fragend zu mir.

Ich schüttle den Kopf.

»Nein, ich habe vorhin in der Mensa gegessen und nachher zaubert uns Brook sicher was.«

Ihr Blick erdolcht mich förmlich.

»Ryker meinte, ihr wohnt zusammen.« Mum schenkt Brook ein strahlendes Lächeln. »Wie schön, ich wusste gar nicht, dass eine Frau in die Männer-WG eingezogen ist.«

Brook überspielt die Unsicherheit souverän, trotzdem entgeht mir das kurze Blinzeln nicht. Sie versucht, Mum einzuordnen, eine Verbindung zu mir zu ziehen, und kann es nicht. Tja, Mum und ich sehen uns nur bedingt ähnlich, mein Erzeuger hat sich leider bei meinen Genen voll durchgesetzt.

»Ja, seit Ende Februar. Scott ist mein Bruder, er hat mir das freie Zimmer vermittelt.«

»Ach, wie schön. Es ist toll, Geschwister zu haben, die sich für einen einsetzen und helfen.«

»Das ist es«, stimmt Brook zu.

Unruhe macht sich in mir breit. Ich lehne mich zurück und lege die Hände auf den Bauch. Was soll das bitte werden?

»Ich bin übrigens Rykers Mum.« Sie hält ihr die Hand hin.

Brook ergreift sie brav, ihr Seitenblick trifft mich. Und darin liegt zu viel. Zu viele Fragen, zu viel Sorge, weil sie natürlich an die Situation im Flugzeug denkt und an die Beerdigung meines Dads. Doch bevor Brook reagieren kann, spricht Mum glücklicherweise weiter. »Was führt dich nach Auckland, Brook? Bist du auch hier, um zu studieren?«

Ich hebe eine Augenbraue. Ja, Brook, was tust du hier?

Sie schluckt angestrengt. »Ich studiere Medizin«, antwortet sie zu schnell und spielt mit ihrer Schürze herum. Mitleid breitet sich in meiner Brust aus, weil ich ihr ansehe, wie schwer ihr die Lüge fällt. Doch ich kann ihr damit nicht helfen, das muss sie allein schaffen. »Ich hole schnell dein Getränk.«

Sie lächelt schmal und flüchtet nun doch. Nachdenklich blicke ich ihr hinterher. Sie hat immer noch nicht mit Scott gesprochen, auch wenn sie sich das fest vorgenommen hatte. Ich verstehe, dass sie Angst vor diesem Gespräch hat, aber Wegrennen löst ihr Problem nicht. So viel habe selbst ich begriffen. Vielleicht sollte ich ihr ein wenig Mut machen. Oder ihr in den Hintern treten ...

»Sie ist nett.« Mums Worte reißen mich aus meiner Starre. Ihr Blick fängt mich auf, ihr wissendes Grinsen, das in ihren Mundwinkeln spielt. »Und sie ist hübsch.«

»Und sie ist Scotts Schwester.«

Mum zuckt mit den Schultern und streicht sich erneut durch die kurzen Haare. »Du hast dir schon immer das genommen, was du wolltest.«

»Mum«, beginne ich, weil ich wirklich nicht über Brook sprechen möchte. »Warum bist du hier?«

»Warten wir auf dein Getränk«, weicht sie aus und wedelt mit der Hand in Richtung Brook, die mit meinem Tonic Water zu uns kommt. Sie stellt es vor mich, ihre Hand noch am Glas.

»Können wir reden? Nachher?«, fragt sie leise.

Nein, Brook. Ich will nicht mit dir über meine Mum reden.

»Ja, ich melde mich, wenn ich fertig bin«, sage ich stattdessen, weil mich Mum für alles andere gerügt hätte. Und hoffe, dass Brook vor allem über ihren Job reden will – nicht über mich. Aber ich kenne sie mittlerweile zu gut dafür, sodass ich weiß, dass sie mich nicht deshalb um ein Gespräch bittet.

Brook nickt und nimmt endlich ihre verdammte Hand weg.

»Also?« Auffordernd sehe ich Mum an, die noch einen Schluck aus ihrem Kaffee nimmt.

»Dein Vater hat dir Geld vererbt, Ryker«, sagt sie unumwunden. »Viel Geld.«

Kälte breitet sich in mir aus. Ich presse die Kiefer zusammen, meine Finger bohren sich in meine Jeans. Der Wind, der bisher leicht durch meine Haare strich, fühlt sich auf einmal schneidend an.

»Ich will sein Geld nicht«, antworte ich und die Worte klingen so kühl, dass Mum zusammenzuckt.

»Er hat ein Testament verfasst. Es wird noch eine Weile dauern, bis es verlesen wird, aber ich kenne den Inhalt. Rouwen hat investiert und Immobilien in Wellington gekauft. Ich wusste davon nichts, glaub mir. Dein Vater hat es mir erst kurz vor seinem Tod erzählt.«

»Ich will es nicht«, wiederhole ich. Mein Körper verkrampft, ich zittere. »Ich will sein Scheißgeld nicht, Mum. Für was soll das sein? Eine Entschuldigung, was er dir und mir angetan hat? Eine Rechtfertigung, damit wir weiter die Klappe halten?« Was wir sowieso tun werden. »Er hat dir wehgetan, Mum. Er hat ...« Ich breche ab, schlucke die Worte hinunter, weil Mum entsetzt die Augen aufreißt. Es gibt Erinnerungen, denen wir uns beide nicht stellen können. Selbst heute nicht.

»Dieses Geld ist schmutzig und ich kann das nicht annehmen. Und wie ich Dad kenne, hängt da eine Bedingung dran. Das weißt du genauso gut wie ich.«

Meine Gedanken gehen noch weiter. Da ist so viel Hass, so viel Ekel und Abscheu. Ich will keine Verbindung zu meinem Vater. Er hat auch so Einfluss auf mich, viel mehr, als ich ihm zugestehen will.

Plötzlich höre ich seine Stimme, seine Forderung, was ich zu tun habe.

Lerne, Ryker, und trainiere, damit du irgendwann auch Polizist wirst, so wie ich.

»Höre es dir doch erst einmal an.« Mum langt über den Tisch und legt ihre Hand auf meine. Ihre Finger streichen über meine Haut, aber ihre Wärme erreicht mich nicht. Ebenso wenig ihre Bitte.

Weißt du, Ryker, es ist wichtig, dass deine Frau versteht, dass du das Sagen hast. Lass dir von ihr nicht auf der Nase herumtanzen, sie nimmt dich sonst nur aus.

Ich will mir die Hände auf die Ohren pressen. Denn als Nächstes höre ich, wie er seinen Gürtel aus der Hose zieht. Ich meine, die Schläge zu fühlen, weil ich nicht schnell genug war. Weil Mum nicht das getan hat, was er wollte.

Mein Atem geht schneller.

»Nein, Mum. Ich will das nicht.« Ich ziehe die Hand weg und stehe auf. Mir ist schlecht und kalt.

Mums Schreie werden lauter. Sein verdammtes Stöhnen, weil er noch so viel mehr getan hat, als sie zu schlagen.

»Ryker, bitte.« Da ist es wieder, dieses Flehen. Mum hat sich nie gewehrt. Sie hat alles hingenommen, ist still geblieben. Hat zugesehen und es ertragen. Aber ich kann das nicht mehr.

»Nein.« Das Wort klingt endgültig. »Ich habe mich gefreut, dich zu sehen, Mum. Und ich würde mich freuen, wenn wir uns öfter treffen. Aber ich will nicht über ihn reden. Ich kann das nicht und das weißt du.«

Meine Mum presst die Lippen zusammen. Schuld brennt in ihren Augen, weil sie sich ebenfalls nie verziehen hat. Dad hat uns tyrannisiert. Wir haben zusammengehalten, aber wir haben es nie geschafft, uns gegen ihn zu wehren.

»Bitte, Ryker«, sagt sie leise. »Bitte renn nicht weg.«

Ihre Worte treffen mich wie ein Faustschlag. Mein Körper versteift, jeder verdammte Muskel spannt sich an. Meine Nasenflügel blähen sich, weil ich zu schnell atme, weil mein Schädel dröhnt, weil die Schuld so groß ist, dass ich keine Luft mehr bekomme. Mechanisch setze ich mich wieder hin. Bleibe, weil sie mich darum bittet. Weil ich das letzte Mal weggerannt bin.

»Wie kannst du hier sitzen, so ruhig, als wäre nie etwas geschehen?« Die Worte fühlen sich kantig an, als wären es nicht meine eigenen.

Mum seufzt leise. Wieder hebt sie die Hand, aber diesmal berührt sie mich nicht. »Ich werde mir nie verzeihen, was Rouwen dir angetan hat.«

Ich starre sie an. Ihre pink geschminkten Lippen, die kurzen blonden Haare. Das grelle Kleid. Und in diesem Moment verstehe ich es. Mum hat sich nie gewehrt, weil sie mich schützen wollte. Sie hat all das auf sich genommen, weil sie nicht wollte, dass er es an mir auslässt. Nicht weil sie zu schwach war. Und trotzdem macht sie sich Vorwürfe. Weil ich es mitbekommen habe und es offensichtlich ist, dass sein Verhalten mich trotzdem kaputt gemacht hat. Dass ich immer noch darunter leide, dass ich unbändige Angst davor habe, genauso zu werden wie er.

Sie macht mir keinen Vorwurf, dass ich gegangen bin. Ganz im Gegenteil, sie wollte, dass ich nach Auckland gehe.

»Es tut mir leid, dass ich dich mit ihm allein gelassen habe.«
Zum ersten Mal spreche ich es laut aus.

»Nein, das muss es nicht. Es war richtig so und ich war so froh, dass du gegangen bist.« Sie lächelt vorsichtig.

Als ich nichts weiter sage, fragt mich Mum erneut nach der Uni. Nach den letzten Spielen, nach Hayes und den Jungs. Ich bemühe mich, wirklich, trotzdem bin ich froh, als ich mich kurze Zeit später verabschieden kann.

Das Gespräch hat Wunden aufgerissen, die immer da waren, denen ich mich aber nicht stellen wollte. Die Erkenntnis, dass man vor seinen Problemen zwar Davonlaufen, ihnen jedoch nicht entkommen kann, schmerzt umso mehr.

19. BROOK

Von der Theke aus beobachte ich Ryker, wie er aus dem Café stürmt. Seine Mum bleibt am Tisch zurück und sieht alles andere als glücklich aus.

Meine Finger krallen sich in die Schürze. Geht es zu weit, wenn ich ihm nachrenne? Er sah ziemlich beschissen aus. Meine Sorge wächst und bevor ich weiter darüber nachdenke, wende ich mich zu Bex. »Wäre es okay, wenn ich kurz ...«

»Geh schon«, antwortet sie und wedelt mit der Hand.

Ich stürme los, durch das Café nach draußen, Ryker hinterher. Ich folge ihm tiefer in den Pukekawa-Park, zur Rechten überdecken hohe Bäume den Weg, links liegt eine weite Wiese. Suchend sehe ich mich um.

Mein Blick gleitet über die Wiese hinweg, über die Jungs, die weiter hinten Rugby spielen. Über eine Gruppe Mädchen, die im Schatten eines Pōhutukawa sitzt und sich unterhält. Ich bin fast am Rande des Parks angekommen und kurz davor aufzugeben, als ich Ryker unter einem Baum entdecke. Er sitzt gegen den Stamm gelehnt, die Arme ruhen auf den angewinkelten Beinen und starrt vor sich hin.

Ich hole Luft, um meinen donnernden Herzschlag zu beruhigen. Kleine Äste knacken unter meinen Schritten und erst als ich neben Ryker stehe, sieht er auf. Sein Blick ist so verdammt leer, dass mir ein Schauer über den Rücken läuft.

»Hey«, sage ich leise.

Er neigt den Kopf, sieht weg.

Wieder frage ich mich, was ich hier eigentlich tue. Wir reden miteinander, aber das hier ist ein ganz anderes Level. So zerstört habe ich ihn noch nie gesehen. Trotzdem bleibe ich und setze mich neben ihn. Einfach, um da zu sein, auch wenn ich keine Ahnung habe, wie ich anfangen soll.

Daher tue ich das Einzige, das mir einfällt, und greife nach seiner Hand. Sofort zuckt er zusammen und zieht seinen Arm weg.

»Verschwinde, Brook.«

Ich schlucke. Das Gefühl, alles falsch zu machen, überkommt mich.

»Ich kann jetzt nicht mit dir reden«, stößt er hervor und seine Stimme klingt so verdammt rau. Vor Wut oder als müsste er sich beherrschen, nicht zu weinen. Mein Herz krampft zusammen. Ich würde ihm so gerne helfen.

»Ich bleibe trotzdem hier, ich will nicht, dass du allein bist.« Ich ziehe meine Beine an und schlinge die Arme darum. Zum Glück regnet es nicht, aber der Wind ist kühl und ein Frösteln rennt über meine Haut.

Ryker stößt ein Fluch aus. »Und wenn ich allein sein will?«

Ich presse die Lippen zusammen. Es tut weh, dass er mich von sich stößt. »Soll ich Scott anrufen?«

Er schüttelt den Kopf.

Mit dem Fuß stoße ich gegen einen Zweig, der vor mir am Boden liegt. Ich habe das Gefühl, als würden meine Glieder nach unten gezogen werden.

»Nein«, sage ich entschieden und drehe mich halb zu ihm um. Weil dieses Gefühl falsch ist, weil das zwischen uns gerade falsch ist. Und ich endlich etwas dagegen tun muss. »Das funktioniert so nicht, Ryker. Weder für dich noch für mich. Ich möchte, dass du mir erzählst, warum dich das Gespräch

mit deiner Mum so umgehauen hat. Warum du aussiehst, als würdest du die ganze Welt hassen. Ich will wissen, warum du niemanden an dich heranlässt, wovor du solche Angst hast.«
Ich zwinge meine Stimme, fest zu bleiben. Keinen Rückzieher zu machen, weil es mir bitterernst ist. Leichte Panik bricht sich Bahn, als mir bewusst wird warum, ich ihm helfen will. Weil Ryker mir wichtig ist. Viel wichtiger als der Fremde im Flugzeug, den ich von seiner Flugangst ablenken wollte.

Ryker reißt erschrocken die Augen auf. Seine Iriden sind fast schwarz, vor Wut und Zorn – und vor Schuld.

»Vertraust du mir?«, frage ich ruhiger.

Er öffnet den Mund und schließt ihn wieder. In seiner Miene arbeitet es, als würde er in sich hineinhorchen. »Ich vertraue so gut wie niemandem.«

»Aber vertraust du mir?« Ich drehe mich noch ein Stück, bis ich ihm gegenübersitze.

Er antwortet nicht, was zumindest kein Nein ist.

»Mach die Augen zu«, sage ich und greife gleichzeitig nach seinen Händen. Sie sind eiskalt. Er zögert, bevor er der Aufforderung Folge leistet. Seine Finger schließen sich fester um meine und ich spüre jeden einzelnen Punkt, an dem wir uns berühren.

»Was wollte deine Mum von dir?«

Seine Finger zucken. Aber er zieht sie nicht weg, was mich beruhigt. Allerdings sagt er auch nichts.

Ich bemühe mich, ruhig zu bleiben, meinen Atem ihm anzupassen, um ihm Sicherheit zu geben. Irgendwann stößt Ryker genervt die Luft aus.

»Ich kann das nicht, Brook. Es ist lieb gemeint, aber du weißt, dass ich nicht der Typ bin, der über seine Probleme spricht.« Er blinzelt.

»Augen zu.«

»Das ist lächerlich.«

»Vielleicht. Aber wir versuchen das.«

Er schnaubt und zieht die Nase kraus. Und dabei sieht er so

verflucht süß aus, dass ich mir schnell auf die Zunge beiße. Dieses Gefühl passt nicht hierher.

»Mein Dad hat meine Mum geschlagen. Immer wenn ihm irgendetwas nicht passte, wenn sie Widerworte gegeben hat ... oder wenn er wütend war. Auf sie, auf sich selbst, auf mich.«

Ich presse die Lippen zusammen, um keinen Laut auszustoßen. Ich hatte etwas in die Richtung vermutet, aber es tut so verdammt weh, es wirklich von ihm betätigt zu bekommen.

»Ich habe versucht, ihm alles recht zu machen, damit er uns in Ruhe lässt.«

Seine Finger zittern. Ich drücke sie. Fester. Zeige ihm, dass ich hier bin, auch wenn ich weiterhin schweige. Denn mir ist klar, dass das nicht alles sein kann, was Ryker heute so aus der Bahn geworfen hat.

»Er hat Mum benutzt, Brook. Er hat sie kleingehalten, hat ihr seine Regeln aufgezwungen und ...« Er bricht ab. Seine Lider flattern, doch er öffnet sie nicht. »Er hat sie vergewaltigt und ich habe zuhören müssen.«

Meine Haut spannt. Mir wird eiskalt. Meine Fingerspitzen kribbeln und ich fühle das Herz in meiner Brust überdeutlich. Ein Abgrund bricht zwischen uns auf und Rykers Worte überfordern mich.

»Ich habe sie allein gelassen, Brook«, fährt er fort und seine Stimme klingt so kalt. So vorwurfsvoll, dass es mir das Herz zerreißt. Am liebsten würde ich ihn packen und umarmen. Aber das würde nicht helfen, nicht genug.

»Ich bin nach Auckland geflohen, weil ich es nicht mehr ausgehalten habe«, flüstert er. »Weil Mum mich darum gebeten hat.«

»Warum habt ihr ihn nicht angezeigt?«, frage ich und verfluche meine heisere Stimme.

Seine Hand zuckt und er will sie wegziehen. Aber ich lasse ihn nicht. Mein Blick rutscht nach unten, dabei fällt mir eine Narbe an seinem Arm auf. Sie ist überraschend lang und hell gegen seine gebräunte Haut. Vielleicht hatte er ihn einmal gebrochen? Das wäre nicht ungewöhnlich im Rugby, Scott hatte schon alle möglichen Verletzungen. Allerdings sieht sie älter aus. Kann es sein, dass sein Vater ...?

Als Ryker weiter schweigt, beuge ich mich vor. Nur ein wenig, ohne ihn zu berühren. Ryker sitzt so nah vor mir, dass seine Körperwärme auf meiner Haut prickelt.

»Mum wollte nie zur Polizei gehen. Dad war Sergeant und sie war der Meinung, dass uns keiner seiner Kollegen glauben würde. Und das hat sie mir so oft gesagt, dass ich es irgendwann selbst geglaubt habe. Ich meine, sie ist meine Mum, Brook. Und ich liebe sie. Ich würde mich niemals gegen sie stellen, selbst heute nicht.«

Einerseits muss ihm bewusst sein, dass es ein Fehler war. Dass er mehr hätte tun können. Andererseits war er ein Kind und Kinder vertrauen auf die Worte ihrer Eltern.

»Warum ist deine Mum nach Auckland gekommen?«

Uns trennt kaum eine Handbreit. Aber ich komme nicht näher.

»Dad hat mir Geld vererbt.« Er schnaubt frustriert, wieder streicht sein Atem über meine Lippen. »Aber ich will sein Scheißgeld nicht.«

Es klingt etwas in seinen Worten mit, dass ich nicht gegriffen bekomme. Etwas, das tiefer geht, und das diese vehemente Abwehrreaktion erklären würde.

»Du könntest es spenden, wenn du es nicht für dich selbst willst. Tue etwas Gutes damit«, schlage ich vor und begreife in dem Moment, dass ich es nur schlimmer mache. Damit wird das Geld erst recht zu einer Entschuldigung für die Taten seines Dads. Oder Rykers Schweigen und seine Flucht.

»Nein.« Er schüttelt den Kopf. Seine Finger verkrampfen.

»Hör auf, dir Vorwürfe zu machen, Ryker. Hör auf dir die Schuld an Dingen zu geben, die nicht in deiner Macht standen. Dein Vater ist das Arschloch in deiner Geschichte, nicht du.«

Ryker neigt den Kopf. Nur ein wenig, bis seine Stirn gegen meine lehnt. Ich warte darauf, dass er sich zurückbeugt, dass er Abstand schafft und mich erneut von sich stößt, doch das tut er nicht.

Stattdessen öffnet er die Augen.

Ich schlucke.

Seine Pupillen sind so groß, dass kaum etwas von dem dunkelbraunen Kranz zu sehen ist. Seine Schuld wird überlagert von Angst, von Verzweiflung.

»Ich habe Angst, dass ich so werde wie er«, flüstert er. »Dass ich schon so bin. Ich schreibe Pläne, zwinge den Jungs meine Regeln auf. Dir. Verurteile dich dafür, dass du von zu Hause wegrennst. Dass du schwach bist. Ich bin wie er, Brook. Und ich kann nichts daran ändern.«

Ein Schauer rennt über meine Haut, denn mir ist bewusst, dass er in gewisser Weise recht hat. Ryker braucht Kontrolle über sein Leben und ein Stück weit auch über sein Umfeld. Das habe ich bereits zu spüren bekommen.

Aber das ist nicht alles.

»Du bist nicht dein Vater, Ryker«, sage ich mit fester Stimme. »Ja, du liebst deine Pläne und ja, du sorgst dafür, dass ich mehr Ordnung in mein Leben bringe. Aber du setzt mich nicht unter Druck. Du hast geschwiegen, als du von meinem Studiumabbruch erfahren hast, und du hast mich nicht dafür verurteilt. Zumindest nicht, nachdem du wusstest, was dahintersteckt.«

Er schweigt. Sein Atem geht ruhiger, nicht mehr so gepresst wie eben noch.

»Ich weiß nicht, was ich tun soll«, gesteht er leise und löst unsere verkrampften Finger. Aber er nimmt seine Hand nicht weg, sondern streicht sanft über meine Haut.

»Und das musst du auch nicht. Gib dir Zeit mit der Entscheidung, was du mit dem Erbe anfangen kannst. Und wenn du es partout nicht willst, lehne es ab.«

»Wie kannst du dir dabei so klar sein? Und in deinem eigenen Leben immer noch nicht wissen, was du willst?« Er lehnt sich zurück und hebt vorsichtig den rechten Mundwinkel.

»Ich bin besser darin, Ratschläge zu erteilen, als mich daran zu halten.« Ich grinse, gezwungen, weil das der Stimmung zwischen uns beiden die Schwere nimmt.

»Offensichtlich.«

Noch immer streicht er über meine Finger, doch jetzt hebt er eine Hand und legt sie mir an die Wange. Mit dem Daumen fährt er meinen Wangenknochen entlang, federleicht, trotzdem rollt ein Zittern durch meinen Körper.

»Langsam wird es immer schwerer, Gründe zu finden, dich nicht zu küssen.« Sein Mundwinkel hebt sich weiter, dann schüttelt er den Kopf. »Du solltest gehen, Brook. Jetzt.« Er klingt rau. Ein klein wenig verzweifelt.

Ich bewege mich keinen Millimeter. Seine Augen schauen mich an, intensiv und so voller Verlangen, dass ich schlucken muss. Meine Welt schrumpft zusammen, der Park um uns herum verschwindet.

Ich beuge mich vor. Gebe ihm die Chance auszuweichen, aber er tut es nicht. Vorsichtig berühre ich mit den Lippen seinen Mundwinkel. Genauso, wie er mich nach unserer Auseinandersetzung im Danny's geküsst hat. Ryker reagiert nicht. Bewegt sich nicht, weicht nicht zurück.

Eine unendliche Sekunde lang. Dann packt er plötzlich meinen Hinterkopf und flucht. Einmal, bevor er mich küsst. Richtig diesmal.

Ein Schauer rast über meine Haut und lässt sie kribbeln. Ich fühle ihn. Überall. Auf meinen Lippen, in meinem Kopf. Fühle diese verdammte Verbindung, die bereits im Flugzeug da war und die jetzt so viel mehr ist. So viel tiefer.

Ich würde noch nicht so weit gehen, dass ich in ihn verliebt bin. Aber Ryker macht etwas mit mir, gegen das ich mich nicht länger wehren kann. Wehren will. Mein Herz pocht schneller und härter und in mir drinnen bricht etwas auf. Eine Empfindung, die so besonders ist, so einzigartig, dass ich Angst bekomme.

Küssen ist eine Sache. Sex ebenso.

Liebe eine andere.

Ryker muss merken, dass etwas nicht stimmt, denn er löst sich langsam von mir. Seine Hand fährt aus meinem Haar und sinkt zu Boden. In seinen Augen leuchten die goldenen Tupfen und eine unausgesprochene Wahrheit: Da ist etwas zwischen uns. Das wir ignorieren und von uns stoßen, um nicht alles noch komplizierter zu machen. Aber dieser verdammte Kuss gerade beweist, dass es da ist.

Der Abstand zwischen uns wird größer.

Ich hole Luft. Versuche, meine Emotionen einzufangen, den Schmetterlingen Einhalt zu gebieten – und scheitere.

Ich schlucke.

Die Wahrheit brennt in seinen Augen, brennt in meinem Herzen.

»Scheiße«, stößt er hervor und ich bin mir aus irgendeinem Grund sicher, dass er nicht den Kuss meint. Dass er es ebenso fühlt wie ich. Und dass wir beide ein Problem haben.

Ich rapple mich auf. Ryker tut es mir nach. Wir sehen uns an. Und ich merke, dass er etwas sagen will, dass er nach Worten sucht und ebenso überfordert ist wie ich.

»Ich ...«, setze ich an und breche ab. Atme einmal durch, sortiere mich. »Es geht nicht.« Etwas anderes fällt mir nicht ein. Ich will nicht wegrennen, wir müssen das klären.

»Ich weiß.« Er fährt sich durch die Haare.

»Da sind mein Bruder und das Team, aber das ist es nicht. Nicht nur.« Meine Stimme wird fester, weil ich mir mit jedem Wort sicherer werde. »Ich bin nach Auckland gekommen, um herauszufinden, was ich will. Ich muss das für mich klarziehen und eine Beziehung ... würde es verkomplizieren. Außerdem muss ich in ein paar Monaten wieder zurück.«

Sein Blick fängt mich auf, schon wieder, und ich sehe die Angst, den Widerwillen. Und dieses Gefühl, das so viel tiefer geht und das mich umhaut.

»Du hast Angst«, stellt er fest.

»Du nicht?«

»Doch.« Trotzdem hebt sich sein Mundwinkel. Zurückhaltend, irgendwie traurig. »Es wäre besser, wenn wir Abstand halten würden. Für dich, für mich.« Er schaut auf seine Füße, schnaubt. »Allerdings bin ich nicht blind, Brook. Und ich bin nicht naiv. Ich merke, dass -«

»Es geht nicht«, sage ich erneut und diesmal bin ich mir sicher. Bisher ist nichts passiert, zumindest nichts, was ich nicht in den Griff bekommen würde. Einmal Sex mit einem Fremden und dann der Kuss. »Es ist nicht, dass ich nicht will, es ist der falsche Zeitpunkt.«

Ryker nickt und lässt es darauf beruhen. »Danke, dass du mir zugehört hast.«

»Natürlich. Wenn du reden willst, weißt du, wo du mich findest.«

Er grinst, was gnadenlos misslingt.

»Ich gehe zurück ins Café.«

Ryker nickt. »Wir sehen uns nachher.« Er lächelt. Anders als gerade. Es wirkt einstudiert, künstlich, als müsste er sich dazu zwingen.

Langsam wende ich mich um und laufe durch den Park zurück zum Fondue. Ich fühle mich so aufgewühlt, wie schon lange nicht mehr, und am liebsten würde ich nach Hause gehen. Aber meine Schicht ist noch nicht vorbei und in meinem Zimmer würde ich mir ein Kissen über den Kopf ziehen und heulen.

Das, was Ryker mir erzählt hat, erschüttert mich. Ich wusste, dass er seinen Vater hasst, und ich dachte mir, dass kein einfacher Grund dahintersteckt. Aber das ... Erneut rennt ein Frösteln über meine Haut. Ich kann mir nicht vorstellen, wie es ist, so aufzuwachsen. Ryker ist durch die Hölle gegangen und mir ist nun klar, warum er Probleme mit Nähe hat. Warum er sich nicht öffnen kann. Umso wichtiger war unser Gespräch im Park und umso besonderer ist es.

Erneut prickeln meine Lippen und das Gefühl, dass ich am liebsten umdrehen und erneut zu ihm rennen würde, wird so stark, dass ich mich zwingen muss, weiterzulaufen.

***

»Alles okay?«, fragt Bex, als ich durch die Türen des Fondue in den Innenraum komme. Es ist mehr los als vorhin, die Gäste zum Mittagessen sind da. Sowohl draußen als auch drinnen ist alles besetzt, daher schnappe ich mir meine Schürze, nicke nur knapp und flitze los.

Die Arbeit hilft. Ich nehme Bestellungen auf, serviere Getränke und Sandwiches, trockne Geschirr ab und laufe mir die Füße wund. Aber dabei kann ich nicht nachdenken. Erst als es gegen vier Uhr leerer wird und Bex und ich durchatmen können.

»Du empfindest etwas für Ryker, oder?«, fragt Bex und gießt sich ein Glas Wasser ein.

Mir fällt beinahe die Tasse aus der Hand, die ich abtrockne.

»Was? Wie kommst du darauf?« Ein merkwürdiges Gefühl breitet sich in meinem Brustkorb aus, das sich nicht entscheiden kann, ob es gut oder schlecht ist.

»Du hast dir Sorgen um ihn gemacht.« Bex zuckt mit den Schultern. Sie trägt ihre roten Locken heute offen. Einzelne Perlenschnüre hat sie an den Seiten hineingeflochten, die ihr einen sehr eigenen Boho-Style geben. Aber ihr steht es, ebenso wie die karierte Latzhose und das schwarze Top dazu.

»Er ist mein Mitbewohner. Und ihm ging es offensichtlich nicht gut«, sage ich rasch, stelle die Tasse weg und greife mir eine neue. Ich kann nicht sagen, warum ich den Kuss vor Bex verschweige.

»Wenn du meinst.« Da liegt dieses Lächeln um ihren Mund, das mir genau zeigt, dass sie anderer Meinung ist. »Das war seine Mum bei ihm, oder?«

»Ja.« Noch eine Tasse. Bevor ich eine neue greife, stutze ich. »Woher weißt du das?«

Bex hält inne. Sie kaut nachdenklich an ihrer Unterlippe herum und spielt mit einem Verschluss ihrer Latzhose. »Ich hatte dir doch gesagt, dass mir Ryker bekannt vorkommt. Seine Mum sieht aus wie früher. Sie kommen aus Christchurch, wie ich.« Sie sieht nachdenklich aus dem Fenster nach draußen. Die Äste der Bäume schwanken im Wind hin und her, einzelne Blätter werden aufgewirbelt und fliegen zwischen den Tischen herum. Wir sollten dringen die Schirme zumachen.

»Ryker ist zwei Jahre älter als ich, aber wir waren in derselben Highschool. Ich hatte allerdings nichts mit ihm zu tun, deshalb habe ich ihn nicht erkannt.«

»Vielleicht weil er damals schon so ... verschlossen war?«

»Nein, nicht unbedingt. Aber Ryker war der Sohn des Sergeants und ich ... gehörte nicht unbedingt zu den Chicks, die um die coolen Jungs herumschwirrten.«

Unwillkürlich muss ich grinsen, wenn ich mir eine jüngere Version meiner Freundin vorstelle. »Also heute bist du definitiv ein ultracooles Chick«, sage ich übertrieben überzeugt und zwinkere ihr zu. Doch Bex reagiert nicht.

»Es gab damals Gerüchte«, fährt sie fort. »Dass in seiner Familie etwas nicht stimmt. Aber niemand hat sich getraut, was zu sagen, weil sein Dad in der Stadt sehr beliebt war. Seine Mum ebenso, die ganze Familie. Rouwen hatte überall Freunde, war bei der Polizei und im Heimatverein.«

»Was meinst du damit?«, frage ich vorsichtig und die kalte Starre ist mit einem Mal wieder da. Weil ich genau weiß, was dahintersteckt. Doch es von Bex zu hören, macht es realer. Weil es Rykers Worte noch greifbarer werden lässt.

»Obwohl Rouwen so beliebt war, war er ein jähzorniger Typ. Ich hab ihn ein paar Mal bei den Rugby-Spielen in der Highschool gesehen. Er stand am Rand und hat Ryker zusammengebrüllt, als er nicht richtig geworfen hat. Man hat sich erzählt, dass er ein ziemlicher Narzisst sei.«

»Er ist vor über einem Monat gestorben, deshalb war seine Mum hier.«

Bex nickt und atmet tief durch. »Ich habe nichts gegen Ryker, ich kenne ihn überhaupt nicht. Aber pass auf dich auf, Brook. Der Kerl ist mit Sicherheit nicht unkompliziert.«

Was in etwa die Untertreibung des Jahrtausends ist.

20. RYKER

Es ist das Spiel gegen die Devils am ersten Samstag im April. Das erste Spiel nach der Osterpause, das vierte Spiel dieser Saison. Bisher haben wir zwei gewonnen, eins unentschieden gespielt und führen aktuell die URC an.

Hayes ist zufrieden, trotzdem ist die Aufregung in der Kabine vor dem Match greifbar. Wir spielen heute in Waikato, im Landesinneren. Das Wetter ist bescheiden, es hat bis vor einer Stunde in Strömen geregnet. Der Platz ist nass, trotzdem hat der Schiri entschieden, die Partie zu starten.

»Das wird eine verdammte Schlammschlacht«, murrt Scott und zieht seine Schuhe fester. Regen bedeutet einen rutschigen Rasen. Was durchaus ein Vorteil sein kann, denn so fällt es beiden Mannschaften schwer, einen Try zu schaffen. Trotzdem ... es gibt bessere Gegebenheiten und das Risiko, dass sich jemand verletzt, steigt durch diese Bedingungen.

»Hast du etwa Angst vor ein bisschen Matsch«, zieht Nate ihn auf. Sofort grölen einige Rebels los und irgendwer ruft nach einer Challenge.

»Der dreckigste Ort, an dem du Sex hattest«, antwortet Scott grinsend und sieht in die Runde.

Mein Blick huscht nach hinten, zu Brook, die gerade das Delfin-Kostüm überzieht. Normalerweise nehmen wir unser

Maskottchen nicht mit zu Auswärtsspielen, aber Brook hat gefragt und da sie mittlerweile ein fester Bestandteil des Teams ist, war niemand dagegen. Ganz im Gegenteil, es hebt die Stimmung, wenn sie dabei ist. Witze macht, die Augen verdreht oder Tama in seine Schranken weist. Oder mich.

Allerdings sind die Gespräche vor dem Spiel in der Regel derb, bisher scheint Brook das nicht zu stören.

Ihr Blick fängt meinen auf und sie hebt fragend eine Augenbraue. Ein schmales Lächeln drängt sich auf meine Lippen. Die prickelnde Wärme, die sich in meiner Brust ausbreitet, befeuert den verdammten Wunsch, zu ihr zu gehen und sie erneut zu küssen.

Seit dem Kuss sind zwei Wochen vergangen. Zwei Wochen, in denen wir beide so tun, als wäre nichts passiert. Und beide wissen, dass es nicht stimmt.

Ich habe meine Mum wegen des Erbes um Bedenkzeit gebeten. Das Geld sofort abzulehnen wäre falsch. Das Gespräch mit Brook im Park hat geholfen, dass ich zumindest diese Entscheidung klar sehe. Ich brauche Zeit, um endlich mit meinem Dad abzuschließen und damit, was er mir angetan hat.

»Der dreckigste Ort? Am Strand«, sagt Nate und erntet ein Lachen.

»Das zählt nicht Mann, das hatten wir alle schon.« Tama grinst breit und schüttelt den Kopf.

»Mach's besser«, fordert unsere Nummer 12 ihn auf, während er sich sein Shirt überzieht.

Tama stemmt die Hände in die Hüfte. »In der Autowerkstatt meines Dads. Jenny sah danach aus, als hätte ich sie persönlich mit Motoröl eingeschmiert.«

»Was du vermutlich auch hast«, ergänzt Lawrence und wieder lachen alle.

»Cap?«, fordert Tama und schaut in Scotts Richtung. Doch dieser winkt ab.

»Ich bin sauber, das wisst ihr.« In seinen Augen blitzt es.

Niemand glaubt ihm, aber niemand zwingt ihn, das vor seiner Schwester zu offenbaren. »Ryker?«

Ich mahle die Kiefer aufeinander. Und ich sage etwas, von dem ich selbst nicht weiß, warum es ausgerechnet diese Worte sind. »Im Flugzeug.«

Weiter hinten stößt jemand einen Fluch aus. Einen ziemlich lauten, sodass einige Rebels ihre Köpfe drehen. Brook prescht an uns vorbei und rempelt dabei mehr als nur einen Spieler an. Sie hat die Augen zusammengekniffen, doch auf ihren Wangen liegt eine verdächtige Röte. Ich kann mir ein Grinsen nicht verkneifen.

»Hey, Brook, du warst noch nicht dran«, ruft Tama ihr hinterher und erntet dafür nur einen gestreckten Mittelfinger. »Scheiße, Cap, wenn sie nicht deine Schwester wäre ... Brook hat echt Feuer.«

»Untersteh dich«, knurrt Scott und wirft einen seiner Sneakers in seine Richtung. Tama fängt ihn geschickt auf und feuert ihn zurück. Scott tritt zur Seite, der Schuh donnert gegen den Spind. »Das konntest du schon mal besser.«

»Keine Sorge, wenn es darauf ankommt, treffe ich.«

»Gut.« Scott klatscht in die Hände. »Alle zusammenkommen.«

Es sind nur wenige Worte, die er heute an uns richtet, doch als wir alle zusammenstehen – inklusive Brook, die ihren Weg zurück in die Kabine gefunden hat – fühle ich es trotzdem. Wir sind eins, wir gehören zusammen. Und verdammt, wir werden die Devils heute fertig machen.

***

Das Spiel läuft so beschissen wie das Wetter. Die Devils liegen in Führung und wir konnten erst drei Trys machen. Noch ist es eine halbe Stunde zu spielen. Eine halbe Stunde, die über Sieg oder Niederlage entscheidet.

Ich renne los. Schlamm und Grasbüschel spritzen hoch, das

Trikot klebt an meinem Körper. Adrenalin pulsiert durch meine Adern und ich gebe noch mal Gas. Aus dem Augenwinkel beobachte ich, wie Nate wirft, wie die Spieler der Devils losrennen. Der Ball fliegt in einem sauberen Bogen durch die Luft, ich gehe in die Knie und springe.

Irgendjemand rammt mich. Wir fliegen zusammen zur Seite und krachen auf den Boden. Ich will mich abfangen, doch durch den verdammten Regen ist die Erde aufgeweicht, sodass ich keinen Halt finde. Ich krache zur Seite, rutsche weg und verdrehe dabei mein rechtes Bein. Ein stechender Schmerz schießt durch mein Knie.

»Fuck!«, brülle ich und weiß in diesem Moment, dass es vorbei ist. Der Schmerz im Knie nimmt nicht ab, im Gegenteil, er wird mit jedem Atemzug schlimmer.

Der Devil rollt sich von mir herunter. Seine nassen Haare kleben ihm im Gesicht, er sieht mich erschrocken an. »Sorry, Mann.«

Ich antworte nicht. Presse die Lippen zusammen, um nicht zu schreien. Vor Wut, vor Schmerz, vor Verzweiflung.

Das Lachen meines Dads dringt an mein Ohr. Sein Fluchen, seine Aufforderung aufzustehen. Er hat mir Verletzungen nicht zugestanden, ich musste trotzdem zum Training. Zur Not mit Schmerzmitteln und Bandagen.

Regen fällt auf mein Gesicht, in meine Augen, doch ich schließe sie nicht. Stattdessen balle ich die Fäuste, konzentriere mich, nicht auszuflippen und setze mich auf.

Ich kann das, sage ich mir. Vielleicht ist es nicht so schlimm. Vielleicht ist es nur eine Verstauchung.

Tränen sammeln sich in meinen Augen, vermischen sich mit den Regentropfen. Der Schmerz im Knie, der bis in das gesamte Bein ausstrahlt, raubt mir den Atem.

»Fuck, Ryker!« Scott rennt zu mir und kommt schliddernd vor mir zum Stehen. Mit ihm drei weitere Rebels, ebenso der Coach. Mir wird übel, kalter Schweiß bricht mir aus.

»Kannst du aufstehen?« Hayes geht in die Hocke.

Scott hält mir eine Hand hin, doch ich schüttle den Kopf. Presse die Lippen zusammen, was meine Schreie in ein schmerzverzerrtes Keuchen verwandelt.

Hayes flucht, dreht sich halb herum und winkt. Ich schließe die Augen und lege mich wieder zurück in den nassen Rasen. Um mich herum dreht sich alles, die Übelkeit nimmt weiter zu. Und mir ist kalt. So verdammt kalt.

»Es tut mir so leid, Mann, das wollte ich nicht.« Das muss der Devil sein, ich kann die Stimme nicht richtig zuordnen.

»Ist schon ... okay «, presse ich hervor, auch wenn es nicht stimmt. Nichts ist okay, ich bin am Arsch. Aber wir alle wissen um das Risiko beim Spielen.

Mit zusammengekniffenen Augen atme ich durch die Nase, um nicht zu heulen. Um nicht zu schreien, weil mich die Situation umhaut. Das wars mit dem Rugby für diese Saison. Scheiße. Mein Ventil, mein einziges Ventil zerbricht gerade.

Am Rande bekomme ich mit, wie zwei Sanitäter kommen. Sie stellen mir Fragen, begutachten mein Knie, das mittlerweile deutlich geschwollen ist.

»Kannst du es bewegen?«, fragt der eine und ich schüttle sofort den Kopf. In meinen Ohren rauscht es, schwarze Schatten ziehen durch mein Sichtfeld.

»Wir heben dich jetzt auf eine Trage.«

Ich nicke nur knapp, schließe wieder die Augen. Das Rauschen wird lauter und der Schmerz ist mittlerweile so schlimm, dass ich kaum etwas anderes wahrnehme.

Die beiden Sanitäter heben mich an und legen mich auf eine Trage. Regen fällt unablässig auf mich herab, als wir das Feld verlassen.

Scott ruft etwas, Hayes, irgendjemand brüllt. Das Spiel geht weiter, ohne mich.

Ich drehe den Kopf zur Seite. Meine Sicht verschwimmt. Irgendwelche fremden Menschen.

»Bleib ruhig, Junge, wir sind gleich da. Und dann fahren wir direkt in ein Krankenhaus.«

Die Galle, die ich mühsam herunterschlucke, schmeckt bitter. Ich fühle mich allein und wütend und so verdammt hilflos. Die Sanis erzählen mir irgendetwas, doch ich höre nicht zu. Stattdessen wünsche ich mich weit weg. In eine Welt, in der mein Bein nicht kaputt ist, in der ich weiterspielen kann. In der mein Dad kein Arschloch war, das meine Mum geschlagen hat und mich und mir kein Geld vererbt hat, das ich nicht haben will.

In eine Welt, in der Pläne funktionieren, meine Pläne und in der kein Chaos sie durcheinanderwirbelt.

Ich werde in einen Rettungswagen gehoben. In dessen Innern ist es wärmer, doch das verdammte Licht blendet mich, sodass ich erneut die Augen schließe.

»Wir fahren gleich los, drei Minuten«, sagt irgendwer. Ein Funkgerät neben mir erklingt, irgendjemand spricht. Ich erkenne Hayes' Stimme, er gibt dem Sanitäter meinen vollen Namen und Informationen.

Eine andere Stimme kommt hinzu, die alle anderen überlagert. Die trotz des Schmerzes zu mir durchdringt.

Brook ist wütend. Ihr Tonfall ist anders als sonst, direkter. Ähnlich wie bei dem Gespräch im Park, bei dem sie mir sehr klar gesagt hat, was ich tun soll. Sie klingt so wahnsinnig professionell, beinah wie ein anderer Mensch.

»Hey.« Warme Finger streichen mir über das Gesicht.

Ich blinzle und öffne die Augen. Irgendwer hat das Licht ausgestellt. Brook hockt vor mir, die Augen verengt, ein harter Zug liegt um ihren Mund. Das Delfinkostüm hat sie halb ausgezogen, der Stoff bauscht sich um ihre Hüften. Darunter trägt sie ein weißes Shirt, die Haare zum Knoten – wie immer.

»Wie geht es dir?«, fragt sie.

Ich beiße die Zähne zusammen, will antworten, irgendetwas. Aber ich kann nicht. Da ist zu viel Schmerz, zu viel Angst, zu viel Verzweiflung. Mein Körper spannt sich an, doch Brook legt sofort eine Hand an meinen Oberschenkel. »Du darfst es nicht bewegen. Ich tippe auf einen Meniskusanriss. Vielleicht ist er auch ganz gerissen«, sagt sie.

Sie setzt sich neben mich auf einen Stuhl und nimmt die Hände weg. Die Berührung fehlt mir, die Wärme hat gutgetan.

»Ich werde mit dir ins Krankenhaus fahren«, ergänzt sie leise. »Hayes hat mich darum gebeten, weil er das Team nicht allein lassen will.«

Ein Sanitäter setzt sich zu meiner anderen Seite, gleich darauf fahren wir los.

Mein Atem geht immer noch stoßweise und ich merke, dass die Müdigkeit an mir zieht. Der Schmerz, der Schock – mein Körper fordert seinen Tribut.

Plötzlich erklingt eine Sirene. Unendlich laut. Brook reißt die Augen auf, öffnet den Mund. Ihr Kopf ruckt nach oben, nach vorn. Sorge wallt durch mich hindurch, weil ich sofort daran denken muss, was dieses Geräusch für sie bedeutet. Ohne zu zögern, greife ich nach ihrer Hand. Packe sie und halte sie fest.

Brook schluckt, ihre Finger krallen sich um meine. Sie zwingt ihren Kopf ganz langsam nach unten. In meine Richtung, bis sie mich ansieht. Angst spiegelt sich in ihren Augen, Panik lauert darin.

Ich drücke ihre Hand noch fester und streiche mit dem Daumen über ihre Haut.

Sie atmet durch, zwingt sich zu einem Lächeln. Die Angst ist immer noch da, doch sie beherrscht sie nicht mehr.

»Ich bleibe bei dir«, sagt sie erneut. Leise. Und ihre Hand bleibt in meiner. Gibt mir den Anker, den ich brauche, um nicht völlig durchzudrehen.

»Danke.«

21. BROOK

Das schrille Klingeln meines Weckers reißt mich aus dem Schlaf. Es ist stockdunkel. Und irgendwie fühlt es sich verdammt früh an. Zu früh. Mein Blick fällt auf das Handy, das neben meinem Bett auf dem Nachttisch liegt. 6:30 Uhr. Verdammt! Ich war so in Gedanken gestern Abend, so zerrissen und aufgewühlt, dass ich vergessen habe, den Wecker auszustellen.

Ryker. Sofort denke ich an ihn. Schon wieder. Er hat gestern so verloren gewirkt, gebrochen. Als würde ihm auch das letzte Stück Sicherheit entrissen werden. Trotzdem hat er nach meiner Hand gegriffen, als die Sirene losging und die Panik erneut über mich hinweggerollt ist.

Ryker und ich. Es kann nicht funktionieren. Es darf nicht. Ich habe Angst, dass wir uns beide in den Abgrund zerren, weil wir unser Leben nicht auf die Reihe bekommen. Doch mein Herz hat sich längst entschieden. Ich habe es im Park gespürt und erst recht gestern, als er mich nicht mehr losgelassen hat. Selbst dann nicht, nachdem wir am Waikato Hospital in Hamilton angekommen waren und die Sanitäter mich aufforderten zu gehen.

Ich bin dabei, mich in ihn zu verlieben. Herz über Kopf. Und es macht mir eine Heidenangst.

Müde reibe ich mir über die Augen und setze mich auf. Meine Beine fühlen sich schwer an, ebenso mein Kopf. Als würde der Schlaf noch über meinen Gedanken liegen.

Ryker wurde gestern noch operiert. Der Meniskus ist tatsächlich gerissen. Scott ist nach dem Spiel zu ihm gefahren und bis tief in die Nacht bei ihm geblieben. Heute wird er ihn irgendwann abholen.

Ein Gähnen unterdrückend schwinge ich die Beine aus dem Bett, tapse im Dunkeln zum Fenster und ziehe den Rollladen hoch. Die Sonne geht gerade auf und der Himmel über Auckland färbt sich in Lila- und Blautönen. Einzelne Wolken fliegen über den Horizont und der Anblick ist so friedlich, so schön, dass ich kurz innehalte.

Ich bin seit etwa eineinhalb Monaten hier, und immer noch übt die Stadt eine stille Faszination auf mich aus. Zugegebenermaßen bin ich sehr viel ruhiger als vorher. Fühle mich ausgeglichener, obwohl mein Leben Chaos ist.

Ich öffne das Fenster und nehme einen tiefen Zug. Die Luft riecht nach Salz und Meer, so anders als zu Hause in Richmond, wo sie immer abgasgeschwängert und schmutzig ist. Meine Finger krallen sich in das Fensterbrett. Ich muss erneut an gestern denken, an das Spiel gegen die Devils. An den Moment, in dem Ryker getackelt wurde und zu Boden ging. Die Hilflosigkeit war wieder da und ich konnte nichts anderes tun, als zusehen, wie der Coach zu ihm rannte, wie mein Bruder und die anderen Rebels sich sorgten, und Ryker schließlich von Sanitätern vom Feld getragen wurde.

Doch dann ist etwas passiert. Irgendetwas ist in mir aufgebrochen und ich wusste, was ich zu tun habe. Plötzlich war alles wieder da, in meinem Kopf, in meinem Herzen, und diese Hilflosigkeit, die ich in London gespürt habe und der Druck, der mich gelähmt hat, waren verschwunden.

Seit ich denken kann, habe ich meinem Vater in der Praxis geholfen. Zunächst im Büro, habe Termine koordiniert, Bestellungen und Abrechnungen erledigt. Aber immer mehr hat er mich dazu ermutigt, ihm über die Schulter zu sehen. Mein Dad war mein Held. Ist es immer noch. Und das Gefühl, anderen Menschen helfen zu können, ist unglaublich.

Und das war es, was ich gestern wieder gespürt habe. In dem Moment, als Ryker im Rettungswagen vor mir lag, so hilflos und überfordert, und ich ihm zwar den Schmerz nicht nehmen konnte, aber zumindest für ihn da war. Seine Hand gehalten habe und ihm das Gefühl vermittelt habe, dass er nicht allein ist.

Es hat sich angefühlt, als wäre ein Teil von mir wieder erwacht. Etwas, das nie wirklich weg war, das ich aber vergessen hatte. Oder das vielmehr von all den Geschehnissen verdunkelt worden war und deshalb nicht leuchten konnte.

Nachdenklich schlinge ich die Arme um meinen Oberkörper, auf denen sich eine Gänsehaut gebildet hat. Drei Monate. Seit über drei Monaten belüge ich Scott und meine Eltern und es fühlt sich jeden Tag schlimmer an. Ich werde nie vorankommen, wenn ich mich der Wahrheit nicht stelle. Das weiß ich.

Ein Seufzen entweicht mir. Ich drehe mich um und gehe zum Aquarium. Die Dose mit Futter ist bald leer, allerdings habe ich schon eine neue besorgt. Für heute reicht es noch.

Mein Blick gleitet durchs Zimmer. Trophäen stehen auf den Regalen, Highschoolmatches, die Hunter gewonnen hat. Selbst die Bücher im Regal gehören Hunter, und trotzdem fühle ich mich in diesem Zimmer zu Hause. Bilder hängen an den Wänden, die ihn mit seiner Familie zeigen. Einen Jungen mit braunen Haaren und meerblauen Augen. Eins der Fotos muss letztes Jahr aufgenommen worden sein, denn Tama, Ryker und Scott sind mit Hunter darauf abgebildet. Sie strahlen in die Kamera, im Hintergrund sieht man das Meer. Ein Stich schießt durch meine Brust. Die vier sind mehr als nur Mates. Oder ein Team. Es sind Freunde und ich bin ein bisschen neidisch darauf, wie selbstverständlich sie damit umgehen.

Ryker wird die nächsten Wochen nicht laufen können, und

es wird noch länger dauern, bis er wieder rennen kann. Ob er jemals wieder Rugby spielt, kann im Moment noch niemand sagen. Das wird ihm zusetzen, ich weiß, wie wichtig ihm Rugby ist. Das Team.

Eine Idee ploppt in meinem Kopf auf. Es ist nicht viel, aber so kann ich wenigstens ein bisschen helfen.

Entschlossen stoße ich mich vom Fenster ab und gehe durch meine Tür hinaus in den Flur. Es ist still im Haus. Die Jungs schlafen, Scott ist gestern spät heimgekommen, und Tama kriecht für gewöhnlich an einem Sonntag frühstens zum Mittagessen aus seinem Zimmer.

Natürlich könnte ich warten, bis Scott unten ist, um mit ihm zu reden. Doch die Idee ist so dringend, dass ich die Stufen nach oben nehme. Scott ist ein Frühaufsteher, der jede Stunde nutzt, um etwas zu tun. Rumsitzen oder trödeln ist nicht seine Art.

Das Zimmer der Treppe gegenüber ist verschlossen, weiter hinten im Flur liegen die anderen. Das linke ist offen und Sonnenlicht fällt bis in den Flur. Vorsichtig werfe ich einen Blick hinein. Ein akkurat gemachtes Bett, ein aufgeräumter Schreibtisch. Darüber hängt ein Stundenplan, daneben eine Bucketlist. Ernsthaft. Es ist so ordentlich, das ist eindeutig Rykers.

Mein Blick fällt auf ein Nachtlicht, das in der Steckdose steckt. Selbst jetzt ist es an. Ein Schmunzeln huscht über mein Gesicht, denn das Licht steht im krassen Kontrast zum Rest. Und trotzdem passt es zu ihm.

Ich wende mich auf die andere Seite des Flurs und muss lächeln. Eine englische Flagge hängt an der Tür. Daher bin ich mir ziemlich sicher, vor dem Zimmer meines Bruders zu stehen. Leise klopfe ich an.

»Scott?«

Es dauert ein Moment. Vermutlich ist er ebenso überrascht wie ich, dass ich um diese Uhrzeit vor seiner Tür stehe. Oder er schläft noch.

»Komm rein.«

Ha! Wusste ich es doch.

Vorsichtig öffne ich. Scott sitzt am Schreibtisch, über Uniunterlagen gebeugt. Der Rollladen ist oben und bietet eine Aussicht bis über den Pukekawa-Park hinweg. Auf der rechten Seite steht ein Bett, direkt daneben ein Kleiderschrank aus hellem Holz. Davor liegen Klamotten am Boden, Shirts, schmutzige Jeans, Sportsachen. Ein Schmunzeln huscht über meine Lippen, da mein Bruder offenbar genauso chaotisch ist wie ich.

»Was gibt es?«, fragt Scott.

Ertappt fahre ich herum und sofort steigt Nervosität in mir auf. Hinter den Büchern auf dem Schreibtisch entdecke ich Fotos von mir und unseren Eltern. Ein warmes Gefühl breitet sich in meiner Brust aus. Scott war schon immer ein Familienmensch.

»Ich ...« Ich breche ab und schlucke, ziehe mit den Fingern an meinem T-Shirt und überlege, ob ich einen Vorwand vorschiebe. Aber das wäre feige und es ist Zeit, dass ich mit ihm rede.

»Wie geht es Ryker?«, frage ich.

Scott verzieht das Gesicht. »Er würde es nie zugeben, aber ihm geht es richtig beschissen. Der Meniskus ist durch, und damit war's das für diese Saison. Er wird bis zum Winter nicht mehr spielen.«

»Das tut mir leid. Ich weiß, wie wichtig euch das Rugby ist und wie schwer es jetzt für ihn sein muss.«

Scott holt Luft. »Es ist nicht nur das. Seine Mum war letzte Woche hier und ... Es ist gerade alles ein bisschen viel.«

Ich nicke zustimmend. Dann gebe ich mir einen Ruck. »Wir könnten Zimmer tauschen, Ryker und ich. Das würde ihm sicher helfen.«

Scott hebt überrascht die Brauen. »Du meinst wegen der Treppe?«

»Es wäre einfacher für ihn, wenn er unten wohnen würde und ich«, ich mache eine kurze Pause, »in seinem Zimmer. Es sind ja noch ein paar Wochen.« Eine Tatsache, die ich bisher stur von mir geschoben habe, aber das Semester ist zur Hälfte rum. Und das bedeutet für mich, dass ich bald wieder zurück nach England muss.

»Ja, das macht Sinn. Wir können es ihm vorschlagen.«

Ich nicke, trete nervös von einem Fuß auf den anderen – und atme dann durch. Ich muss aufhören wegzurennen. »Da ist noch etwas.« Mein Blick fällt auf die Bilder hinter ihm. Eins zeigt uns mit Mum und Dad. Er trägt eine seiner komischen Mützen auf dem Kopf, die er so gerne hat. Es ist ein Bild, das wir vor zwei Jahren aufgenommen haben, als wir über Weihnachten in Schottland waren. Ich hatte gerade angefangen zu studieren, und das erste Semester hinter mir. Er war so begeistert, so stolz.

»Ich muss dir noch etwas sagen«, fahre ich fort. Fester diesmal, entschlossener.

Scott dreht sich gänzlich zu mir. Seine hellbraunen Haare stehen wirr vom Kopf ab und sind auf der einen Seite platt gedrückt vom Schlaf. Doch seine blauen Augen schimmern.

»Wir sind dir zu viel, oder?«, fragt er. »Ich verstehe das, mit drei Jungs zusammen zu leben, ist schon eine Nummer.«

»Nein, das ist es nicht. Ich meine, ja, ihr seid viel, aber du bist mein Bruder und Tama ist auf seine Art großartig und Ryker ... ist eben er.«

»Worum geht es dann?«, fragt Scott verwundert und steht auf. Er geht an mir vorbei, klaubt sich eine Hose aus dem Wäscheberg vor dem Schrank und zieht sie an. Selbst mit seinen einundzwanzig Jahren hat er kein Schamgefühl vor mir entwickelt. Und somit wird er das auch nie.

»Ich habe gelogen«, bricht es aus mir heraus.

Scott kneift die Augen zusammen. »Was meinst du damit?«

Ich fahre mir durch die Haare und bleibe prompt an ein paar Knoten hängen. »Ich studiere nicht. Also nicht mehr.«

Mein Bruder stößt einen Pfiff aus. »Seit wann?«

Das schlechte Gewissen explodiert in meinem Bauch. Ich kann nicht mehr ruhig stehen, also laufe ich vor seinem Bett auf und ab. Dabei fallen mir immer mehr Dinge auf, die er von zu Hause mitgebracht hat. Seine Spieluhr, die er zum achten Geburtstag von Grandpa bekommen hat, ein Bild, das ich ihm gemalt habe, als wir in die Schule kamen. Sein Teddybär, dem ein Auge fehlt und den Scott tatsächlich immer noch hat.

»Seit wann, Brook?« Seine Stimme hat wieder diesen Klang, immer dann, wenn er den Beschützer raushängen lässt.

»Seit Anfang des Jahres«, gebe ich zu und bleibe stehen. Die Erleichterung darüber, dass ich es endlich ausgesprochen habe, bleibt aus. Dafür starrt mich Scott viel zu entgeistert an.

»Fuck!«, flucht er. »Das ist nicht dein Ernst. Du bist in Auckland, um ein Auslandssemester zu machen. Seit zwei beschissenen Monaten. Was zur Hölle tust du den ganzen Tag, wenn nicht an der Uni studieren?«

In meinem Bauch verkrampft etwas. Er klingt wütend, aber damit habe ich gerechnet. Was mich überrumpelt ist die Enttäuschung, die sich in seinem Gesicht ausbreitet. »Du hast mich belogen. Mum und Dad. Uns alle.«

»Ich weiß.« Meine Stimme ist leise und dünn. Es fühlt sich richtig beschissen an. »Ich weiß, dass ich dir etwas hätte sagen sollen, es gab keinen Grund, dich zu belügen.«

»Und warum hast du es dann getan?« Er rauft sich die Haare.

»Weil ich mich geschämt habe, verdammt.« Ich strecke die Arme zur Seite und balle die Fäuste. Tränen brennen in meinen Augen. »Weil ich nicht zugeben konnte, dass mir das alles zu viel geworden ist. Dad hat nur noch davon gesprochen, wann ich die Praxis übernehme, Mum hat jede freie Minute betont, wie stolz sie auf mich ist. Ich hatte das Gefühl zu ersticken. An ihren Erwartungen, an den Anforderungen der Profs, an den Fragen der Kommilitonen. Und dann war da ...« Meine Stimme erstickt. Ich ringe nach Luft, höre erneut die Sirene. Denke an Ryker gestern Nachmittag, an seine Hand in meiner. Ich kann das, sage ich mir. Ich kann das. Scott hat die Wahrheit verdient.

»Da war dieser Junge in der Notaufnahme«, flüstere ich und

halte die Tränen nicht länger zurück. Scotts Gesicht verschwimmt. »Ich habe ein Praktikum gemacht, im Winter im St. Thomas' Hospital in London. Es war Donnerstagnachmittag, draußen hatte es den ganzen Tag geschneit. In der Notaufnahme war die Hölle los, unzählige Kollegen waren krank. Ich bin nur hin und her gerannt, habe geholfen, wo ich konnte, aber es kamen immer mehr Patienten herein.«

Scott sagt kein Wort. Trotzdem spüre ich seinen Schrecken.

»Liam war mit seiner Mum unterwegs, ein Auto hat ihn erwischt.« Mir ist kalt. So verdammt kalt. Mein ganzer Körper zittert, ich spüre meine Finger nicht mehr. »Er kam mit einem Rettungswagen zu uns. Seine Mum hat geweint und geschrien, wir konnten sie nicht beruhigen. Liam war so tapfer. Und so ruhig. Aber überall war Blut, Scott. Er hat mich angesehen, weil ich ihm einen neuen Zugang legen sollte. Mit diesen verdammten blauen Augen. Und ich konnte es nicht. Meine Finger haben gezittert, die Nadel ist mir aus der Hand gefallen. Er war erst fünf Jahre alt, Scott. Fünf. Er ist gestorben an diesem Nachmittag. Und ich habe zugesehen.«

Ein Schluchzen bricht aus mir heraus. Eine Sekunde später ist mein Bruder da und zieht mich an sich. Seine starken Arme legen sich um meine Schultern und ich heule ungeniert in sein Shirt. Schnodder und Tränen, doch Scott drückt mich nur fester an seine Brust.

»Ich konnte es ihnen nicht sagen, Scott. Ich konnte gar nichts mehr. Ich bin tagelang durch London gelaufen, bis mich das nicht mehr abgelenkt hat. Ich musste raus, und als du von Auckland erzählt hast, das am beschissenen anderen Ende der Welt liegt, da dachte ich, es hilft vielleicht. Abstand hilft doch immer. Irgendwie.«

Ich nuschle in sein Shirt und bezweifle, dass er meine Worte versteht. Doch er streicht mir über die Haare und hält mich, wie er mich schon immer gehalten hat.

»Ich wusste, dass etwas nicht stimmt«, murmelt er dicht an

meinem Ohr, »aber damit hätte ich nicht gerechnet. Eher, dass du dich in irgendeinen Kerl verknallt hast.«

Das auch. Aber das ist ein anderes Thema, denke ich und schiebe es weit von mir.

»Es tut mir leid«, flüstere ich.

Schweigen senkt sich über uns und wir stehen mehrere Minuten einfach so da. In denen er mich hält, in denen er mir Kraft schenkt und alles aus mir herausbricht, was sich monatelang angestaut hat. Erst als ich mich ruhiger fühle, schiebe ich mich ein wenig zurück, damit ich ihn ansehen kann.

Sorge zerfurcht Scotts Gesicht, er hebt die Hand und streicht mir eine Strähne hinters Ohr. »Du musst es ihnen sagen«, meint er eindringlich. »Mum und Dad werden es verstehen.«

Sofort verkrampfe ich. »Du weißt, wie sie sind. Für sie wird eine Welt zusammenbrechen.«

»Dann ist das eben so. Aber du kannst ihnen nicht ewig etwas vormachen.« Er zuckt mit den Schultern. »Spätestens wenn das Semester fertig ist und du nach Hause musst.«

Ich verziehe den Mund. »Ich weiß.«

Er lässt mich los. »Ich verstehe dich, wirklich. Und ich verstehe auch, dass du Abstand gebraucht hast, Brook.«

Erleichterung durchflutet mich und ich lege noch einmal die Arme um ihn. Scott erwidert meine Nähe und streicht mir sanft über den Rücken.

»Ich bin für dich da. Immer«, murmelt er. Dann schiebt er mich sacht von sich. Sein Blick ist ernst.

»Wenn du nicht studierst, was tust du dann?«

»Ich arbeite im Fondue, einem Café in der Nähe der Uni. Es gehört Bex.«

»Deine Freundin, die mittlerweile bei jedem Spiel dabei ist?«

»Genau.«

Scott fährt sich durch die Haare. »Gut. Danke, dass du mir die Wahrheit gesagt hast.« Er grinst schief, wird jedoch sofort wieder ernst. »Aber du musst es Mum und Dad sagen.«

»Ja, ich weiß.«

»Versprich es, Brook. Ich will nicht für dich lügen müssen.«

Ich fahre mit der Zunge über meine Oberlippe. Scott runzelt die Stirn. Er erkennt mein Zögern und zieht bedeutungsschwer eine Augenbraue hoch.

»Ja, okay. Ich verspreche es.«

»Gut.« Ein vorsichtiges Grinsen zieht seine Lippen auseinander. »Und da wir gerade einen dieser Momente haben, muss ich dir auch etwas sagen.«

»So?« Ich lasse ihn los und trete einen Schritt zurück. Unsicherheit zuckt über Scotts Miene, was nicht zu ihm passt. Sofort ist dieses Gefühl wieder da, dass meinen Bruder etwas beschäftigt. Das weitreichender ist als nur die Frage, ob sie das nächste Spiel gewinnen oder wie die Prüfungen laufen werden.

»Ich ...«, beginnt Scott und rauft sich die Haare. Er läuft zum Fenster, dreht wieder um und kommt zu mir zurück. »Herrgott, Brook, das ist so schwer.«

Mein Mundwinkel zuckt, weil es guttut, ihn so zu sehen. Weil es hilft und heilt, dass selbst Mr-Perfect-Scott-Philipps Angst hat, ein Geheimnis auszusprechen. Es löst ein wenig die Schwere in meiner Brust und das Band, das schon immer zwischen Scott und mir da war, wird noch fester.

»Ich habe mich verknallt«, bricht er hervor. Panik flackert in seinen blauen Augen, was mir klar macht, dass das nicht alles sein kann.

»Und sie ist ... deine Dozentin?«

»Nein.« Er stößt die Luft aus. Lacht. Irgendwie ertappt. »Er ist ein Kommilitone.«

Mir klappt der Mund auf. Mein Bruder lächelt beschämt, doch da liegt ein Glanz in seinen Augen, der macht, dass es mir warm ums Herz wird.

»Er?« Ich grinse, weil wir beide wissen, was das bedeutet. Scott war kein Frauenheld an der Highschool, aber er hatte Freundinnen. Sogar mehr als eine. Das hier ist neu und mir wird in diesem Augenblick bewusst, wie sehr ihn das umhauen muss.

»Er.« Scotts Lächeln wird breiter.

»Weiß er es?«, frage ich vorsichtig.

Mein Bruder schüttelt den Kopf. »Nein und das ist auch gut so. Weil ich damit erst einmal klarkommen muss. Scheiße, Brook. Ich habe das noch niemandem erzählt. Nicht einmal Ryker. Weil ich Angst habe, was die Jungs dazu sagen. Ich meine, hey, wir spielen Rugby. Und wir duschen zusammen, aber da ist nichts. Doch bei Wren setzt bei mir im Hirn irgendetwas aus. Bei ihm kann ich nicht mehr klar denken. Und mir ist bewusst, was das bedeutet.«

»Du hast einen Crush auf deinen Kommilitonen.« Mein Grinsen zieht sich von einem Ohr bis zum anderen, obwohl ich an Ryker denken muss. Weil ich genau dasselbe fühle, wenn er neben mir steht.

»Ja.« Scott fährt sich noch einmal durch die Haare.

Ich gehe zu ihm und umarme ihn noch einmal. Weil er es gerade braucht, weil ich es brauche. »Danke, dass du mir das gesagt hast.«

»Danke, dass du ehrlich warst. Endlich«, schiebt er nach.

»Wir können nicht alle so perfekt sein wie du.«

Scott lacht. »Nein, wohl kaum. Aber ab sofort redest du mit mir, okay?«

»Ja«, sage ich und fühle gleichzeitig, wie mein Herz verkrampft. Denn es gibt etwas, das ich ihm nicht sagen kann.

22. RYKER

Ich hasse mein Leben. Ich hasse es, dass die Muskeln in meinen Oberarmen brennen, weil ich die verdammten Krücken nicht gewohnt bin. Ich hasse es, dass Scott meinen Rucksack trägt, weil ich das zusätzliche Gewicht nicht schaffe. Und ich hasse es, dass ich das nächste halbe Jahr kein Rugby spielen kann.

»Kopf hoch, Mann, das wird wieder«, ruft Scott mir zu, wirft meinen Rucksack auf die Ladefläche von Hunters Pickup und kommt zu mir, um mir die Beifahrertür zu öffnen. Nicht mal das bekomme ich allein hin.

»Wenn du das noch einmal sagst, nehme ich den Bus«, knurre ich frustriert.

»Nimmst du nicht.« Scott grinst breit. »Du hast es kaum bis zum Wagen geschafft.«

Noch ein Schnauben. Denn das Schlimme ist: Er hat recht. Trotz des Trainings zittern meine Oberarme, weil der Weg vom Krankenhauszimmer bis zum Auto Ewigkeiten gedauert hat.

Umständlich steige ich ein und kann ein erleichtertes Aufstöhnen nicht unterdrücken, als ich endlich sitze. Scott verstaut die Krücken auf der Ladefläche, dann fahren wir los.

»Brauchst du noch was? Irgendwelche Medikamente? Irgendetwas zu essen?« Scott wirft mir einen knappen Blick zu, während er sich in den Verkehr einfädelt. Von Hamilton bis nach Auckland brauchen wir locker zwei Stunden und mein Gefühl sagt mir, dass es eine sehr lange Fahrt wird.

»Nein, ich habe alles. In einer Woche soll ich zur Kontrolle ins Krankenhaus in Auckland gehen, danach zur Therapie.«

Nachdenklich schiebt mein Kumpel seinen Unterkiefer hin und her. »Es tut mir echt leid, Ryker!«, sagt er und die Ernsthaftigkeit in seiner Stimme lässt mich aufhorchen. »Rugby ist für uns alle ein Ausgleich. Abschalten vom Rest, Leidenschaft. Es muss schwer sein, wenn das plötzlich wegbricht. Wenn du jemanden zum Reden brauchst, bin ich da.«

»Danke«, stoße ich hervor. Scott ist sehr viel besser darin als ich, über seine Gefühle zu sprechen.

»Und wenn du nicht mit mir sprichst, werde ich dich so lange nerven, bis du es tust«, schiebt er nach und zwinkert mir zu.

»Ihr seid echt verwandt, Brook und du«, stöhne ich und könnte mich gleich darauf Ohrfeigen. Too much information, du Idiot.

»Sie wollte auch mit dir reden?« Er klingt zu interessiert.

Ich schaue aus dem Fenster. Bewusst, nicht dass Scott noch sieht, dass ich an das Zusammentreffen im Pukekawa-Park denke. Brook hat mich buchstäblich zum Reden gezwungen. Und danach habe ich mich besser gefühlt. Klarer, als hätte jemand meine Gedanken sortiert. Bis zu dem Moment, als meine Lippen auf ihren lagen.

»Ja, gestern«, antworte ich ausweichend. »Nach dem Unfall. Sie ist mit mir ins Krankenhaus gefahren.« Es ist zumindest nicht ganz gelogen.

Wobei ich verschweige, dass Brook meine Hand gehalten, oder vielmehr ich ihre, bis mich die Ärzte gezwungen haben, sie loszulassen. Ich wollte es nicht. Wollte sie bei mir haben, wollte für sie da sein – obwohl Brook eigentlich für mich da war. Noch immer brennt in mir diese verdammte Sehnsucht nach ihr. Diese Stärke, die Brook gestern ausgestrahlt hat, hat mir imponiert. Und gleichzeitig war sie so zerbrechlich, dass ich sie stützen wollte. Für sie da sein wollte.

Obwohl Sonntag ist, herrscht reger Verkehr auf den Straßen. Ich merke, wie die Müdigkeit an mir zerrt. Erst der Unfall, dann der Schock, als die Realität langsam in meinem Hirn ankam, die OP und die Schmerzmittel. Und um das Ganze zu krönen, das Gespräch mit meiner Mum. Mir dreht sich jetzt noch der Magen um, wenn ich daran denke. Ich musste ihr ungefähr zehnmal versichern, dass es mir gut geht und es wirklich nur ein Meniskusriss ist und keine lebensbedrohende Beinamputation. Ich liebe meine Mum, aber ab und zu erstickt sie mich.

»Brook hat mich belogen«, sagt Scott plötzlich.

Überrascht wende ich mich um.

»Was?« Erstaunt sehe ich ihn an und spüre gleichzeitig, wie ich verkrampfe.

»Sie ist überhaupt nicht in Auckland, um zu studieren«, fährt Scott fort. Seine Finger krallen sich um das Lenkrad, so fest, dass die Knöchel hervortreten.

»Das ist echt Scheiße. Das tut mir leid.«

Scott wirft mir erneut einen Blick zu und runzelt die Stirn. Die Anspannung in meiner Brust wächst. Meine Finger krallen sich in die Jeans. Ich schaue zur Seite, kann ihn nicht länger ansehen.

»Du wusstest davon, oder?«

Ich reagiere nicht, kann es nicht. Jedes Wort wäre zu viel. Jedes Wort wäre falsch.

»Wieso wusstest du davon und hast kein Wort gesagt?«

»Ich …«, fange ich an und breche ab. »Ich hab es ihr versprochen«, sage ich ehrlich und weiß, dass ich es nur noch schlimmer mache.

»Du bist mein bester Freund«, fährt Scott mich an.

»Und du meiner«, erwidere ich genauso ernst wie er. »Aber ich hab es versprochen und daran halte ich mich.«

Scott mahlt die Kiefer aufeinander. Noch über eine Stunde, bis wir da sind. »Seit wann weißt du es?«

»Ich hab sie vor zwei Wochen im Fondue gesehen. An dem Tag, als ich meine Mum getroffen habe.«

Zwei. Wochen. Die Worte hängen schwer zwischen uns. Scott atmet tief durch.

»Gibt es noch mehr, was ihr mir sagen müsst?«

»Wie meinst du das?«, frage ich und zwinge mich, ihn anzusehen. Ich darf mich nicht verraten, denn es wäre definitiv der falsche Moment, dass er von meinen Gefühlen für seine Schwester erfährt.

»Keine Ahnung«, fährt er fort. »Zum Beispiel, dass ihr gevögelt habt?«

Ich verschlucke mich, huste. Er wendet sich zu mir um. Enttäuschung flackert in seinen Augen und etwas, das mir den Boden unter den Füßen wegzieht. Angst, Sorge. Er hätte tatsächlich ein Problem damit, wenn ich mit Brook geschlafen hätte. Geschlafen habe, denn das habe ich. Auch wenn ich damals noch nicht wusste, wer sie ist.

»Zwischen Brook und mir läuft nichts.« Es ist keine Lüge. Es ist eine Lüge.

Er antwortet nicht. Ich habe das Gefühl, dass das Schweigen dicker wird, dass es in mich hineinkriecht.

»Mann, das beruhigt mich«, sagt Scott irgendwann. »Noch mehr Trouble um meine Schwester hätte ich echt nicht gebraucht. Und wir sind –, ach, du weißt, was wir sind. Ich hab keinen Bock, dass irgendetwas zwischen uns kommt.«

Ich nicke stumm und fühle mich mit jedem Wort beschissener.

»Außerdem weiß Brook nicht, was sie will. Und da braucht sie nicht irgendein Kerl.«

»Na, vielen Dank auch«, meine ich und schaffe es immerhin zu lachen.

»Nein, so meine ich das nicht«, sagt Scott sofort. »Du wärst vermutlich der beste Kerl, den ich mir für sie vorstellen könnte. Du würdest sie erden.«

Vielleicht tue ich das sogar schon. Denn Brook hat sich in den letzten Wochen verändert. Sie wirkt weniger hektisch, kümmert sich um die Einkäufe und das Essen und besonders gestern hatte ich den Eindruck, dass sie weiß, was sie will. Sie wirkte klar, strukturiert, wie sie sich mit den Sanitätern im Rettungswagen unterhalten hat. Und auch später mit den Ärzten. Sie mag keine Ärztin mehr werden wollen, aber die gestrigen Stunden haben mir gezeigt, dass sie das Zeug dazu hätte.

Glücklicherweise schweigt Scott die nächsten Minuten und stellt dann das Radio an. Ich lehne mich gegen das Fenster und schließe die Augen. Erst als wir in die Huntley Avenue einbiegen und Scott den Wagen parkt, wache ich blinzelnd auf.

Da ich das Bein nicht belasten kann, warte ich, bis mein Kumpel um das Auto herumgelaufen ist und mir die Tür öffnet. Er hilft mir beim Aussteigen, drückt mir die Krücken in die Hand und holt das Gepäck von der Ladefläche. Die verdammten drei Stufen bis zur Haustür bringen mich fast um. Meine Arme brennen, doch es ist vor allem mein Stolz, der leidet.

Bevor wir klingeln, reißt Tama die Tür auf. »Du bist wieder da«, ruft er und zieht mich an sich. Was mich dermaßen aus dem Gleichgewicht bringt, dass ich beinah stolpere, hätte er mich nicht festgehalten. Wieder komme ich mir vor wie ein Baby, das nichts alleine kann.

»Es tut gut, dich wieder zu haben.« Tama grinst, trotzdem hängt Sorge in seinen dunklen Augen.

»Echt?« Ich ziehe eine Grimasse.

Er tritt zur Seite und lässt mich durch in den Flur. An der Treppe steht Brook. Sie lächelt, will auf mich zulaufen und hält sich zurück. Stattdessen schaut sie zu ihrem Bruder, mit einem Ausdruck im Gesicht, den ich unmöglich deuten kann.

»Hey«, bringe ich vor, und es klingt irgendwie gepresst.

Tama kommt hinter mir in den Flur. Die Tür fällt ins Schloss, die Situation ist merkwürdig. Ich stehe im Mittelpunkt, obwohl ich das nicht möchte, und ich habe das Gefühl, irgendetwas zu verpassen.

»Wenn es okay ist, würde ich auf mein Zimmer gehen. Ich bin müde«, sage ich vorsichtig und mache einen Schritt in Richtung Treppe.

Scott schiebt sich an mir vorbei. Er reibt sich über die Stirn. »Wir haben einen Vorschlag«, sagt er und klingt dabei so beschissen positiv. »Die Treppe könnte für dich mit den Krücken in den nächsten Wochen zum Problem werden. Daher hat Brook angeboten, das Zimmer zu tauschen.«

Wiederholt huscht mein Blick zu Brook. Sie hebt einen Mundwinkel und sieht mich an. Sieht in mich hinein, sieht, wie beschissen es mir geht. Ihre Augen werden schmal, nur ein wenig, aber mir fällt es auf. Sie weiß, dass ich es hasse, Schwäche zu zeigen. Wie schwer diese Situation für mich ist, dafür kennt sie mich mittlerweile gut genug.

»Ich soll Hunters Zimmer nehmen?« Meine Stimme klingt wie eine schwache, unsichere Kopie von mir.

»Ja, das sollst du«, sagt Brook wieder mit diesem Ton, den sie auch gestern hatte. Dieser Ton, der etwas mit mir macht, weil er so klar ist, so direkt. »Du musst dein Bein schonen, dich. Ein Zimmer im Erdgeschoss ist besser, du kannst keine Treppen steigen«, fährt sie ungerührt fort.

Der Vorschlag ist sinnvoll, natürlich ist er das. Ich habe kaum die drei beschissenen Stufen zur Haustür geschafft. Die Treppe hat mindestens fünfzehn und ich müsste sie mehrmals täglich hoch und runter. Trotzdem sträubt sich in mir alles dagegen. Allein die Vorstellung, im selben Bett zu liegen, in dem Brook letzte Nacht gelegen hat, zu wissen, dass sie in diesem beschissenen Zimmer gewohnt hat. Zu wissen, dass sie jetzt in meinem Zimmer ist – mein Herz stolpert. Schlägt zu schnell.

»Gut, danke«, stoße ich hervor. Und wende mich so schnell um, dass keiner von ihnen reagieren kann.

Die Tür ist offen. Ich gehe hindurch, so gut es mit Krücken

eben geht, und lasse mich auf das Bett sinken. Scott kommt mir nach, schiebt die Hände in seine Hosentaschen.

»Ist es wirklich okay?«

Ich lasse die Krücken los und falle zurück auf das Bett. Sofort schießt ein schmerzhaftes Ziehen durch mein Bein und ich fluche leise auf.

Die Decke über mir ist weiß gestrichen, in der Ecke hängt ein Spinnennetz. Das Zimmer riecht anders, es fühlt sich anders an. Das Licht ist anders, es ist einfach nicht meins. Es ist *ihres*, und selbst wenn das Bett nach Waschmittel duftet, habe ich trotzdem das Gefühl, dass ihr Geruch noch in ihm hängt.

»Ja, es ist okay, gib mir noch ein paar Minuten.«

»Klar. Wir wollten nachher Pizza bestellen. Für dich wie immer Hawaii?«

Ich will vor allem meine Ruhe, denke ich. Trotzdem hebe ich die Hand und recke meinen Daumen.

Erst als Scott gegangen ist und die Tür hinter sich geschlossen hat, legt sich eine Schwere über mich und ich schließe die Augen. Ich habe das Gefühl, tiefer zu sinken, mich zu verlieren. Nicht mehr ich selbst zu sein. Irgendwer anders zu sein, der sein Leben nicht mehr im Griff hat und nicht weiß, wie es weitergeht.

Weil du die Kontrolle verloren hast.

Mein Dad. Natürlich. Immer wenn ich nicht an ihn denken will, drängt er sich in meinen Kopf.

Du bist verletzt, weil du schwach warst. Du hast nicht aufgepasst.

Meine Hand ballt sich zur Faust. Ich weiß, dass es ein Unfall war. Scott hat mehrmals mit mir über den Ablauf gesprochen, über den Unfall, der zu meiner Verletzung führte. Und wir sind uns beide einig, dass es keine Absicht des Devils war – und auch kein Fehler meinerseits. Sondern einfach großes Pech.

Mein Dad, der würde das anders sehen.

Am Rande meines Bewusstseins bekomme ich mit, dass sich

meine Tür erneut öffnet und jemand ins Zimmer tritt. Ich halte die Augen geschlossen, will in diesem Moment niemanden sehen.

Weil du dich dafür schämen solltest, wie es dir geht, Ryker. Erst lässt du zu, dass sich eine Frau in dein Herz drängt, und nun bist du verletzt. Kein Rugby mehr für die nächsten Monate.

Ein Zittern fährt durch mich hindurch, ich drehe den Kopf zum Fenster und öffne die Augen.

Mein Dad ist tot. Ich muss aufhören, ihm so viel Macht über mich zu geben.

Jemand setzt sich neben mich, die Matratze sinkt unter Brooks Gewicht ein. Natürlich weiß ich, dass sie es ist, ich erkenne ihre Atmung, ihren Geruch. Dieses Gefühl in meinem Körper, der immer und überall auf sie reagiert.

»Wie geht es dir?«, fragt sie ruhig.

Langsam wende ich mich in ihre Richtung und bereue es sofort. Brook wieder so nahe zu sein, ist nicht gut. Es lässt mich vergessen, was Scott im Auto gesagt hat.

»Beschissen«, stoße ich ehrlich hervor.

Ihr Blick huscht zu meinem Bein, das die Ärzte heute Nacht noch operiert haben. Ich trage eine Jogginghose, daher sieht sie die dicke weiße Bandage nicht. Trotzdem nickt sie wissend und zwingt sich zu einem Lächeln. Es wirkt so gekünstelt, dass ich sie am liebsten bitten würde, es zu lassen. »Wir haben darüber gesprochen, wie wir dir noch helfen können. Wir werden dich in die Uni fahren, zur Therapie. Und wieder abholen. Du kannst diese Wege nicht laufen und ein Taxi würde zu teuer werden. Wir bekommen das hin, wenn jeder von uns ein paar Schichten übernimmt. Das ist kein Problem.«

Erneut zieht sich mein Hals zusammen und ich habe das Gefühl zu ersticken. Es ist lieb gemeint, trotzdem zeigt es mir, was ich alles nicht mehr kann. Daher schweige ich, nicke nur knapp.

»Sag Bescheid, wenn du etwas brauchst.« Sie erhebt sich. Schnell greife ich nach ihrer Hand.

Dich, dich brauche ich, schießt es durch meinen Kopf. Aber das sage ich nicht.

»Bleib bei mir«, bitte ich stattdessen leise. Ihr Blick fährt zur halb offenen Tür.

»Aber die Jungs ...«

»Das ist mir scheißegal«, knurre ich und ziehe fester an ihrem Arm, bis sie sich wieder hinsetzt und schließlich neben mich legt. Ihr Kopf an meiner Schulter, ihre Hand auf meiner Brust. Ich spüre ihren Körper an meinem, ihre Wärme, die langsam auf mich übergeht und mich einhüllt. Ich komme runter, werde ruhiger und müder.

Ihr Atem geht gleichmäßig, trotzdem fühle ich Brooks schnellen Herzschlag. Und meinen, weil sie mir so verdammt nah ist, nicht nur körperlich. Ich neige den Kopf nach unten und vergrabe die Nase in ihren Haaren. Es ist mir egal, ob das zu weit geht oder dass jeden Moment jemand reinplatzen könnte. Ich brauche das hier. Ich brauche sie.

»Mein Vater würde mich auslachen«, murmle ich.

Ihre Hand gleitet über meinen Brustkorb. Ich hebe den Arm und halte sie fest.

»Und was würdest du ihm sagen?« Brook hebt den Kopf.

Ihr Blick geht mir durch und durch. Findet sicher alle Ängste und Schwächen, meinen Widerwillen, zu gehorchen und meine Unfähigkeit, ihm zu widersprechen. Selbst heute noch.

Ich atme tief durch. Erinnerungen ziehen an mir, Emotionen, die damit einhergehen. Wut, Angst, das Gefühl, klein zu sein.

Es reicht.

Meine Hand ballt sich zur Faust.

Ich. Bin. Nicht. Er.

»Dass er mich mal kann«, stoße ich hervor.

Überraschung zuckt durch Brooks Miene, dann lächelt sie mich an. Ehrlich und warm und in meiner Brust bricht etwas auf. Ein Gefühl, dass ich endlich zulasse.

Ich hebe meine Hand und lege sie auf ihre. Verflechte unsere Finger miteinander und schließe die Augen. Einfach, weil es sich richtig anfühlt.

Doch nur kurze Zeit später zieht sich Brook zurück, steht auf und geht. Bevor jemand hereingekommen ist oder uns gesehen hat.

23. BROOK

Sonnenstrahlen blitzen zwischen den grauen Wolken hervor, und der Wind wirbelt erste gefallene Blätter über den Kiesweg unter meinen Füßen. Der Herbst zieht langsam in Auckland ein, woran ich mich vermutlich nie gewöhnen werde. In England hat der Frühling gerade seinen Höhepunkt erreicht, Mum hatte bei unserem letzten Skype-Gespräch schon ein T-Shirt an. Ich hingegen stehe kurz davor, meinen grauen Wollschal umzulegen.

Angespannt rutsche ich auf der Holzbank herum, die in der Nähe der Technischen Fakultät steht, und pule an einem Hautfetzen an meinem Zeigefinger. Der rote Lack ist abgeblättert und die Fingernägel sind zu lang. Ich sollte mir mal wieder Zeit für mich nehmen, anstatt von einem Termin zum nächsten zu hetzen. Doch die letzte Woche war vor allem eines: anstrengend.

Wir haben uns einen Plan gemacht, wie wir Ryker unterstützen können. Wer ihn zur Uni fährt, wer ihn abholt, wer einkaufen geht, wer ihn zur Therapie bringt. Und da mittlerweile die Wahrheit über mein Nicht-Studium bekannt ist und ich den Nachmittag für gewöhnlich frei habe, habe ich recht viele Termine übernommen.

Studenten laufen an mir vorbei. Junge Menschen mit Rucksäcken auf ihren Schultern oder Ordner unter dem Arm. Wortfetzen dringen an meine Ohren, Kommentare über die letzte Vorlesung oder über ein anstehendes Projekt. Ein Stich fährt durch meinen Brustkorb.

Es war die richtige Entscheidung, dass Studium abzubrechen. Das habe ich mittlerweile begriffen und ich stehe dazu. Allerdings merke ich, dass sich seit Rykers Unfall vor zwei Wochen etwas verändert hat. Der Moment, in dem ich losgerannt bin, in dem ich plötzlich wieder wusste, was zu tun war. Seitdem spüre ich wieder dieses Bedürfnis, Menschen zu helfen. Die Begeisterung für Medizin, für die Möglichkeiten, die es gibt, Verletzungen zu heilen, Krankheiten zu heilen, ist wieder da.

Und ich fühle dieses Drängen tief in meiner Brust, dass ich das tun will. Als hätte jemand einen dunklen Schleier von mir gezogen.

Allerdings graut es mir nach wie vor bei der Vorstellung, zurück in ein Krankenhaus zu gehen. Wieder in eine solche Situation zu geraten. Ebenso finde ich die Vorstellung, Dads Praxis zu übernehmen, abwegig. Seit ich in Auckland bin, engt mich der Gedanke an Richmond ein. Immer die gleichen Patienten zu betreuen, mag schön sein. Persönlich. Aber auch das ist nicht, was ich will.

Ich seufze und reibe mir über die Knie. Ich habe Scott versprochen, mit Mum und Dad zu sprechen, aber seit Rykers Rückkehr ist das glücklicherweise in den Hintergrund getreten.

Ryker. Mein Blick bleibt an dem Jungen hängen, der langsam über den Kiesweg geht, rechts und links eine Krücke. Er trägt blaue Jeans und einen dunklen Pullover, die blonden Haare hängen ihm wirr in die Stirn. Seine Mundwinkel ziehen sich nach unten und mir fällt auf, dass er die Fäuste geballt hat. Es strengt ihn nach wie vor an, mit Krücken zu laufen. Allerdings hat er es abgelehnt, dass ich ihn direkt am Gebäude abhole. Dafür ist er zu stolz. Sein Zugeständnis war die Straße, woran ich mich bedingt gehalten habe. Das Auto steht fünf Minuten von hier und ich hatte keine Lust, im Wagen zu warten.

Als er auf meiner Höhe ist, bleibt er stehen. Seine Schultern sind ebenso angespannt wie seine Hände, sein Brustkorb hebt und senkt sich schnell. Ryker ist Sportler und normalerweise sollte er vor Kraft strotzen. Dass er es nicht tut, ist ein weiteres Zeichen dafür, dass es ihm nicht gutgeht. Nicht nur körperlich.

Ich rapple mich auf und gehe zu ihm. Ryker hat die Lippen zu einer schmalen Linie zusammengepresst, seine Kieferknochen treten hart hervor.

»Hey«, trällere ich übertrieben fröhlich. »Wie lief dein Tag?«

Er schnaubt. »Er war okay.«

»Das klingt nach einem ziemlich miesen Okay.« Ungefragt greife ich nach seinem Rucksack.

Widerwillig zieht er ihn von den Schultern, was ich als kleinen Sieg verbuche. Ryker hat immer noch Probleme damit, Schwäche zuzugeben. Aber mir gegenüber gibt er mittlerweile nach. Zumindest meistens.

Ohne auf mich zu warten, läuft er weiter. Nachdenklich folge ich ihm, achte allerdings darauf, dass ich mich seinem Tempo anpasse. Ich weiß, dass ihm das Rugby fehlt. Der Sport war für ihn mehr als nur ein Ausgleich. Es war Zeit mit den Jungs, Spaß. Ryker gibt sich Mühe, trotzdem fällt er immer mehr in ein Loch. Und mir gehen langsam die Ideen aus, wie wir ihn da wieder rausbekommen.

»Ich fahre dich direkt zur Physio und hole dich dann wieder ab. Zwischendurch gehe ich einkaufen. Brauchst du was?«

»Nein.«

»Schokolade? Gummibärchen? Twinkels?«

Spöttisch zieht er eine Augenbraue hoch, ein Grinsen huscht über seine Lippen. Immerhin.

»Ich wollte heute Abend Lasagne machen«, fahre ich ungerührt fort und ignoriere das Flattern in meiner Brust. Das nicht weniger wird, ganz im Gegenteil.

»Wie kann man so viel übers Essen reden?« Schmunzelnd schüttelt er den Kopf.

»Essen ist wichtig. Und Scott und Tama sind nachher sicher ausgehungert.« Sofort fluche ich stumm.

Ryker beißt die Zähne zusammen, ein harter Zug legt sich um seinen Mund. Wie immer, wenn die Rede auf das Training fällt.

Bravo, Brook. Großartig.

Schweigend gehen wir weiter zum Pick-up, den ich für diesen Zweck fahren darf. Scott hat mir mehrfach eingeschärft, vorsichtig zu fahren, was ich mit einem Schulterzucken abgetan habe. Also bitte, was soll mit diesem Monster von einem Auto in einer Stadt wie Auckland passieren? Hier sind die Straßen im Schnitt doppelt so breit wie in London und da quetsche ich mich auch durch den Verkehr.

Nachdem ich losgefahren bin, schalte ich das Radio an. Es ist nicht das erste Mal, dass Ryker und ich zusammen im Auto sitzen. Genau genommen haben wir das oft die letzte Woche getan, trotzdem macht mich seine Nähe nervös. Und es wird schlimmer, jedes verdammte Mal. Denn die Nähe zwischen uns wird zu normal. Es ist nicht nur diese Vertrautheit, die ich mittlerweile ihm gegenüber spüre, sondern auch die kleinen, unabsichtlichen Berührungen. Die Hitze durch meinen Bauch schicken und immer mehr an meinem Vorsatz rütteln, mich nicht auf ihn einzulassen.

Mein Herz hat längst entschieden, dass es ihn will. Und es drängt mich, nachzugeben. Aber Ryker ... ist Ryker. Ein Mann mit so vielen Problemen, dass keine Liste dafür reicht, alle zu notieren. Der beste Freund meines Bruders und Neuseeländer. Ryker wird Auckland nicht verlassen, aber ich schon. In zwei Monaten muss ich zurück nach London, auch wenn ich dieses Thema bisher tunlichst ignoriert habe.

Und obwohl ich das alles weiß und es mir immer wieder sage, huscht mein Blick trotzdem zu ihm. Mehr als einmal. Und in meinem Bauch zieht es.

»Es tut mir leid, das eben«, sage ich und fädele mich in den Verkehr ein.

»Ist schon okay.« Er starrt nach vorn. Auf seinen Wangen liegt ein feiner Bartschatten, seine Kieferknochen treten hart hervor. »Ich weiß, dass das Training erstmal nicht geht. Und dass ich vielleicht nie wieder spielen kann.«

»Das steht noch nicht fest.«

»Nein. Aber es ist einfacher, wenn ich davon ausgehe und dann doch überrascht werde.«

»So stur wie du bist, wirst du auf alle Fälle wieder spielen. Und wenn nicht, dann kannst du vielleicht Hayes unterstützen?«

Er schweigt so lange, dass ich einen knappen Blick in seine Richtung werfe. Ryker hat die Augenbrauen zusammengezogen und starrt auf seine Beine. »Ich wusste, dass mir Rugby wichtig ist«, sagt er leise. »Aber ich hätte nie gedacht, dass es mir so sehr fehlt.«

Meine Hand zuckt in seine Richtung, aber ich lasse sie, wo sie ist. Dafür krampfen meine Finger fester ums Lenkrad.

Ryker flucht leise und reibt sich über das Gesicht. »Kannst du mir doch was mitbringen, wenn du gleich einkaufen gehst?«

»Klar, was denn?«

»Könntest du mir Curcumin-Kapseln besorgen? Die sollte es in einer Apotheke geben.«

Ich runzle die Stirn. Pflanzliche Mittel helfen, allerdings können sie keine Wunder vollbringen. »Wie kommst du darauf?«

»Meine Mum meinte, das würde helfen.« Er sieht wieder auf seine Beine und wirkt ertappt.

»Na dann werde ich sie auf alle Fälle besorgen«, antworte ich ein wenig zu überschwänglich und kann mir das Grinsen nicht verkneifen.

»Brook.« Ryker hebt den Kopf und sieht zu mir. »Hast du mal darüber nachgedacht, dass es noch andere Bereiche in der Medizin gibt, in denen du tätig sein kannst? Nicht in der Praxis deines Dads – oder im Krankenhaus.«

Sofort läuft ein Schauer über meinen Rücken und die wohlbekannte Panik kriecht hervor. Ich blinzle, verkrampfe – antworte nicht.

»Es ist ... nicht mehr als eine Idee. Weil du mich beeindruckt hast, nach dem Unfall. Und weil ich das Gefühl hatte, dass du dort richtig bist.«

Ich hole Luft. Langsam. Das Thema behagt mir nicht, obwohl es mich nicht mehr so sehr aus der Bahn wirft wie noch vor einigen Wochen.

»Ich werde darüber nachdenken«, sage ich langsam und merke, dass ich es bereits tue. Dass ich wieder Ryker vor mir sehe, die Sanitäter, die ihm geholfen haben. Auch im Sport braucht man Mediziner und vielleicht wäre das tatsächlich eine Möglichkeit.

»Ich habe dich also beeindruckt?«, schiebe ich nach, weil die Stimmung zwischen uns zu schwer wird.

Ryker verzieht das Gesicht. »Nur ein wenig. Kaum der Rede wert.«

Dafür fängt er sich einen Schulterboxer. »Lügner.«

Er lacht laut und frotzelt über meinen schwächlichen Schlag.

Kurz darauf erreichen wir das Zentrum in der Victoria Street, in dem Ryker seine Therapie hat. Er verabschiedet sich knapp und ich warte, bis er zwischen den gläsernen Doppeltüren verschwunden ist.

Bevor ich losfahre, vibriert mein Handy.

Ryker: Hör auf mir nachzustarren, sonst könnte jemand merken, dass du auf mich stehst.

Unwillkürlich muss ich grinsen. Wir haben Nummern getauscht, damit wir uns besser absprechen können, falls ich zu spät bin oder seine Therapie länger dauert.

Brook: Du hast einen Fleck auf deinem Shirt.
Ryker: Habe ich nicht. Du hast ein Problem mit deiner Libido.
Brook: Und das willst du lösen?

Sofort beiße ich mir auf die Zunge. Verdammt. Was habe ich da getippt? Mein Finger schwebt über der Nachricht und ich überlege, sie zurückzurufen. Aber dafür ist es zu spät, er hat sie schon gelesen.

Drei Punkte erscheinen. Mein Magen macht einen Salto. Das ist nicht gut. Gar nicht gut.

Fluchend werfe ich das Handy auf den Beifahrersitz und fahre los. Zum Supermarkt sind es nur fünf Minuten und ich verkneife es mir, während der Fahrt einen Blick auf das Smartphone zu werfen. Ich sollte nicht mit Ryker flirten. Und tue es trotzdem. Und er ... geht darauf ein.

Nervös fahre ich auf den Parkplatz des Supermarkts, stelle mich in die erste Lücke, in die dieses Monsterauto passt und stelle den Motor ab. Dann greife ich nach dem Handy.

Er hat nicht geantwortet.

Frustriert stoße ich die Luft aus und feuere das Smartphone zurück auf den Sitz. Ohne das verdammte Ding gehe ich in den Supermarkt und kaufe ein, was ich für die Lasagne brauche. Eins der wenigen Gerichte, das ich hinbekomme, ohne die Küche abzufackeln. Als ich eine halbe Stunde später zurück im Wagen bin und die Einkäufe verstaut habe, werfe ich einen Blick auf mein Handy.

Ryker: Und was, wenn ich Ja sage?

Mein Herz stolpert. Mein Brustkorb wird eng.

Nein, Brook, nein, sage ich mir erneut. Doch diesmal ist die Stimme verdammt leise.

Ich brauche drei tiefe Atemzüge, um mich zu beruhigen. Es ist nur eine Nachricht, es hat keine Bedeutung. Doch als Ryker kurz darauf wieder einsteigt, weiß ich, dass es nicht stimmt.

Da liegt etwas in seinem Blick, auf das ich reagiere. Auf das er reagiert und das so greifbar ist, dass wir beide schnell wegsehen, als er sitzt. Eine verdächtige Hitze prickelt auf meinen Wangen und ich reibe schnell darüber.

»Wie war die Therapie?«, frage ich und kann nicht verhindern, dass meine Stimme einen rauen Klang hat.

»Anstrengend. Carl hat heute eine Übung gemacht, die ziemlich gezogen hat.« Er zieht eine Grimasse. Mir fällt auf, dass die Schwere, die zuvor noch an ihm haftete, verschwunden ist. »Er ist zufrieden mit meinen Fortschritten, aber mir ...«

»Dir geht es zu langsam«, falle ich ihm ins Wort.

»Ja, verdammt. Mir fehlt die Bewegung, die Abwechslung.«

»Hättest du Zeit für einen Umweg?«, frage ich, weil mir vorhin eine Idee gekommen ist.

Ryker hebt missbilligend die Brauen. »Ich habe heute nur noch ein Date mit meinem Fernseher.«

Bewusst übergehe ich seinen Kommentar und lenke das Auto auf den Ngahue Drive. Eine Weile schweigen wir, bis Ryker plötzlich zischt und verkrampft.

»Wohin fährst du?«, fragt er alarmiert. Ich beiße mir auf die Unterlippe.

»Daisy ist beim letzten Spiel dreckig geworden und ich habe vergessen, sie zu waschen. Daher fahren wir kurz beim Club vorbei und ich hole sie schnell.«

Ryker flucht. Seine Finger krallen sich in seine Jeans und er sieht aus dem Fenster. Schweigen breitet sich zwischen uns aus und die entspannte Stimmung von eben verschwindet.

Ich parke den Pick-up auf dem Parkplatz des Trainingsplatzes und stelle den Motor ab.

»Ich beeile mich«, sage ich und öffne die Tür. Sehr bewusst frage ich ihn nicht, ob er mitkommen will.

Ryker flucht noch einmal vernehmlich, dann greift er nach dem Türgriff. »Warte. Ich komme mit.«

Bist du sicher?, will ich nachhaken und schlucke die Worte herunter. Im ersten Moment möchte ich ihn zurückhalten, doch genau aus dem Grund bin ich hergekommen, damit er mich begleitet. Trotzdem macht sich Anspannung in mir breit, als ich um das Auto herum zu ihm laufe. Ryker hat sich seine Krücken geschnappt und wartet am Wagen. Als er mich sieht, atmet er einmal sichtlich durch.

»Bist du bereit?«, frage ich und wische meine feuchten Hände an der Jeans ab. Verdammt, warum bin ich nervös? Er sollte es sein, nicht ich.

»Wenn du es bist?« Er grinst schwach. O ja, er ist nervös. Aber er kommt mit, immerhin.

Gemeinsam laufen wir langsam über den Parkplatz zum Gebäude neben den Tribünen, in dem sich auch die Umkleidekabinen der Spieler befinden. Durch eine große Glastür gelangen wir ins Innere. Es ist dunkel hier drin, sodass ich erst einmal blinzeln muss, um mich daran zu gewöhnen. Es riecht nach Beton und Schweiß und Putzmittel. Die Umkleiden der Rebels befinden sich direkt auf der rechten Seite. Weiter hinten gibt es eine Kabine für die anreisenden Teams und einen Raum für die Trainer.

Ich wende mich nach rechts. Ryker bleibt stehen.

»Ich bin gleich zurück«, sage ich, doch er reagiert nicht. Stattdessen starrt er den Gang entlang, an dessen Ende man das Spielfeld sieht. Und die Rebels, die gerade trainieren.

»Sollen wir hingehen?«, frage ich vorsichtig. Ryker spannt die Arme an und lässt sie wieder locker. Seine Finger arbeiten. Er kämpft mit sich. »Ich kann mitkommen, wenn du das möchtest.«

Er nickt.

Aus einem Impuls heraus greife ich nach seiner Hand. Ich spüre die Kraft, die in ihm steckt, als er sich anspannt und einen Schritt nach vorn tut. Ein Kribbeln schießt durch meinen Oberarm, weil es sich zu normal anfühlt, ihn zu berühren. Weil ich es zu oft tue und gleichzeitig nicht genug davon bekommen kann.

Ryker starrt weiter nach vorn, den Blick auf die Spieler gerichtet, die über das Feld rennen. Ab und zu ertönen Rufe, Coach Hayes gibt Anweisungen.

Fünfzehn Schritte, dann lasse ich seine Hand wieder los. Fünfzehn Schritte, die etwas mit mir machen. Die mein Herz zum Stolpern bringen. Ich muss mich zwingen, nicht wieder nach ihm zu greifen. Mich daran zu erinnern, dass es nicht geht. Weil niemand sehen sollte, dass wir Händchenhalten.

Ryker versucht, sich seine Erschöpfung nicht anmerken zu lassen. Ich muss mir ein Grinsen verkneifen. Das Ego dieses Kerls ist wirklich riesig. Als wir das Ende des Ganges erreicht haben und sich vor uns das Spielfeld ausbreitet, bleiben wir stehen.

Die Rebels sind mitten in einem Trainingsspiel, der Aufstellung nach haben sie gerade einen Line-out durchgeführt. Tama fängt den Ball und leitet ihn sofort an Scott weiter, der am Ende des Line-out wartet. Der Captain schaut sich um, sucht und passt den Ball präzise zu Tom, dem Fly-Half, der mit einem Sprint ins offene Feld startet. Sofort ziehen die Verteidiger des gegnerischen Teams auf, bevor er einen perfekten Dummy Pass antäuscht. Anstatt den Ball weiterzugeben, bricht er durch die Lücke der Verteidigung und gewinnt wertvolle Meter. Mit einem schnellen Offload wirft Tom den Ball zu Luca, der seine Geschwindigkeit nutzt, um an den Verteidigern vorbeizukommen. Ein Rebel kommt ihm entgegen, aber Luca setzt ein perfekten Sidestep an, lässt den Verteidiger ins Leere laufen und hat nur noch die Try-Line vor sich.

»Fuck«, murmelt Ryker, »der ist verflucht schnell geworden.«

Luca passt den Ball nach außen zu Jordan, der nun freie Bahn hat. Mit voller Geschwindigkeit sprintet er die letzten Meter, macht einen kraftvollen Sprung über die Linie und legt den Ball im Malfeld ab.

Ich kann nicht anders, als die Hände nach oben zu reißen und zu jubeln. Das war brillant! Ein perfekter, schneller Angriff, um die gegnerische Verteidigung zu überwinden. Die Jungs haben großartig gespielt.

Hayes kommt auf dem Platz und klatscht mit seinen Spielern ab. Die Rebels kommen zusammen und jubeln. Luca wird unter einem Berg aus Männerkörpern begraben.

Ryker steht neben mir. So verdammt still.

Jetzt greife ich doch nach seiner Hand. »Gib dir ein paar Wochen.« Oder eher Monate.

Er drückt meine Finger, nickt, atmet durch. Dann lässt er mich los und humpelt auf das Spielfeld.

Scott entdeckt ihn, stößt einen lauten Schrei aus und sofort rappeln sich die Spieler auf. Alle rennen zu Ryker und bevor ich noch einmal Luftholen kann, verschwindet er in einem Meer aus blauen Trikots.

Wortfetzen dringen an mein Ohr. Die Jungs fragen ihn nach seiner Verletzung aus, aber Ryker lenkt das Gespräch sofort auf das Spiel und das Training. Der Coach kommt hinzu und haut Ryker auf die Schultern. Und dieser lacht, ehrlich und laut, sodass sich sein Brustkorb hebt.

Und ich stehe da und fühle, wie mein Herz brennt. Weil ich wirklich etwas für ihn empfinde und es guttut, ihn lachen zu hören.

»Gut gemacht, große Schwester.« Scott strubbelt mir über den Kopf und ruiniert meine Frisur. »Allein hätte er es nie hierhergeschafft.«

»Ryker braucht ab und zu einen Arschtritt«, stimme ich ihm zu und grinse zufrieden.

»Und darin bist du gut.«

»Willst du auch einen?« Ich zwinkere ihm zu. Schweiß glänzt auf Scotts Stirn.

»Heute nicht.« Er boxt mir gegen den Arm und joggt zurück zu seinem Team.

***

Eine Stunde später sind Ryker und ich auf dem Rückweg zu unserem Haus. Die Stimmung ist sehr viel ausgelassener, er spricht über das Training und das anstehende Spiel gegen die Wellington Knights kommendes Wochenende.

Ich grinse selig vor mich hin, weil ich so verdammt zufrieden bin. Es war nicht mehr als eine fixe Idee und es hätte verdammt nach hinten losgehen können. Aber zu erleben, dass Ryker nach vorn sieht und sich nicht weiter zurückzieht, tut verdammt gut.

Ich parke den Pick-up in der Einfahrt, schnappe mir Daisy von der Rückbank sowie Rykers Rucksack und stapfe auf die Tür zu. Ryker braucht sehr viel länger mit seinen Krücken.

Ich öffne die Haustür und wende mich intuitiv nach links. Ryker geht direkt hinter mir, ich höre seine harten Atemzüge, fühle seine Nähe und werde schneller. Bis mein Blick auf das Bett fällt, das ordentlich gemacht ist und auf das weiße Shirt auf dem Kissenbezug.

Verdammt.

»Falsches Zimmer«, murmelt Ryker und ich höre das Grinsen in seiner Stimme.

Angespannt presse ich die Lippen zusammen. Meine Finger verkrampfen um den Plüschstoff. Das hier ist mehr als peinlich. Meine Wangen prickeln, daher drehe ich mich schnell um, um zu flüchten. Doch Ryker steht direkt vor mir. Groß und breit, sodass ich nicht an ihm vorbeikomme. Auf seinen Lippen liegt ein schiefes Lächeln und in seinen Augen glänzt eine Wärme, die mich umhaut.

»Die anderen kommen sicher gleich«, sage ich schnell und sehe an ihm vorbei bis zur Tür.

»Bestimmt.« Er rührt sich nicht.

Sein Geruch umhüllt mich, irgendein Shampoo, Schweiß und ... er. Ganz viel er.

Mein Atem beschleunigt sich. »Lässt du mich vorbei?« Ich hebe die Hand mit dem Kostüm.

»Weiß du, dass du richtig gut darin bist, das Richtige zu

tun?«, fragt er leise. »Während ich immer alles falsch mache.« Ryker stützt sich auf seine Krücken, die Sehnen an seinen gebräunten Unterarmen treten hart hervor. »Das eben ... war richtig. Und ich hätte es nie gedacht. Ich hätte mich das nie getraut, weil ich normalerweise nicht ins kalte Wasser springe. Aber du schubst mich einfach. Ob ich will oder nicht.«

»Für gewöhnlich mache ich alles nur noch schlimmer.« Ich verziehe den Mund.

»Nein, Brook. Die einzige Person, die das so sieht, bist du. Du hast ein gutes Gespür, was Menschen brauchen. Es war im Flugzeug schon so, als wir uns das erste Mal getroffen haben, im Pukekawa-Park und heute.«

Seine Worte machen, dass sich ein Kloß in meinem Hals bildet. Ein verdammt großer, der auch nicht verschwindet, als ich trocken schlucke.

»Du musst aufhören, an dir selbst zu zweifeln«, sagt er vehement und verlagert sein Gewicht. »Du bist großartig, du siehst es nur nicht. Du hast mir geholfen, nach dem Unfall, bist zu mir in den Rettungswagen gestiegen und ins Krankenhaus gefahren, obwohl du Panik hattest.«

Mein Atem geht zu schnell. So schnell, dass ich mich frage, warum mein Herz nicht kollabiert.

»Das werde ich dir nie vergessen«, sagt er eindringlich.

»Ryker«, flüstere ich und schaue erneut zur Tür. Damit rechnend, dass Scott und Tama hindurchstürzen, während in meinem Kopf erneut all die Gründe aufploppen, warum das hier nicht geht. Doch Ryker grinst so echt und ehrlich, dass mein Herz verkrampft.

Ich lasse Daisy fallen. Nur eine Sekunde später liegen meine Lippen auf seinen. Meine Hände fahren unter sein Shirt und er fühlt sich genauso hart und weich an, wie ich es geahnt habe. Warme Haut über harten Muskelsträngen.

Ryker keucht überrascht auf. Er strauchelt, lässt eine Krücke los und legt seine Hand an meine Wange. Sein warmer Atem streicht über meine Lippen, er zögert, kämpft mit sich.

Und dann küsst er mich. Nicht zögernd oder zurückhaltend wie im Park. Sondern hart und fordernd, als müsste er in wenigen Sekunden so viel nachholen.

Ich fühle, wie sich seine Muskeln unter meinen Fingerspitzen verkrampfen, fühle, wie seine Zunge gegen meine stößt und ein elektrischer Schlag durch meinen Körper rauscht. Ich brenne bis in die Zehen und habe das Gefühl zu fallen.

Davon werde ich nie genug bekommen, denke ich. Weil Ryker nicht einfach küsst, sondern weil er nimmt. Weil er ausfüllt und malt und ordnet. In meinem Innern kommt etwas ins Gleichgewicht und wie schon im Flugzeug habe ich das Gefühl, anzukommen. Ryker schmeckt nach Zuhause. Nach meinem Zuhause.

Am Rande bekomme ich mit, wie er mit den Fingern in meine Haare fährt und den Knoten löst. Strähnen fallen mir über die Schultern.

»Brook«, flüstert er gegen meine Lippen.

Ich öffne die Augen. Schaue ihn an. Sehe seine dunkle Wahrheit, die bittet und sucht und endlich einen Platz finden will.

Hinter uns dreht jemand den Schlüssel im Schloss herum. Ich reiße die Lider auf, Ryker fährt zurück und lässt mich los. Er tastet nach der Krücke, die auf dem Bett liegt, und wäre beinahe gestolpert, hätte ich ihn nicht schnell am Arm gepackt. Meine Lippen kribbeln und fühlen sich geschwollen an.

»Hey«, ruft Tama. Sein Blick trifft meinen. Er verengt die Augen, sieht zu meiner Hand, zu Ryker und öffnet den Mund. »Verdammt, ich hab was vergessen!« Er schüttelt den Kopf, flucht und verschwindet.

Zwei Sekunden. Mehr haben wir nicht, bis Scott durch die Tür kommt. Zwei Sekunden, um mich zu fangen, um Daisy zu greifen und mich an Ryker vorbei in den Flur zu schieben. Mein Herz rast immer noch, doch mein Bruder ist so abgelenkt von einer Nachricht auf seinem Handy, dass er mir nur einen knappen Blick zuwirft.

»Hey«, murmelt er. »Wann gibt's Essen?«

Essen. Hirn an Brook. Du musst kochen. »Gleich«, sage ich schnell und husche mit Daisy in der Hand in Richtung Küche. An der Tür halte ich inne und schaue zurück. Ryker steht im Türrahmen seines Zimmers und schaut zu mir. Unterdrücktes Verlangen brodelt in seinen dunklen Augen, ein stummes Flehen.

Ich beiße mir auf die Unterlippe. Fühle das Prickeln im Gesicht und zwischen meinen Beinen. Ja, vielleicht wird es alles komplizierter machen. Aber gerade ist mir das egal.

24. BROOK

Mit gerunzelter Stirn betrachte ich die kleinen Holzfiguren, die fein säuberlich aufgereiht auf einem Regal stehen. Ein kleiner Elefant, daneben ein Koala-Bär. Hat Ryker die etwa selbst geschnitzt? Zutrauen würde ich es ihm.

»Und dann könnten wir gemeinsam nach Wellington fahren und von dort aus eine Tour zum Wakatipu Lake machen. Die Südinsel soll ja traumhaft sein, vor allem die Buchten rund um Milford Sound.«

Hm. Vorsichtig nehme ich den Bären zwischen zwei Finger und drehe ihn herum. Das Holz fühlt sich rau an. Mein Blick gleitet weiter, das sind bestimmt zwanzig Stück davon. Ich sollte ihn nachher fragen.

»Und zum Abschluss fahren wir nach Auckland und verbringen eine Woche mit deinem Bruder. Du könntest mir die Uni zeigen und wir gehen natürlich auf ein Spiel der Rebels.«

»Was?« Mein Hirn setzt mit einem Schlag wieder ein. Verdammt, was hat Mum erzählt? »Sorry, Mum, ich war abgelenkt. Tama feiert Geburtstag. Es ist verdammt laut.«

Demonstrativ gehe ich die drei Schritte bis zur Tür und öffne sie. Von unten dringen laute Rufe und Gelächter nach oben, außerdem der intensive Geruch nach Pizza. Die Lautstärke ist ohrenbetäubend, was kein Wunder ist, immerhin sitzt das halbe Rebels-Team im Wohnzimmer und schaut ein Spiel der All Blacks.

»Dann will ich dich nicht weiter stören, Schatz! Ich freue mich schon darauf, dass wir uns bald sehen.«

Und mir dreht sich deswegen der Magen um.

Rasch verabschiede ich mich von meiner Mum und werfe das Handy achtlos aufs Bett. Mit den Händen reibe ich mir über das Gesicht und versuche, das schlechte Gewissen zu vertreiben. Was natürlich nicht klappt. Es fühlt sich an, als würde sich die Schlinge um meinen Hals immer enger ziehen. Das Semester dauert noch rund acht Wochen, mir gehen die Ausreden aus. Klar, ich hätte ein Praktikum erfinden können, um weiter in Auckland zu bleiben. Aber das hat sich zum einen falsch angefühlt und zum anderen haben sich meine Eltern in den Kopf gesetzt, uns zu besuchen.

Verdammt. Ich muss mit ihnen reden. Dringend. Und zwar bevor sie hier aufschlagen. Allerdings nicht mehr heute Abend.

Ich habe keine große Lust auf Party, trotzdem gehe ich die Treppe hinunter ins Wohnzimmer. Fünf Rebels quetschen sich auf eine Couch, die für drei Personen vorgesehen ist. Und definitiv nicht für muskulöse, breite Rugby-Spieler. Nate hat seinen Arm um Tama gelegt, während Scott, Lawrence und Luca auch noch irgendwie Platz finden. Ethan und Kane belegen die Sessel, während ich Ryker weiter hinten entdecke.

Auf dem Tisch stapeln sich leere Pizzakartons, dazwischen stehen so viele Bierdosen, dass ich den Überblick verliere. Und auf dem Fernseher, den die Jungs extra in die Mitte des Zimmers geschoben haben, spielen die All Blacks gegen die Lions. Ein Freundschaftsspiel, Neuseeland gegen Großbritannien, trotzdem geht es wie immer um alles. Die All Blacks haben den Ball, Richie McCaw passt ihn zu einem anderen Spieler, der sofort los sprintet. Scott springt auf und ballt die Fäuste.

»Lauf, Mann!«, brüllt Tama und wedelt so wild mit der Dose in seiner Hand herum, dass Bier heraus schwappt. Die All

Blacks machen den Try. Die Jungs springen auf und grölen. Ohrenbetäubend, sodass ich unwillkürlich einen Schritt zurückmache.

Ryker sieht zu mir. Als Einziger. Sein Blick fängt mich auf und obwohl er eben noch vor Aufregung gebrüllt hat, lächelt er nun. Sein rechter Mundwinkel hebt sich dabei ein wenig mehr als der linke und allein das reicht, dass in mir die Schmetterlinge tanzen.

Der Kuss ist drei Stunden her. Drei Stunden, in denen ich mir immer wieder gesagt habe, dass es nicht geht. In denen ich versucht habe, das Gefühl, das ich dabei hatte, zu verdrängen und kläglich gescheitert bin. Und wenn ich ehrlich bin, will ich das auch gar nicht.

Ja, eine Beziehung zu Ryker würde alles noch komplizierter machen. Aber das mit ihm fühlt sich echt an. Aufregend, verboten, wild.

Ryker hebt grinsend eine Augenbraue. Als wüsste er genau, was sein Lächeln mit mir macht. Als würde er die Hitze zwischen meinen Beinen fühlen und sich dafür feiern, dass er sie auslöst. Weil ein verdammtes Lächeln ausreicht, um mich aus der Fassung zu bringen.

Na warte!

Mit geschürzten Lippen gehe ich ins Wohnzimmer, wo mich die Jungs grölend empfangen.

»Setz dich zu uns, Brook!«, fordert Tama auf und klopft auf die Couch.

»Du meinst zwischen dich und Nate?« Zwinkernd werfe ich ihm eine Kusshand zu. Tama antwortet mit einer Grimasse, während irgendwer eine Bierdose nach ihm wirft.

»Ich kann Platz machen«, bietet Scott sofort an und schiebt einen murrenden Lawrence zur Seite.

»Lass mal, ich setz mich zu Ryker auf die Lehne.« Ich schnappe mir ein Stück Pizza und gehe teuflisch grinsend auf den Eightman der Rebels zu. Ryker hebt provokant eine Augenbraue, während ich meinen Hintern auf der Lehne neben ihm parke. Mein Oberschenkel berührt dabei seinen Bauch und meine Hand landet wie durch Zufall auf seinem Bein. Genüsslich beiße ich in das Stück Pizza, während meine Finger weiter nach oben fahren. Zu seinem Schritt, der unter meinen Fingern verdächtig zuckt.

Ryker knurrt dunkel und hält blitzschnell meine Hand fest. Sein Daumen streicht über die empfindliche Stelle an meinem Handgelenk. So langsam und provozierend, als würde er etwas anderes streicheln. Hitze flackert in mir hoch. Verdammt, das war eine Scheißidee.

Schnell beiße ich in das Stück Pizza, um mich abzulenken. Der Geschmack nach geschmolzenem Käse und scharfer Salami, die auf der Zunge brennt, ist himmlisch. Und normalerweise würde mich das ablenken. Nur leider jetzt nicht. Denn Ryker lässt mich los und schiebt seine Hand stattdessen unter mein Shirt. Mit den Fingerspitzen malt er feine Kreise auf meinen Rücken, auf dem sich rasend schnell eine Gänsehaut ausbreitet.

Fluchend lehne ich mich zurück und klemme seine Hand zwischen der Lehne und meinem Rücken ein.

»Alles okay?«, fragt Scott alarmiert.

»Ja, die Pizza ist nur verdammt scharf«, huste ich.

Neben mir gluckst es leise.

Die All Blacks machen in diesem Augenblick den nächsten Punkt, sodass die Aufmerksamkeit auf das Spiel gezogen wird. Selbst Ryker lässt mich los, um zu feiern.

Erleichtert lehne ich mich zurück und stopfe mir den Rest Pizza in den Mund. Das Spiel geht weiter und während die Lions einen Scrum bilden und den Ball geschickt in das Feld der All Blacks spielen, greift Ryker nach meiner Hand. Diesmal nicht, um zu provozieren, sondern um mit meinen Fingern zu spielen. Sanft und zärtlich, sodass sich in meinem Bauch etwas zusammenballt.

»Hey«, meint Scott, ohne den Blick vom Bildschirm zu nehmen. »Sollen wir am Wochenende nach Waiheke Island fahren?«

»Oh, yes!« Tama reckt begeistert die Hände hoch. »Meine Eltern sind aktuell in den Staaten und unser Ferienhaus steht leer. Wir waren schon ewig nicht mehr da.«

»Etwa drei Monate«, kommentiert Ryker und schnaubt. »Und soweit ich mich erinnere, haben wir seitdem Hausverbot.«

»Will ich wissen warum?« Missbilligend schaue ich in die Runde.

Tama grinst breit. »Die letzte Party ist etwas eskaliert. Nate hat in den Pool gekotzt, das fanden meine Eltern nicht so pralle.«

»Wohl eher, weil du eine Bong im Wohnzimmer geraucht hast und die Couch nach wie vor nach Gras stinkt.« Scott schüttelt den Kopf.

»Sorry, Mann. Ich habe das Zeug nicht allein geraucht.«

Mein Blick trifft den meines Bruders. Verblüfft reiße ich die Augen auf. »Du hast ...?«

»Nichts«, zischt Scott. Mein Grinsen wird apokalyptisch.

»Gott, dass ich das noch erleben darf.« Entspannt sinke ich gegen die Lehne.

»Ich klär das mit meinen Eltern. Die Idee ist super und ich hätte echt Bock auf ein paar Tage am Strand.«

Ein paar frostige Tage, wenn man die herbstlichen Temperaturen draußen bedenkt.

Ryker streicht erneut über meinen Handrücken. Verstohlen sehe ich zu ihm, doch sein nachdenklicher Blick ruht wieder auf dem Fernseher. Irgendetwas passt ihm nicht. Unruhe breitet sich in mir aus und ich schließe meine Finger fester um seine. Ein Lächeln huscht über seine Wangen, als er meine Reaktion spürt. Und erwidert.

Mein Magen flattert und das warme Gefühl, das Ryker in den letzten Wochen geschürt hat, füllt mich aus. Es tut gut, ihn zu berühren und zu wissen, dass er ebenso fühlt. Dass er mich braucht, dass er mich will. Und ich ihn.

Ja, ich bin in Ryker verliebt und spätestens seit heute Mittag weiß ich, dass es ihm ebenso geht. Dass es mehr ist als Verlangen, was zwischen uns prickelt.

Und dass ich ein Problem habe, denn als mein Blick auf meinen Bruder fällt, nagt das schlechte Gewissen an mir. Scott und ich waren immer ehrlich zueinander. Gerade die letzte Aussprache mit ihm war so wichtig und tief, dass ich ihn nicht belügen will. Ich sollte mit ihm reden, aber was genau soll ich ihm sagen?

Dass ich mich in Ryker verliebt habe? Dass ich gleichzeitig noch keine Ahnung habe, wohin das führen wird?

Meine Gedanken kreisen, selbst dann noch als die Jungs nach dem Spiel das Haus verlassen und wir alle ins Bett gegangen sind. Ich wälze mich von links nach rechts, aber ich schlafe nicht ein. Was nicht verwunderlich ist, dafür bin ich viel zu aufgewühlt. Und das Wissen, dass Ryker nur ein Stockwerk unter mir liegt – und vermutlich seelenruhig schläft – macht mich verrückt. Am liebsten würde ich zu ihm gehen. Und was dann, Brook?

Frustriert setze ich mich auf. So wird das nichts. Nur in Shirt und Slip stehe ich auf und schleiche aus dem Zimmer. Scotts Tür ist verschlossen, hinter Tamas schnarcht es.

Auf Zehenspitzen gehe ich die Treppe hinunter. Durch die Fenster im Wohnzimmer fällt Mondlicht herein, während ich in die Küche schleiche, um mir etwas zu trinken zu holen. Als ich den Kühlschrank öffne, fällt mir ein offener Pizzakarton entgegen.

»Verdammt«, zische ich und begutachte den roten Tomatenfleck auf meinem weißen Shirt. Wunderbar, den bekomme ich nie wieder raus. Vor mich hin fluchend schiebe ich die Pizza zurück und greife nach der Milchflasche. Früher hat mir warme Milch geholfen einzuschlafen.

Leise schließe ich den Kühlschrank, um mir aus dem Regal eine Tasse zu greifen, als hinter mir Schritte erklingen. Unregelmäßige, zu laute, als dass sie irgendwem anders gehören könnten als Ryker.

Nur einen Atemzug später spüre ich ihn hinter mir. Ich will mich umdrehen, will etwas sagen, doch da fährt er mit einer

Hand unter mein Shirt. Über meine Seite, meinen Bauch, federleicht über meine Rippenbögen. Hitze flimmert über meine Haut, und ich presse verzweifelt die Beine zusammen, als sie direkt in meine Mitte schießt. Ryker vergräbt seine Nase zwischen meine offenen Locken und atmet tief ein.

»Was machst du hier?«, wispere ich.

»Ich konnte auch nicht schlafen«, murmelt er und küsst meinen Hals. Sein heißer Atem kitzelt in meinem Nacken und ich presse die Lippen zusammen, um nicht zu stöhnen.

Nur ein Kuss. Nur eine verdammte Berührung und mir werden die Knie weich.

»Wir sollten das nicht tun«, sage ich und will protestieren, als er seine Hand nach unten schiebt. Seine Finger tanzen um meinen Bauchnabel, über den Bund meines Höschens bis zwischen meine Beine.

»Was sollten wir nicht tun?«, fragt er und pustet sanft gegen meine feuchte Haut.

Ich beiße mir auf die Unterlippe. Fest. Meine Finger verkrampfen um die Tasse, die ich in der Hand halte, mit der anderen stütze ich mich auf der Theke ab. Ryker lacht leise. Er weiß genau, welche Wirkung er auf mich hat.

Seine Finger streichen über meine Mitte. Federleicht und obwohl noch eine Schicht Stoff zwischen uns liegt, lehne ich mich gegen ihn und presse die Augen zusammen.

»Soll ich aufhören?« Er leckt über meine Ohrmuschel, über meinen Hals, bis ich den Kopf zu ihm drehe, um ihn aufzuhalten. Also eigentlich. Bis ich das Verlangen sehe, das in seinen Augen tobt.

Das hier ist Ryker. Und das ist echt. Ich bin nicht bereit, es zu beenden, ohne dass ich ihm eine Chance gegeben habe. Nicht weil es sinnvoll ist oder es die Dinge leichter machen wird. Sondern weil ich diese eine Sache für mich tun werde. Nur für mich.

»Nein«, flüstere ich, klar und entschlossen, stelle die Tasse ab und küsse ihn. Tief und innig und ohne Zurückhaltung.

Ryker kommt mir entgegen und als seine Zunge auf meine trifft, stöhnt er auf. Mein Herz poltert und rast, doch unser Kuss wird ruhiger, intensiver, als würden wir beide in den anderen hineinfühlen wollen. Als würden wir diesen einen gestohlenen Moment auskosten wollen, mit allem, was wir haben. Erneut fühle ich die Wärme, die Ryker auslöst. Dieses Gefühl, was mir den Atem raubt.

Ich drücke mich fester an ihn, spüre seinen flachen Bauch in meinem Rücken, seine harte Erektion an meinem Po. Und kann es mir nicht verkneifen, mich gegen ihn zu lehnen und an ihm zu reiben. Ein tiefes Knurren kommt aus seiner Kehle.

»Du machst mich verrückt«, murmelt er und schiebt mit der Hand meinen Slip beiseite. Sein Finger findet meine feuchte Mitte und reibt einmal darüber.

Ich stöhne erstickt auf, fange an zu zittern. »Wäre das so schlimm?«, stoße ich hervor und verfluche mich, dass meine Stimme stockt.

»Es kommt darauf an.« Er grinst an meinem Hals, während er einen zweiten Finger hinzunimmt und in mich schiebt.

Gottverdammt. Ich schnappe nach Luft. Stöhne laut und kralle mich verzweifelt an der Theke fest.

Ryker stößt in mich, langsam und reibt über meine Perle. Hitze ballt sich in meinem Unterleib zusammen. Ich presse die Augen zusammen, fühle in mich hinein und blende alles um mich herum aus, außer ihm. Ryker küsst mich und verschluckt mein Stöhnen. Verschluckt meine Schreie, weil ich unter ihm zerspringe. Ich komme schnell und heftig und habe Mühe, nicht zusammenzubrechen.

Ryker nimmt seine Hand weg und lässt mir ein bisschen Raum. In mir brennt ein Feuer. Meine Mitte glüht, meine Beine fühlen sich an wie Wackelpudding. Und trotzdem reicht mir das nicht.

Bebend drehe ich mich herum, bis die Theke hart in meinen Rücken drückt.

Ryker grinst zufrieden. Seine dunklen Augen blitzen in der Dunkelheit.

»Worauf kommt es an?«, frage ich und greife nach seinem Shirt. Ich ziehe daran, doch er kommt nicht näher.

Langsam neigt er den Kopf. Sein Grinsen verschwindet. Meine Wangen brennen, doch so langsam weicht die Hitze aus meinem Körper.

»Ob ich weitermachen darf«, sagt er und klingt verflucht ernst.

Ich schlucke. Ryker macht keine halben Sachen. Aber will ich eine Beziehung mit ihm? Nicht nur jetzt, sondern auch in Zukunft? Wenn ich zurück in England bin und er hier?

Erneut ziehe ich an seinem Shirt und diesmal gibt er nach. Mit der rechten hat er eine Krücke umschlossen, daher ist der Schritt auf mich zu umständlich. Seine Beine drücken gegen meine, und er steht so dicht vor mir, dass ich seine Wärme auf meiner Haut spüre.

»Ja«, sage ich und mein Herz stolpert. »Das darfst du.«

Ryker beugt sich zu mir herunter. So dicht, dass sein Atem über meine Wange streift. »Gut. Denn ich will dich«, raunt er rau und dunkel und schickt damit ein heißkaltes Prickeln von meinen Lippen bis in meine Fußspitzen.

25. RYKER

Brook beißt sich auf die Unterlippe und sieht mich an. Mit diesen blauen Augen, in die sich ein Glitzern stiehlt. Denn wir beide wissen, dass es gerade um mehr geht. Um so viel mehr. Nicht nur um Sex.

Meine Selbstbeherrschung bröckelt. Und ich habe eine Menge davon. Aber diese Frau schafft es spielend, dass ich alles über Bord werfe und kurz davor stehe, sie hier in der Küche zu ficken. In der jeden Moment jemand reinkommen könnte.

Verdammt.

Brook atmet zitternd aus. Dann zieht sie einen Mundwinkel hoch. »Du willst mich?«

»Ja, verdammt.« Ich dränge mich dichter an sie.

Sie schürzt die Lippen. Ihre Finger gleiten erneut unter mein Shirt, doch diesmal wandern sie nicht nach oben, sondern direkt zum Bund meiner Jogginghose. Langsam fährt sie den Saum entlang.

Ein frustriertes Knurren entweicht mir. Sie spielt mit mir und sie genießt es.

Brook lehnt sich vor, bis ihre Brüste gegen meinen Oberkörper drücken. Warm und weich ...

»Ich will dich auch«, flüstert sie und küsst meinen Hals.

Ohne ein weiteres Wort greift sie nach meinem Arm und

geht langsam aus der Küche in Richtung meines Zimmers. Ich versuche, trotz Krücke Schritt zu halten, mein Knie protestiert, weil ich es zu viel belaste, doch das ist mir gerade scheißegal.

Brook schließt die Tür hinter uns, als wir endlich in meinem oder vielmehr ihrem Zimmer sind. Mein Nachtlicht ist an, das einen warmen, gelben Schein auf ihr Gesicht wirft.

Sofort zerstäubt mein Missmut. Brook strahlt. Von innen heraus, sodass ich fühle, wie in mir etwas verglüht. Wie Worte herauswollen, die mir die Luft nehmen, den Verstand, weil sie so mächtig sind, so tief, dass sie zu groß sein könnten.

»Hey«, sagt sie leise und legt eine Hand an meine Wange. »Hör auf zu denken. Hör auf, das hier zu analysieren, bevor es angefangen hat.«

Automatisch beiße ich mir auf die Lippe, weil sie schon wieder das Richtige sagt. Als könnte sie in meinen Kopf schauen und meine Angst sehen.

»Ich habe mich in dich verliebt«, stoße ich hervor. »Und ich weiß, dass ich dich damit unter Druck setze. Das will ich nicht, wirklich. Aber ich muss dir das sagen, weil es wahr ist. Und das hier etwas anderes ist als im Flugzeug.«

Ihre Hand fährt in meine Haare und streicht sie zurück. »Das ist es. Weil ich dich kenne, Ryker, und mir mittlerweile klar ist, dass du diesmal nicht mit mir schläfst, wenn es keine Bedeutung für dich hätte.«

»Hat es die denn für dich?« Mir reicht es nicht, es zu vermuten. Ich will es hören. Brook ist wahnsinnig gut darin wegzurennen. Und tief in mir habe ich Angst, dass sie es erneut tun wird.

»Ja, die hat es«, sagt sie und das Lächeln in ihrem Gesicht wird wärmer. Sie lehnt sich vor, bis ihre Stirn gegen meine drückt. Wie damals im Park. »Ich habe mich auch verliebt. In dich.«

Ein Zittern läuft durch mich hindurch. Langsam neige ich den Kopf, sodass meine Lippen über ihre streichen. Brook erschaudert.

»Zu viel?«, frage ich leise.

»Niemals.« Und sie küsst mich. Mein Herz macht einen Satz, weil es diesmal anders ist. Anders als im Flugzeug, anders als im Park. Das hier ist echt und besonders.

Ihre Lippen liegen weich auf meinen, ihre Hand streicht über meine Wange nach unten. Der Kuss ist langsam und warm und gerade dadurch setzt er mich in Flammen. Ein dunkles Stöhnen dringt aus meinem Mund, das Brook grinsen lässt.

Ihre Finger finden erneut zu meinem Bauch und demonstrativ schiebt sie mein Shirt nach oben, bis ich es schließlich über den Kopf ziehe.

Brook stößt einen Pfiff aus. »Verdammt, das hätte ich damals schon machen sollen.« Sie streicht über meinen Oberkörper, zeichnet meine Muskeln nach, den flachen Bauch, meinen Nabel.

Ein leises Lachen entweicht mir. »Hast du was anderes erwartet?«, frage ich und grinse.

»Nein, aber trotzdem ...« Sie beißt sich mit den Schneidezähnen auf die Unterlippe. Ein heißes Ziehen schießt durch meine Lenden. Das Drängen in meiner Brust wird intensiver, weil ich sie will. Wirklich will. In meinem Leben. Daher presse ich meine Lippen ungestüm auf ihre und küsse sie so heftig, dass ihr die Luft wegbleibt.

Brook krallt sich an mich. Ihre Finger graben sich in meine Haut. Wir stolpern zurück, die verdammte Krücke hält mich, sie hält mich und wir schaffen es zum Bett, ohne den Körperkontakt zu unterbrechen. Brook setzt sich zurück und zieht mich mit sich. Die Krücke fällt mir aus der Hand, mit den Händen stütze ich mich rechts und links neben ihr ab. Ich beuge mich über sie, küsse sie weiter und schiebe ihr Shirt nach oben.

Ein harter Fluch entweicht mir, als ich sehe, dass sie nichts darunter trägt und ihre Brüste sich mir hart und nackt entgegenrecken.

Mein Schwanz pocht, doch ich schaue sie an. Einfach nur an. Weil sie perfekt ist und es nicht begreift.

Langsam beuge ich mich vor und küsse eine warme Spur über ihre Wangenknochen, ihren Hals bis zu ihren Brustwarzen. Grinsend lecke ich darüber. Brook stöhnt auf und wölbt sich mir entgegen.

Ich beuge mich tiefer, will sie küssen, sie lecken, doch ein scharfer Schmerz im Knie beendet diese Idee.

»Fuck!«, fluche ich und halte inne. Kurz presse ich die Augen zusammen, um den Schmerz auszublenden. Dann rolle ich mich von ihr herunter, zur Seite, bis sich mein Rücken in die weichen Laken drückt. Die Handballen presse ich auf die Augen und atme ein und aus, bis ich den Schmerz im Griff habe.

Warme Finger streichen über meine Brust, über meine Rippen, tiefer, über meinen Bauch.

»Du solltest dich schonen.« Brook lächelt, ich höre es.

Ich knurre frustriert. Sie greift nach meinen Händen und zieht sie fort. Ihr Mund findet meinen und während sie mich küsst, setzt sie sich auf mich. Ihre Mitte reibt über meinen harten Schwanz.

Rasch ziehe ich ihr das Shirt endgültig aus und streiche mit den Fingern über ihre Haut.

»Warte kurz.« Ihre Lippen berühren mein Ohr, sie haucht einen Kuss darauf, dann klettert sie von mir herunter und huscht zum Nachtschrank. Sie zieht die oberste Schublade auf und kramt darin herum. Das Nachtlicht umschmeichelt ihren schmalen Körper, zeichnet weiche Linien aus Schatten und Licht.

Brook kommt zu mir zurück, ein Kondompäckchen in der Hand. Langsam schiebt sie sich den Slip über ihre Hüften.

Gottverdammt. Mir entfährt ein Fluch. Mit einem Ruck setze ich mich auf und greife nach ihr.

Grinsend kommt sie näher, hilft mir, meine Hose auszuziehen, und krabbelt auf meinen Schoß.

»Wir müssen leise sein.« Ihre Hand fährt über meine Seite,

zwischen meine Beine und nur Sekunden später reibt sie über meinen harten Schaft.

Ich schließe die Augen und ziehe scharf die Luft durch die Nase ein. Genieße das Gefühl, von ihr berührt zu werden, zu wissen, dass ich sie gleich ganz haben werde.

Brook bewegt sich, rutscht unruhig auf mir herum und spielt mit mir. Ein Feuer lodert in meinem Bauch.

Schnell reiße ich die Augen auf, nehme ihr das Kondompäckchen ab, öffne es und streife es über. Nur einen Atemzug später hebt Brook die Hüften und lässt sich langsam auf mir nieder. Langsam, zu langsam, bis ich tief in ihr bin. Ihre Fingernägel krallen sich in meine Schultern und das Gefühl, in ihr zu sein, ist so überwältigend, dass mir der Atem stockt.

»Scheiße«, flucht sie leise und ich kann ihr nur zustimmen.

Mit einer Hand hebe ich ihr Kinn an und küsse sie erneut. Weil Sterne vor meinen Augen tanzen und weil das hier zu schnell vorbei ist, wenn sie mich nicht ablenkt. Brook bewegt sich, bestimmt den Takt und ich lasse sie. Genieße es, dass sie die Führung übernimmt und die Regeln aufstellt, obwohl ich das sonst so gern tue.

Erst als sie schneller wird und ich spüre, wie sie um mich herum verkrampft, halte ich sie fest.

Ich will nicht, dass es schon vorbei ist. Mein Kuss wird intensiver, inniger. Ich schlinge einen Arm um ihre Taille und lasse mich mit ihr nach hinten sinken. Brook jauchzt überrascht auf, doch ich nutze den Schwung und stoße von unten in sie. Tiefer als zuvor, fester.

Ein Stöhnen antwortet mir. Sofort beißt Brook sich auf die Lippe.

Ich werde schneller. Brook schließt die Augen und drückt den Rücken durch. Sich mir entgegen. Mein Atem geht schneller, und während sich mein Unterleib verkrampft, gleitet ihr leises Stöhnen über mich hinweg.

»Ryker«, flüstert sie. »Bitte.« Ihre Stirn an meiner Wange. Ich stoße ein letztes Mal und Brook kommt. Ein Zittern fährt durch ihren Körper, sie zuckt um mich herum und ich folge ihr.

Schwer atmend bricht sie auf mir zusammen. Ihr Körper ist schweißbedeckt, ihr Rücken hebt und senkt sich hektisch. Ich lege meine Arme um sie und halte sie fest. Drücke sie an mich und würde sie am liebsten nie wieder loslassen. Ihre warmen Atemzüge streichen über meine Brust, langsam werden sie ruhiger. Ich fühle ihren Herzschlag an meinem, ihre Wärme, die nach und nach in meine Haut dringt.

Und ich liege da und frage mich, womit zur Hölle ich so viel Glück verdient habe.

»Hey.« Brook hebt den Kopf und sieht mich an. Ihre wilden blonden Haare schimmern golden und ich kann nicht anders, als sie sanft zu küssen.

»Hey«, sage ich gegen ihre Lippen und lasse den Kopf wieder sinken.

»Es war schön.« Brook lächelt vorsichtig und mein Herz schmilzt.

»Das war es.«

»Ist dein Knie okay?« Sie stemmt sich vorsichtig hoch und rollt sich von mir herunter. Kalte Luft streicht über meine verschwitzte Haut. Brook legt sich neben mir, ihren Kopf auf einen Arm gestützt. Ich tue es ihr nach.

»Dem ging es nie besser«, behaupte ich und greife nach einer ihrer Haarsträhnen.

»Lügner.« Sie grinst. »Du hast es falsch belastet, das muss wehgetan haben.«

Ich verziehe das Gesicht. Ich will nicht über mein Knie sprechen, daher ziehe ich leicht an ihrer Locke, bis sie mir entgegenkommt und ich sie erneut küssen kann.

»Müssen wir wirklich mit Scott sprechen?«

Mit einem Seufzen lasse ich von ihr ab. »Ja, das sollten wir.«

Brook legt sich zurück und dreht ihren Kopf in meine Richtung. Ihre Lippen sind geschwollen von den Küssen, auf ihren Wangen liegt eine zauberhafte Röte. »Das hier ist noch zu neu, um es irgendwie zu benennen. Und ich habe das Gefühl, dass wir das tun müssen, wenn wir mit Scott sprechen. Und gleichzeitig gehört das zwischen uns mir. Dir. Niemand bewertet es, niemand kann etwas dagegen haben. Verstehst du das?«

»Du wirst mich nicht verlieren«, sage ich und weiß in diesem Moment, dass es nur die halbe Wahrheit ist. Denn die Konflikte, auf denen wir diese Beziehung – wenn es denn eine ist – aufbauen, sind überwältigend.

»Doch, das werde ich.« Brooks Lächeln wird traurig. »Selbst wenn wir Scott alles erzählen und er auf wundersame Weise damit klarkommt, muss ich zurück nach England. London und Auckland sind zu weit weg, dass ich mich binden würde.«

In meiner Brust rumort es. Ich bin jemand, der gern Pläne macht. Der sein Leben strukturiert, um zu wissen, was auf mich zukommt. Aber ich verstehe, dass ich das mit Brook nicht kann. Sie ist anders und obwohl ich sie am liebsten festhalten würde, gebe ich nach. Beschließe, mich auf sie einzulassen und vielleicht zum ersten Mal in meinem Leben einen Schritt ins Ungewisse zu wagen.

»Ich will keine Pläne machen«, murmle ich und schiebe mich näher an sie heran. Nur ein wenig, aber genug, dass ich sie an mich ziehen kann.

»Das sagst ausgerechnet du?« Sie gluckst an meiner Brust. Ihre Finger gleiten erneut über meine Seite, meinen Rücken, meinen Po. Und ich spanne mich an, weil mich ihre Nähe verrückt macht. Nicht nur meinen Körper, der nicht genug von ihr bekommt, sondern auch mein verdammtes Herz.

»Ausgerechnet ich«, sage ich und küsse sie, bis mein Herz Ruhe gibt. Bis das Verlangen zwischen uns hoch lodert und wir beide die Wahrheit weit von uns schieben.

Es kann keine Zukunft für uns geben. Keinen Plan, kein Ziel. Nur gestohlene Momente und ich werde alles dafür tun, dass sie uns gehören.

26. BROOK

Kalter Wind peitscht mir die Haare aus dem Gesicht. Trotzdem kralle ich die Finger fester um die Reling und genieße jeden verdammten Spritzer Wasser. Die Luft riecht nach Salz und Meer und das Dröhnen des Fährmotors ist so laut, dass ich Bex kaum verstehe.

»Es ist herrlich!«, jauchzt meine Freundin und reißt die Arme nach oben. »Vielen Dank, dass ich mit durfte.«

»Klar.« Ich grinse, den Blick weiter auf die Wellen gerichtet. Zahlreiche kleine Boote, Segelyachten und Frachtschiffe fahren in dem smaragdgrünen Wasser umher, das den Waitemata Harbour ausfüllt.

Bex legt den Arm um mich und zieht mich an sich. Ihr Wollpullover schmiegt sich warm und weich an meine Wange.

Die Idee, Bex mitzunehmen, kam von Tama. Ich hätte es nicht vorgeschlagen, immerhin ist es das Haus seiner Familie, in das wir fahren. Trotzdem habe ich mich gefreut und Bex noch viel mehr. Es ist gut, eine Freundin dabei zu haben. Aus mehreren Gründen.

»Teilen wir uns eigentlich ein Zimmer?« Bex lässt mich los und lehnt sich wieder gegen die Reling.

»Natürlich. Tama meinte zwar, dass es vier Schlafzimmer gäbe, aber die anderen drei teilen sich die Jungs.«

»Ah.« Sie sieht an mir vorbei. Dabei hat sie ein Grinsen im Gesicht, das mich misstrauisch werden lässt.

Automatisch drehe ich den Kopf. Ryker steht weiter hinten, neben Scott. Als sein Blick meinen trifft, vollführt mein Magen einen Salto. Wie immer, wenn er mich ansieht. Ein verstohlenes Lächeln hebt meine Mundwinkel und Wärme füllt meine Brust.

Ryker tut mir gut. In mehr als nur einer Hinsicht. Er hört mir zu, gibt mir Zustimmung, ohne dabei aufdringlich zu sein. Ich weiß, dass er sich bewusst zurücknimmt, um mir Freiraum zu lassen. Um meine eigenen Pläne zu finden, meinen eigenen Weg. Die Idee, mich in Richtung Sportmedizin zu spezialisieren, hat sich in meinem Kopf festgesetzt und ich habe in den letzten Tagen tatsächlich den Schritt gewagt und mich informiert. Ich habe mein Studium zwar abgebrochen, aber es wäre kein Problem, neu anzufangen. Ein Teil der Kurse würde mir sogar angerechnet werden.

»Zwischen euch läuft was, oder?« Bex' Stimme dringt dumpf an mein Ohr.

Seufzend zwinge ich meinen Blick wieder nach vorn. Das ist der Grund, warum es gut ist, sie dabei zu haben. Ich muss darüber reden, mit irgendwem. Und Bex ist der einzige Mensch, der mich nicht für irgendetwas verurteilen wird.

»Ja«, antworte ich und fühle förmlich, wie sich meine Schultern entspannen. Als hätte jemand eine Last von mir genommen, was natürlich Quatsch ist. Die Lüge ist immer noch da.

Bex stößt einen Pfiff aus. »Und, ist es so gut, wie du gerade tust?«

»Wie bitte tue ich denn?« Empört schaue ich zu ihr.

»Als hättest du ein verfluchtes Sex-Geheimnis und bist zu prüde, schmutzige Details mit mir zu teilen.« Sie grinst von einem Ohr zum anderen.

Ich kann nicht anders und grinse zurück. Weil Bex nicht urteilt oder ihre erste Frage Scott gilt. Sie muss die Probleme durchschauen, auch, dass Ryker und ich es geheim halten. »Es ist ...«, setze ich an und fühle eine verdächtige Hitze in meinen Wangen aufsteigen. »Es ist wie der Run über ein Rugbyfeld und das Gefühl, einen Try zu machen. Immer und immer wieder. Es ist neu und wild und Ryker macht, dass ich mich wichtig fühle. Wichtig für ihn.«

Bex öffnet den Mund. Ihre Augen bekommen diesen besonderen Glanz, wenn man sich nicht sicher sein kann, ob sie gerührt ist oder gleich losheult.

»Du hast dich verliebt«, sagt sie so leise, dass ihre Worte fast im Motordröhnen untergehen.

»Ja.« Plötzlich zieht es in meiner Brust. Ich hebe die Hand und reibe darüber, doch der Schmerz bleibt.

»Weiß er es?« Bex' Blick geht wieder an mir vorbei, doch diesmal ist er nachdenklich. Sorgenvoll.

»Ja. Und das macht es doppelt so schwer, denn das mit uns hat keine Zukunft.«

»Ach, Süße, das tut mir so leid.«

Ich finde mich in ihrer Umarmung wieder. Wolle und Wärme und Bex.

»Ich will trotzdem die schmutzigen Details«, raunt sie mir zu und ich muss lachen.

***

Etwa eine Stunde später erreichen wir den Oneroa Beach, in dessen Dünen Tamas Eltern das Haus haben. Der meilenlange Strand zieht sich in Form eines Halbmondes durch die Bucht und wird von azurblauem Wasser umspült. Auch hier riecht es nach Salz, gleichzeitig strahlt dieser Ort eine Ruhe aus, dass ich sofort entspanne. Das Haus steht am oberen Ende der Bucht, am Rande der Ortschaft Oneroa. Die Jungs sind unterwegs zum Supermarkt, um für heute Abend Grillgut und Getränke zu kaufen, während Bex und ich entschieden haben, auszupacken und erst einmal anzukommen.

Mit geschlossenen Augen lehne ich mich gegen das Geländer der Veranda und atme tief ein. Es war eine gute Idee, herzukommen. Rauszukommen, den Alltag abzulegen. Und sei es nur für ein Wochenende.

Als sich von hinten ein harter Körper gegen mich drückt und ich starke Arme neben meinen spüre, muss ich lächeln. Gleich darauf fühle ich Rykers Mund an meinem Hals. Er beißt zu, aber nicht so fest, als dass es wehtut. Ein Schauer läuft über meine Haut, die feinen Haare in meinem Nacken stellen sich auf.

»Ich mag diesen Ort. Es ist ruhig hier, zumindest wenn die Jungs weg sind«, murmelt er und fährt mit dem Daumen über meinen Handrücken. Da Ryker sich noch schonen soll, ist er nicht mit den anderen gefahren.

»Wie oft wart ihr schon hier?« Ich neige den Kopf zur Seite. Ryker versteht und küsst eine zarte Spur meinen Hals hinauf.

»Oft. Mindestens zweimal im Monat. Immer wenn wir kein Spiel haben und anschließend nach den Play-offs. Tamas Eltern haben das Haus zwar vermietet, aber ihrem Sohn können sie nichts abschlagen.«

Seine Worte lassen mich grinsen.

»Warst du ... schon einmal mit einem Mädchen hier?«

Er streicht über meinen Handrücken. »Fragst du mich, ob ich schon mal eine Freundin hatte? Oder ob wir hier Orgien feiern?«

Ich zucke mit den Schultern. »Beides?«

Ryker lacht. Und das ist wieder dieser Laut, der die Schmetterlinge in meinem Bauch zum Flattern bringt.

»Beides«, wiederholt er.

Ich bin nicht eifersüchtig. Aber ich bin auch nicht naiv. Mir ist klar, was die Jungs hier veranstalten.

»Hast du ein Problem damit?«, fragt er, als ich nicht antworte.

»Nein. Ich versuche nur, es mir nicht bildlich vorzustellen.«

Und scheitere kläglich. Dafür kenne ich die Rebels mittlerweile zu gut.

»Scott und ich teilen uns ein Zimmer«, fährt Ryker unbeirrt fort und mir ist klar, was er damit sagen will. Nate und Lawrence haben das andere, im dritten residiert Tama für sich allein. Zumindest hat er das bisher behauptet.

»In meinem schläft Bex«, stelle ich fest.

»Meinst du, wir könnten sie für ein paar Stunden rauswerfen?« Wieder küsst er meinen Hals, dann legt er seinen Kopf auf meine Schulter.

Mein Herz poltert hinter meiner Brust, brennt und fleht, dass ich etwas sagen soll. Meine Finger krallen sich fester um das spröde Holz der Veranda.

»Wehe, du vögelst sie vor meinen Augen.« Bex läuft an uns vorbei, die Treppe der Veranda hinunter zum Strand und dreht sich zu uns herum. Die Augenbrauen zusammengezogen, mustert sie uns kritisch.

»Ist das eine Aufforderung?«, fragt Ryker und ich höre das Grinsen in seiner Stimme.

Schnell gebe ich ihm einen Klaps auf die Hand. »Du bist unmöglich.«

Er schnaubt missbilligend. »Wieso? Wenn sie von uns weiß, kann sie uns auch das Zimmer überlassen.« Er küsst mich erneut und saugt an meinem Hals. Ein Schauer rennt über meine Haut, trotzdem schiebe ich ihn sanft, aber mit Nachdruck von mir. Das hier geht zu weit.

Ryker seufzt und tritt zurück. »Ich geh mal auspacken«, murmelt er und humpelt davon. Seit heute Morgen hat er keine Krücken mehr, allerdings ist er weit davon entfernt, richtig laufen zu können.

Ein harter Klumpen ballt sich in meinem Bauch zusammen. Ich sehe ihm nach, wie er durch die Terrassentür ins Innere des Hauses verschwindet, und habe das Gefühl, ihm nachrennen zu müssen, ihm von all dem zu erzählen, was in mir vorgeht. Dass ich das Gefühl habe, zu verbrennen, je länger ich bei ihm bin und dass ich gleichzeitig nicht genug davon bekommen kann. Und trotzdem tobt dieser Zwiespalt in mir, weil ich immer noch nicht sicher bin, wie es weitergeht.

»Das wird nicht funktionieren«, sagt Bex ruhig und so ernst und ehrlich, dass mir übel wird.

»Ich weiß.«

Sie streckt mir ihre Hand entgegen. »Lust auf einen Spaziergang?«

Zögernd nicke ich. Am liebsten würde ich zu Ryker gehen, mit ihm reden, all das lösen, was mir die Gedanken verknotet, aber dann laufe ich die Veranda hinunter und greife nach Bex' Hand. Unsere Finger verschränken sich und sie drückt sie leicht.

»Er mag dich, das kann man sehen.« Sie sagt es, als wäre es eine Tatsache. »Aber wird das reichen, wenn ihr eure Beziehung auf einer Lüge aufbaut? Außerdem hast du immer noch nicht entschieden, was du ab Juli tun willst, oder?«

»Nein.« Fluchend kicke ich gegen einen kleinen Haufen Sand, der prompt über meine Schuhe rieselt und sich durch die Ritzen ins Innere zwängt. »Ich mag ihn und er mag mich. Warum muss es immer so kompliziert sein?«

»Weil es Liebe ist«, lacht Bex und rennt los. Meine Hand in ihrer. Ich folge ihr und wir rennen über den Strand bis zum Wasser. Unsere Haare fliegen wild um unseren Kopf herum und als wir vor den Wellen stehen, bricht ein Lachen aus Bex heraus. Laut und hell und so frei und wild, dass ich neidisch werde.

Bex weiß, was sie will. Sie kennt ihren Weg, ihren Traum und gibt alles für ihn. Und ich? Ich sehe meinen Weg klarer als vor meiner Ankunft in Auckland. Ich weiß mittlerweile, dass ich im medizinischen Bereich bleiben will und das Sportmedizin durchaus eine Möglichkeit wäre.

Bex' Hand schließt sich fester um meine und ich treffe eine Entscheidung. Ich werde mit meinen Eltern reden. Noch bevor sie nach Neuseeland kommen. Ihnen von meinen Ängsten erzählen, von meinen Bedenken. Von dem Druck, der auf mir lastet. Und von meinen Plänen. Sie werden nicht begeistert sein, aber sie werden es verstehen – oder?

Die Angst, die sofort durch meinen Körper spült, schiebe ich davon. Ebenso wie das ungute Gefühl, dass das nicht alles ist. Dass ich auch mit Scott reden muss, wenn das mit Ryker und mir eine Zukunft haben soll.

27. RYKER

Glühende Feuerfunken stieben in den Nachthimmel. Es knackt laut, als ein Holzscheit zusammenbricht und Späne nach oben geschleudert werden. Rauch dringt in meine Nase, Hitze prickelt auf meiner Haut.

Entspannt lehne ich mich zurück und stütze mich mit den Händen im kalten Sand ab. Mir gegenüber, auf der anderen Seite des Feuers, sitzen Brook und Bex. Beide eine Bierdose in der Hand, kichern und lachen sie vor sich hin. Weiter hinten werfen sich die Jungs einen Ball zu. Scott passt zu Tama, der sofort losstürmt und versucht, an Lawrence vorbeizukommen. Da Tama sehr viel größer ist als unser Wingman, tackelt er ihn geschickt. Lawrence fällt in den Sand, flucht und springt im nächsten Augenblick wieder auf.

In meiner Brust rumort es. Meine Finger kribbeln und flache Wut breitet sich in meinem Brustkorb aus. Mein Blick fällt auf mein Bein. Um mein Knie liegt eine Sportbandage, die die Muskulatur unterstützt und mich nicht beim Gehen behindert wie die Krücken. Trotzdem bin ich noch weit davon entfernt, mitzuspielen.

Ich habe nie wirklich eine Profi-Karriere angestrebt und tue es auch jetzt nicht. Dafür ist mir mein Studium zu wichtig, die

Themen. Aber das Rugby-Spielen fehlt mir, jeden Tag ein bisschen mehr.

Frustriert greife ich nach meiner Bierdose und trinke sie in einem Zug leer. Als ich den Kopf hebe, trifft mich Brooks Blick. Sie hat die Lippen zusammengepresst und Traurigkeit hängt in ihren Augen. Als wüsste sie genau, was in mir vorgeht. Vermutlich tut sie das auch, obwohl wir seit gestern Mittag, als uns Bex auf der Veranda erwischt hat, sehr darauf achten, Abstand zu halten.

»Ryker!«

Ich schaue zu Scott. Gerade noch rechtzeitig, um die Arme nach oben zu reißen und den Ball zu fangen.

»Ah, sehr gut. Du kannst es noch.« Er grinst zufrieden und winkt mich zu sich. »Ich dachte schon, du mutierst zum Stubenhocker. Komm her und spiel mit.«

»Sehr witzig«, gebe ich trocken zurück und werfe den Ball in seine Richtung. So präzise, dass unser Cap nur die Arme zu heben braucht, um ihn zu fangen.

Sofort fliegt er zurück zu mir. Scott und ich passen uns den Ball ein paar Mal zu, bis er ihn an Tama weitergibt und sich neben mich setzt. Meine Handflächen kribbeln, es tat verdammt gut, den Ball in den Händen zu halten.

»Hast du noch ein Bier?«, fragt Scott und lehnt sich halb über mich.

»Klar!« Ich greife zum Sixpack neben ihm und reiche ihm eins.

»Es wird Zeit, dass du und Hunter zurückkommen. Und Hunter. Zwei Spieler auf einmal zu verlieren, tut dem Team nicht gut.« Er öffnet die Dose mit einem Zischen und trinkt einen Schluck.

Frustriert lehne ich mich nach vorn und lege die Ellenbogen auf die Knie. »So schnell wird das nicht passieren und Hunter kommt erst im Juli zurück.«

»Ich will diese verdammte Championship gewinnen. Uns fehlen noch zwei Siege dafür.« Noch ein Schluck.

In den letzten Trainingseinheiten, bei denen ich am Rand saß und zugesehen habe, waren die Jungs unkonzentriert, die Pässe saßen nicht, das Line-out war ein Desaster. Hayes hat mehr als einmal über den Platz gebrüllt – und normalerweise ist er ein Typ, den nichts aus der Ruhe bringt. Zwei Siege sind im Moment in weiter Ferne.

Scott schüttelt den Kopf. »Ich habe das Gefühl, als würden wir auf der Stelle treten. Und das gefällt mir nicht.«

»Hast du deshalb den Vorschlag gemacht, nach Waiheke Island zu fahren?«

»Ja. Auch. Und weil wir eine Pause brauchen. Nur noch ein paar Wochen, dann starten die Finals in der Uni und danach die Play-offs.«

Automatisch sehe ich zu Brook. Meine Finger graben sich tiefer in den kalten Sand. Ich hintergehe Scott, meinen besten Kumpel, meinen Captain, weil ich seine Schwester liebe. Sie hat mich gebeten zu schweigen, uns Zeit zu geben, obwohl sie es ihrer Freundin erzählt hat. Je mehr ich darüber nachdenke, desto falscher fühlt es sich an.

»Scott«, beginne ich und schlucke. »Da gibt es etwas ...«

Ein lautes Brüllen unterbricht mich. Tama, der Idiot, rennt mit rudernden Armen – splitterfasernackt – auf die Wellen zu und stürzt sich ins Wasser.

»Fuck!« Scott springt auf. »Hat der sie noch alle? Das Wasser ist eiskalt. Es ist Nacht und ...« Der Rest der Worte geht in Nates Gebrüll unter, der es unserem Locker nachtut.

»Du solltest vielleicht ...« Grinsend wedle ich mit der Hand in ihre Richtung.

»So eine Scheiße!« Fluchend rennt Scott los, um die Jungs aus dem Wasser zu holen. Das Schwimmen ist in der Bay nicht verboten, trotzdem ist es viel zu gefährlich, nachts ins Meer zu gehen. Zudem Tama und Nate mit Sicherheit was getrunken haben.

Lachend rapple ich mich auf. Die zwei Dosen Bier drücken

und ich kann Scott sowieso nicht helfen. Er hat die Situation besser im Griff als ich – deswegen ist er Captain.

Vorsichtig stapfe ich durch den Sand auf unser Haus zu. Das Geländer der Veranda ist von einer Lichterkette umschlungen, die hell in die Nacht hinaus strahlt. Ich gehe die drei Stufen hoch ins Haus und auf die Toilette. Als ich zurück auf die Veranda komme, steht Brook am Geländer, die Hände um das Holz gelegt. Ihr Strickpullover ist ihr von der Schulter gerutscht und legt nackte Haut frei, die einzelne Strähnen ihrer blonden Haare liebkosen. Sie sieht zu mir auf, mit diesen ellenlangen Wimpern, die einen dunklen Kranz um ihre blauen Augen legen. Auf ihrer Nase tanzen mehr Sommersprossen als vor ein paar Monaten, die Sonne Neuseelands hat ihr gutgetan.

In meinem Brustkorb verkrampft etwas und ich brauche einen Moment, um zu verstehen, dass es mein Herz ist. Weil ich in diesem Augenblick begreife, wie sehr ich sie brauche. Brook ist mir wichtig. Und in diesem Moment entscheide ich, dass ich es zumindest versuchen möchte, sie davon zu überzeugen, in Auckland zu bleiben.

»Können wir reden?« Ihre Stimme zittert leicht.

»Hier?«

Brook zuckt mit den Schultern und wirft einen Blick zum Strand. Es sind gut zweihundert Meter und die Jungs toben immer noch im Wasser.

»Gut.« Ich stelle mich neben sie, lege die Hände auf das Holz, direkt neben ihre. Ohne sie zu berühren.

Sie holt Luft. Ihre Finger zittern. »Ich habe dir nie erzählt, warum ich Angst vor Sirenen habe. Was dazu geführt hat, mein Studium abzubrechen.«

Ich fühle ihre Wärme auf meiner Haut, aber irgendetwas warnt mich davor, sie jetzt zu berühren.

»Das musst du auch nicht, wenn du nicht willst.«

»Doch, das will ich. Aber darum geht es jetzt nicht. Vielmehr, was das mit mir gemacht hat. Ich bin weggerannt, Ryker. Bis nach Auckland. Ich habe meine Eltern belogen, Scott, so viele Menschen, die mir wichtig sind. Und dann habe ich dich getroffen und du hast mich auf deine ganz eigene Art herausgefordert. Ich habe angefangen, Pläne zu machen und mich mit dem auseinanderzusetzen, was geschehen ist.«

Mein Hals wird eng. Ich kann nicht anders und lege meine Hand auf ihre.

»Und das war gut so und wichtig und nötig.« Sie holt Luft und dreht sich, bis sie mir gegenübersteht. Mein Herzschlag legt einen Gang zu, meine Finger, die immer noch über ihren liegen, zucken nervös. »Ich möchte eine Beziehung mit dir führen, Ryker. Aber das wird nicht funktionieren, wenn ich keine Ordnung in meinem Leben schaffe. Als Erstes werde ich mit meinen Eltern sprechen.« Sie nickt und presst kurz die Lippen zusammen. Allein das zeigt mir, wie viel Angst sie immer noch hat. Trotzdem wirkt Brook entschlossen, was meinem Herzen einen kleinen Schubs gibt.

»Und wir werden mit Scott sprechen. Ihm sagen, was zwischen uns ist. Ich möchte das nicht länger geheim halten. Nicht nur, weil mich das schlechte Gewissen auffrisst, sondern weil jeder von uns wissen sollte.«

Ich öffne überrascht den Mund. Mein Herz stolpert und Glück strömt durch mich hindurch.

»Sag was, bitte«, flüstert sie.

Ich blinzle überfordert. Ich bin es nicht gewohnt, dass sich Dinge ... einfach finden.

»Ja, verdammt, das werden wir.« Ein Lachen kitzelt in meiner Kehle, doch ich halte es zurück. Stattdessen hebe ich die Hand und streiche ihr sanft über die Wange. »Scott soll es wissen und die Jungs auch. Und ich werde dir mit deinen Eltern helfen, wenn du mich brauchst.«

Zögerlich schmunzelt Brook, doch dann schüttelt sie den Kopf. »Nein, das schaffe ich allein.«

»Und dein Studium?« Die Frage ist schneller draußen, als ich denken kann.

»Die letzten Wochen haben mir gezeigt, dass Medizin das

Richtige für mich ist. Menschen zu helfen, für sie da zu sein, sie zu unterstützen.«

Ich ziehe an ihrer Haarsträhne, bis sich Brook in meine Richtung lehnt. »Gäbe es eine Möglichkeit, das Studium in Auckland fortzusetzen? Ich meine, auch hier werden Mediziner benötigt.«

»Du meinst, falls sich wieder jemand beim Rugby verletzt?« Sie kommt näher, ihr warmer Atem streicht über meine Wange.

Demonstrativ nicke ich. »Da verletzt sich dauernd wer. Quetschungen, ein gezerrtes Band, Platzwunden ...«

Sie hebt den Kopf. In ihren blauen Augen liegt ein schelmisches Blitzen und so viel Wärme, dass ich schlucken muss. »Vielleicht.« Ihr rechter Mundwinkel hebt sich zu einem Grinsen.

»Vielleicht klingt gut«, murmle ich und überwinde die wenigen Zentimeter, die uns trennen, und küsse sie. Unsere Lippen finden einander, wie zwei Magnete, die voneinander angezogen werden. Vielleicht, weil es von Anfang an unausweichlich war.

»Das ist jetzt nicht euer fucking Ernst!«

Mit einem Ruck werde ich nach hinten gerissen, stolpere und krache auf den Holzboden der Veranda. Ein stechender Schmerz schießt durch mein Bein, der mir für einen Augenblick den Atem raubt. Blinzelnd schaue ich hoch und hebe gerade noch den Arm, um Scotts Faustschlag abzuwehren.

Kälte spült über mich hinweg. Mein Freund starrt auf mich herab. Unglauben spiegelt sich in seinen Augen, fassungslose Wut in seinem Gesicht.

»Scott, das hier ...«, setzt Brook an, wird aber von ihrem Bruder unterbrochen. Er fährt herum, baut sich vor ihr auf. Ein großer dunkler Schatten, voller Aggressionen und Zorn.

»Wehe du sagst, es ist nicht das, wonach es aussieht. Denn es sah verdammt danach aus, als hätte Ryker gerade seine Zunge in deinem Mund gehabt. Und das nicht zum ersten Mal, oder?« Wut tropft aus jedem seiner Worte. Er brüllt sie an, doch es ist nicht der Zorn darüber, was wir getan haben, sondern auch wegen der Lüge, die wir ihm aufgetischt haben.

Mein Atem geht schneller. Ich versuche, die Kälte in meinem Körper zu vertreiben, versuche, zu verstehen, was gerade passiert.

Brook sieht fassungslos von mir zu Scott, sie will an ihm vorbei, doch er lässt sie nicht. »Bitte, Scott. Wir wollten mit dir sprechen. Ryker und ich ...«

»Ihr habt mich belogen!« Scott brüllt erneut. Brook fährt zusammen, ihre Schultern verkrampfen. Sie macht sich klein, hat Angst.

Ein Rauschen dröhnt in meinen Ohren, Bilder verschieben sich. Brook wird zu meiner Mum, die weint und zittert. Das Holz unter meinen Fingern fühlt sich rau an, zu hart, der Schmerz in meinem Bein strahlt durch meinen Körper.

Brook sagt etwas, ihr Blick fällt auf mich. Sie hebt die Hände, will erneut zu mir, doch ich schüttle den Kopf.

Ich mache alles kaputt.

Das Dröhnen in meinen Ohren wird lauter. Brooks Rufe werden zu denen meiner Mum, unterbrochen vom Brüllen meines Dads. Und ich sehe zu. Sehe immer nur zu, weil ich unfähig bin zu helfen.

Weil ich immer alles kaputt mache.

Meine Schuld.

Schon wieder.

Ich bin nicht er, nein. So viel habe ich begriffen. Doch auch ich füge den Menschen, die ich liebe, Leid zu.

Brook hat ihren Bruder belogen. Meinetwegen. Und jetzt verliert sie ihn. Meinetwegen. Sie wird angebrüllt, hat Angst.

Ich bin schuld.

Mein Herz verkrampft und mir ist kalt. Langsam rapple ich mich auf, fühle den Schmerz in meinem Bein nicht mehr. Fühle nur noch taube Leere. Weil es immer so war. Immer so ist.

»Ich kann das nicht«, murmle ich und gehe auf meinen

Captain zu, der mich ansieht, als hätte ich ihm gerade so richtig in die Eier getreten. »Können wir reden?«

Scott ballt die Fäuste. »Herrgott, Ryker. Du bist mein bester Freund. Mein Eightman. Ich vertraue dir. Blind. Und du hast mir versichert, dass nichts zwischen dir und meiner Schwester läuft. Und jetzt das.« Wieder hebt er die Hände und deutet auf uns beide. »Warum? Scheiße, ich meine, gibt es kein anderes Mädchen? Musste es ausgerechnet Brook sein?«

Seine Lippe zittert. Ich habe Scott noch nie so außer sich gesehen. Mein Magen krampft zusammen. Die Kälte ist mittlerweile so schlimm, dass meine Fingerspitzen kribbeln.

»Es tut mir leid, okay?« Meine Stimme schwankt. Ich habe das Gefühl, den Boden unter den Füßen zu verlieren. »Wir hätten etwas sagen müssen. Wir haben uns ineinander verliebt und das hat uns ziemlich umgehauen. Das mussten wir für uns selbst erst mal klarziehen.«

»Euer Ernst?« Scott holt Luft. »Du musstest sie erst vögeln, bevor du mit mir sprichst?«

Er wird vulgär. Und Scott wird nie vulgär. Ein weiteres Zeichen dafür, dass das hier aus dem Ruder läuft.

»Scott, bitte. Das ist unfair.« Brook tritt an den Rand der Veranda. Sie hält Abstand zu Scott, was sich erneut wie ein Schlag in den Magen anfühlt. Sie hat Angst vor ihm, doch das sollte sie nicht. Er ist ihr Bruder, er liebt sie. Ich hätte das niemals zulassen dürfen. »Das zwischen Ryker und mir ist neu«, fährt Brook fort und ihre Stimme klingt fester. »Wir wollten erst herausfinden, ob es funktioniert und dann mit dir reden. Mit euch allen.«

»Du meinst, wie du mit unseren Eltern reden wolltest? Seit beschissenen zwei Monaten?« Er lacht trocken. »Verarsch mich nicht, Brook. Du hast nichts auf die Reihe bekommen, seit du hier bist. Und jetzt auch noch das.«

Ein ersticktes Schluchzen dringt an mein Ohr. Am liebsten würde ich die Hand nach Brook ausstrecken, die Tränen fortwischen, die über ihre Wangen laufen, aber ich schaffe es nicht. Da ist diese Barriere in meinem Kopf, die mich lähmt, die macht, dass ich woanders hinsehe.

Brook flucht leise. »Ryker?«

Ich höre das Flehen in ihrer Stimme, höre die Bitte, die Verzweiflung.

Und ich will ihr helfen.

Ryker. Die Stimme meiner Mum. Das Flehen, dass ich verschwinden soll, damit Dad mich nicht schlägt. Mum hat immer alles auf sich genommen und ich habe mich versteckt. Dads Lachen holt mich ein, immer und immer wieder. Mum wäre ohne mich besser dran gewesen. Sie hat für meine Fehler gebüßt – und nun tut es Brook.

Daher bewege ich mich nicht. Schaue stur zum Strand, der vor meinen Augen verschwimmt.

Erst als Brook weg ist, stoße ich die Luft aus und reibe mir mit den Händen übers Gesicht. Ich fühle Scotts Blick auf mir, die drängenden Fragen, die er mir stellen will. Und auf die er eine Antwort verdient hat.

»Seit wann läuft das zwischen euch?«, fragt er ruhig. Ganz anders als eben, als die Emotionen mit ihm durchgegangen sind.

Ich könnte lügen. Aber dieses Spiel werde ich durch Täuschung nicht gewinnen.

»Ich habe Brook auf dem Rückweg aus England getroffen.«

Entgeistert öffnet Scott den Mund und schließt ihn wieder.

»Ich habe im Flugzeug mit ihr geschlafen ... Danach lief nichts mehr, wir haben uns geeinigt, dass der One-Night-Stand nichts zu bedeuten hatte.« Ich habe das Gefühl, einen Bericht abzuliefern. Nicht mein Leben. Aber vielleicht ist das genau das Problem, was ich habe.

»Offenbar hatte er es doch«, stellt Scott fest und atmet durch. »Warum habt ihr nichts gesagt?«

Ich antworte nicht. Kann es nicht, weil es besser so ist. Weil es für Brook und mich keine Zukunft geben wird, das hat mir diese Situation deutlich gezeigt.

Scott stößt frustriert die Luft aus. »Verschwinde, Ryker, ich will dich heute Abend nicht mehr sehen. Brook ist meine Schwester. Und ja, sie ist chaotisch und anstrengend und sie hat genauso gelogen wie du, aber, verdammt, ich liebe sie. Und ich werde nicht zulassen, dass du sie kaputtmachst. Brook wird daran zerbrechen, ich kenne sie.«

»Das wird sie nicht«, sage ich mit mehr Überzeugung, als ich fühle. »Sie ist kein kleines Mädchen, das du beschützen musst.«

»Es fühlt sich aber verdammt noch mal so an. Und das ausgerechnet vor dir.« Die Wut ist verschwunden, stattdessen spiegelt sich Enttäuschung in Scotts Gesicht.

Ich presse die Kiefer zusammen. Es gibt nichts mehr zu sagen. Daher wende ich mich um und gehe zurück ins Haus.

28. BROOK

Ich schaffe es bis zum Strand, dann breche ich zusammen. Schluchzer dringen aus meinem Mund und ich presse schnell die Faust davor, damit sie niemand hört. Die anderen sitzen am Lagerfeuer und feiern, doch ich wende mich ab, laufe hinter ihnen vorbei, ohne dass es jemand bemerkt, den Strand entlang. Eine gefühlte Ewigkeit.

Der Wind ist kälter geworden, das Rauschen der Wellen lauter. Trotzdem brüllen mich meine Gedanken an.

Ich habe alles falsch gemacht.

Ich habe gelogen. Bin davongerannt. Habe Ryker mit hineingezogen, obwohl ich wusste, dass es kompliziert werden würde. Dass Scott uns diese Lüge niemals verzeiht.

Ich bin nichts. Ich bin niemand. Ich bin wertlos.

Meine Augen brennen von all den Tränen, die ungehindert über meine Wangen laufen, doch dieser verdammte Schmerz in meiner Brust will nicht verschwinden.

Was habe ich mir nur gedacht? Was war der Plan, als ich nach Auckland gekommen bin?

Wenn ich ehrlich zu mir selbst bin, hatte ich keinen. Ich wollte einfach weg und habe gehofft, dass sich alles fügen wird. Und am Anfang sah es danach aus.

Aber nur, weil du die Wahrheit verdrängt hast, flüstert mir eine Stimme zu, die verdächtig nach meinem Bruder klingt.

Am anderen Ende der Bay bleibe ich stehen. Ich ziehe meinen Pullover über meine Hände und reibe mir damit über das Gesicht. Trockne die Tränen, besser wird die Welt dadurch nicht.

Es ist meine Schuld. All das hier. Und wenn Ryker mich von sich stößt, könnte ich es sogar verstehen.

Ich lege den Kopf in den Nacken und schaue in den Himmel. Er ist klar und weit. Abertausend Sterne leuchten auf mich herab. Das stetige Rauschen der Wellen dringt an mein Ohr. Und das Vibrieren meines Handys in meiner Hosentasche.

Ohne darauf zu schauen, ziehe ich es hervor und nehme an.

»Hey.«

»Hey«, sage ich leise und meine Stimme klingt genauso beschissen, wie ich mich fühle.

»Wo bist du?« Er klingt so weit weg. Nicht nur, weil er übers Handy mit mir spricht.

»Am Strand. Ich konnte nicht zurück zu den anderen.«

»Ja, das ... verstehe ich. Hör mal, es macht keinen Sinn, dass ich hierbleibe, über Nacht. Wir reden, wenn ihr zurück seid. Okay?«

»Du willst nach Auckland zurück?« Es muss nach zehn Uhr sein. »Fährt überhaupt noch eine Fähre?« Mal abgesehen davon, dass er immer noch nicht richtig laufen kann.

»Ja, ich hab's gerade gecheckt. Das Taxi ist schon bestellt.«

In meiner Brust flattert es. Doch diesmal ist es kein angenehmes Flattern, eher eins, das wild ist und wehtut.

Mir liegen Fragen auf der Zunge. Worte. Am liebsten würde ich mitfahren, aber mir ist klar, dass Ryker das nicht will. Daher sage ich das Einzige, das Sinn macht.

»Pass auf dich auf.«

Er schweigt. Ich höre seinen harten Atem. »Du auch.«

Ohne ein weiteres Wort legt er auf. Meine Finger verkrampfen sich um die Plastikhülle und erneut presse ich mir die Faust vor den Mund, um nicht zu schreien.

Immerhin hat er angerufen. Er hätte auch einfach gehen können.

Tief atme ich durch. Starre in den Nachthimmel, zu den Sternen. Und treffe eine Entscheidung. Es wird nie den richtigen Moment geben. Und egal wann und wie, es wird wehtun.

Bevor ich wieder einen Rückzieher mache, wähle ich schnell eine Nummer.

Es tutet. Kalter Schweiß bricht mir aus. Ein Schauer läuft über meinen Rücken, erneut sehe ich nach oben.

Aber da ist niemand, der mir helfen wird. Das hier muss ich allein schaffen.

»Brook, Schätzchen. Ist alles in Ordnung bei dir?« Meine Mum klingt besorgt. Kein Wunder, ich habe sie noch nie so spät angerufen. Zumindest für mich, in Richmond ist es vormittags.

»Mum.« Verdammt, sofort bricht mir die Stimme.

»Was ist los, Schatz?« Sie klingt alarmiert.

Ich schlucke. Schlucke die Tränen fort, den verdammten Kloß in meinem Hals von der Größe eines Rugbyballs.

Es gibt keinen richtigen Zeitpunkt. Und ich lebe diese Lüge schon viel zu lange.

»Mum, ich habe Scheiße gebaut«, bricht es aus mir heraus.

Sie atmet tief durch. Schritte erklingen. »Brauche ich einen Tee oder gleich den Scotch?«

»Nimm den Scotch.« Ich schließe die Augen. Ein schmerzhaftes Lächeln huscht über meine Lippen. Die Sehnsucht, sie in die Arme zu schließen, wird mit einem Mal so stark, dass ich mich am liebsten zu ihr beamen würde.

Gläser klirren, dann höre ich, wie sie eine Flasche aufschraubt.

»Egal, was es ist, Brook. Wir bekommen das hin.«

Ich antworte mit einem Schniefen. »Nein, Mum. Das bekomme ich nicht mehr hin. Ich habe euch angelogen. Und es tut mir so leid.«

»Wobei hast du gelogen?« Ihre Stimme wird rauer. Ihr wird klar, dass es hier um keine Banalität geht. Keine Prüfung, die ich versiebt habe, kein Fernseher, der kaputt ist.

»Erinnerst du dich an den Tag, als ich aus der Notaufnahme kam und fix und fertig war? Der Tag, an dem dieser Junge eingeliefert wurde. Liam.«

Sie setzt sich hin. Stuhlbeine scharren über den Boden. »Ja, du warst stundenlang in deinem Zimmer und du wolltest nicht mit uns reden. Das war eine furchtbare Erfahrung, Brook. Und das tut uns immer noch sehr leid. Niemand sollte den Tod eines Kindes so nah miterleben.«

»Ich mache mir immer noch Vorwürfe, Mum.«

»Du warst überfordert. Niemand versteht das besser als ich.«

Ich gehe nicht darauf ein. Stattdessen presse ich die Augen zusammen. Sitze wieder in meinem Zimmer in Richmond, auf meinem Bett, das viel zu weich war. Habe meinen Herzschlag gefühlt, während Liams für immer verstummt war.

»Ich konnte nicht mehr zur Uni, Mum«, sage ich schnell. »Wie kann ich etwas lernen, wenn ich es nicht anwenden kann? Dad war immer so stolz auf mich. Ich weiß, dass ihr plant, dass ich die Praxis übernehme.«

Sie antwortet nicht. Sekundenlang. Minutenlang. Eine Ewigkeit.

»Es tut mir leid, Mum. So leid.«

»Du hast dein Studium abgebrochen«, stellt sie schließlich fest und klingt erschüttert.

»Ja.«

»Im Januar, noch vor Semesterende.«

»Ja.« O Gott, sie wird mich umbringen. Ich habe das Gefühl zu fallen, einfach zu verschwinden.

»Und du hast uns nichts gesagt.« Sie steht auf. Wieder Schritte. Schnelle. Als würde sie hin und her laufen.

»Ich wusste nicht, wie.«

»Mein Gott, Brook. Was tust du dann in Auckland?«

Das ist der beschissenste Teil an dem Ganzen. »Ich arbeite in einem Café. Ich habe Abstand gebraucht, Mum. Das alles in Richmond ... hat mich erdrückt. Die Uni, meine Freunde. Dad und die Praxis. Ich konnte nicht mehr atmen.«

»Warum hast du nichts gesagt? Schatz, wir hätten dir zugehört. Und nach dem Vorfall, Brook, ich hätte es wirklich verstanden. Aber du hast uns belogen, so lange. Herrgott, was hast du die ganze Zeit getan, wenn du nicht in der Uni warst?«

Mein Magen knäult sich zusammen und da ich das Gefühl habe, nicht länger stehen zu können, setze ich mich in den Sand und ziehe die Beine an. »Ich bin durch den Hydepark gelaufen, war in Cafés.«

Sie flucht leise, erneut klirrt ein Glas.

»Was ist passiert, Brook? Ist etwas mit Scott?«, fragt sie schließlich.

»Warum?« Ja. Ja. Ja! Aber das kann ich nicht sagen, denn das ist der Part, den Mum vermutlich nicht verstehen wird. Den ich selbst kaum verstehe.

»Weil du so lange geschwiegen hast. Und ausgerechnet heute anrufst. Dazu noch so spät.«

»Ich hab's nicht mehr ausgehalten.« Es ist ein Fehler, denke ich in dem Moment. Ich kann nicht eine Lüge mit einer anderen beenden. »Und ich hab heimlich etwas mit Scotts bestem Freund angefangen und er hat uns erwischt.«

Erneut schweigt Mum. Dann lacht sie. Beinahe hysterisch. »Brook, dafür brauche ich kein Glas, sondern eine ganze Flasche. Und dafür ist es definitiv zu früh.« Sie lacht immer noch, doch ich habe das Gefühl, dass etwas in mir aufbricht. Dass sie versteht, wo ich nichts mehr sehe.

»Schatz, es tut mir leid, dass du das Gefühl hattest, nicht mit uns reden zu können. Dass wir dich mit der Praxis und unseren Erwartungen unter Druck gesetzt haben.«

Ein Schluchzen bricht aus mir hervor und diesmal lasse ich die Hand, wo sie ist.

»Natürlich ist das ein Schock und wir werden noch darüber sprechen, dass du uns so lange belogen hast, wenn ich das alles verdaut habe. Aber wenn du uns brauchst, sind wir da. Du kannst immer mit mir reden, Brook.«

Tränen laufen mir übers Gesicht und tropfen in den Sand. Meine Welt zerbricht und setzt sich wieder zusammen. Immer noch ziehen Risse durch das empfindliche Fragment, aber ich habe das Gefühl, nicht mehr allein zu sein.

»Willst du in Auckland bleiben?«, fragt Mum vorsichtig.

»Ich weiß es nicht.« Die Worte sind nicht mehr als ein Wispern.

»Das verstehe ich. Ich hab dich lieb, Schatz.«

Noch mehr Tränen. »Ich dich auch, Mum. Und danke.«

»Melde dich wieder, hörst du? Ich mache mir ... ehrlicherweise Sorgen.«

Lächelnd fahre ich mit der Hand durch den Sand. »Das mache ich. Sagst du Dad Bescheid?«

»Ja. Und er wird sicher auch mit dir reden wollen.«

»Natürlich.« Wieder krampft mein Magen, aber diesmal nicht so schlimm wie zuvor.

»Danke, Mum«, wiederhole ich. Und könnte es noch tausendmal sagen.

»Pass auf dich auf, Schatz.«

Ich lege auf und lasse mich zurück in den Sand fallen. Das Gefühl in meinem Körper ist merkwürdig. Da ist immer noch die Angst, immer noch das Gefühl, sich verstecken zu müssen. Und gleichzeitig fühle ich mich frei. Als hätte jemand einen Schleier fortgezogen, als könnte ich seit Monaten endlich wieder durchatmen.

Doch dann fällt mir ein, dass das nicht stimmt. Dass da immer noch Scott ist, mit dem ich reden muss. Und Ryker. So viel Ryker und so wenig. Mein Herz zieht sich zusammen und wie eine dunkle Vorahnung schwappt die Sehnsucht über mich hinweg.

29. BROOK

Die Stimmung am nächsten Morgen ist schwierig. Scott ist joggen, als ich frühstücke, später geht er mir aus dem Weg. Erst auf der Fähre zurück nach Auckland bietet sich eine Gelegenheit, mit ihm zu sprechen. Er sitzt mit Tama und den anderen Rebels drinnen im Wartebereich, doch als ich auffordernd zu ihm gehe und ihn mit nach draußen bitte, folgt er mir. Widerwillig.

Unter seinen Augen liegen dunkle Schatten, seine Finger schließen sich so fest um die Reling, dass die Knöchel weiß hervortreten. Gischt spritzt bis zu uns herauf, leichter Nieselregen fällt auf uns herab. Selbst das Wetter passt zur miserablen Stimmung.

»Ich habe mit Mum telefoniert«, beginne ich und lehne mich gegen das Geländer. Meine Haare habe ich zu einem Pferdeschwanz zusammengebunden, die Jacke zugezogen. Wie ein Schutzmantel, damit niemand sieht, wie zerstört ich im Innern bin.

»Tatsächlich.« Er verzieht spöttisch den Mund.

»Hör auf, mich zu verurteilen, Scott. Ich weiß, dass ich Fehler gemacht habe, und es tut mir leid.«

»Ihr hättet etwas sagen müssen. Du hättest etwas sagen

müssen.« Er neigt den Kopf und kickt mit der Fußspitze gegen die Metallreling.

»Und was? Dass ich mit Ryker im Flugzeug geschlafen habe? Und jetzt mit ihm zusammenwohne? Was hättest du dann getan?«

»Dich rausgeworfen, vermutlich.«

Ich schnaube frustriert. »Genau.«

»Ryker ist mein bester Freund, Brook. Gestern zu erfahren, dass ihr mich wochenlang angelogen habt ... das hat wehgetan.«

»Wir hatten das nicht geplant. Aber Ryker hat etwas an sich, das mir ... geholfen hat.«

»Ich war so beschissen naiv.« Scott fährt sich durch die Haare. »Ryker wusste von der Uni-Lüge, bevor du mir davon erzählt hast. Ich hätte das zwischen euch sehen müssen.«

»Selbst wenn – du hättest es nicht verhindern können. Und das wäre auch nicht richtig gewesen.«

Ein zweifelnder Blick trifft mich.

»Es tut mir leid, dass ich dich belogen habe«, sage ich mit Nachdruck. »Aber es tut mir nicht leid, dass ich mich in Ryker verliebt habe.«

Scotts Gesichtsausdruck verändert sich. Seine Wut verschwindet, Sorge mischt sich unter das Blau in seinen Augen. »Du hast dich in ihn verliebt?«

Ich nicke. Hitze flammt über meine Wangen, weil ich noch nie über dieses Thema mit meinem Bruder gesprochen habe.

Er holt tief Luft. »So richtig oder nur ein bisschen?«

»Was bitte meinst du mit *ein bisschen*?« Irritiert ziehe ich die Augenbrauen zusammen.

»Na ja, nur so, dass dich ein anderer Kerl ablenken könnte.«

Augenrollend boxe ich ihn in die Seite. »Wofür hältst du mich?«

»Du weißt, was ich meine.«

Wir schweigen einen Moment, schaue über das Meer zum Hafen von Auckland, der mit jeder Minute größer wird.

»Soll ich nach Hause fahren?« Die Frage beschäftigt mich seit dem Gespräch mit Mum.

»Das ist deine Entscheidung, Brook. Ich werde dir das nicht vorschreiben.« Diplomatisch wie immer.

Ich atme tief durch. Schmecke das Salz des Meeres auf der Zunge, meine Angst vor dem, was vor mir liegt. »Was würdest du an meiner Stelle tun?«

»Glaub mir, in meinem ganzen Leben war ich noch nie so froh, nicht du zu sein.« Er lacht.

»Großartig«, entweicht es mir zynisch.

»Nein, im Ernst, Schwesterherz. Ich habe dir gesagt, dass du deinen Scheiß regeln musst. Du bist nach Auckland gekommen, um Antworten zu finden. Aber das hast du nicht, oder?«

Ich kaue auf meiner Unterlippe herum. »Doch.« Scott sieht mich abwartend an. In meiner Brust sticht es. »Ich habe Mum gestern gesagt, dass ich Dads Praxis nicht übernehmen will. Aber ich will Ärztin werden, allerdings eine andere, als ich immer dachte. Nur all das muss ich allein klären ... und das kann ich nicht hier.«

»Komm her.« Er legt den Arm um mich und ich kuschle mich an seine Schulter.

Den Rest der Überfahrt schweigen wir. Scott hält mich im Arm und ich genieße es, dass wir uns trotz allem so nahe sind. Dass unser Band immer noch da ist, obwohl ich gestern für einen kurzen Augenblick dachte, dass es zerrissen ist.

Die Fahrt zurück zum Haus in der Huntley Avenue verläuft ruhig. Scott setzt sich im Bus zu Tama und Nate, während Bex und ich weiter hinten sitzen. Meine Freundin startet mehrfach ein Gespräch, aber als ich immer einsilbiger antworte, lässt sie es irgendwann.

Mein Blick geht nach draußen. Zu den grauen Gebäuden, deren Anblick durch feine Wassertropfen auf der Fensterscheibe durchbrochen ist.

Die Vorstellung, nach Richmond zurückzukehren, fühlt sich

sperrig an, aber ich weiß, dass es das Richtige ist. Ich kann nicht weiter davonlaufen und das will ich auch nicht.

Der Bus hält an der Newmarket Station. Bex und ich sind die Letzten, die aussteigen.

»Komm gut nach Hause!«, sage ich zu ihr und ziehe sie in eine Umarmung.

»Du ebenfalls. Und ruf mich heute Abend an, ja?« Nachdem ich mit Ryker gesprochen habe. »Oder davor. Immer wenn dir danach ist.«

»Mach ich. Vielen Dank, dass du dabei warst.«

Sie zwinkert mir zu und lässt mich los. »Wir sehen uns morgen.«

Die Jungs sind schon vorgegangen, ich beeile mich, zu ihnen aufzuschließen. Der Rucksack auf meinen Schultern zieht mich nach unten und der Nieselregen verstärkt das dumpfe Gefühl in meinem Innern.

Als wir in die Huntley Avenue einbiegen, bin ich ein Nervenbündel.

»Alles okay bei dir?« Tama, der einen halben Meter vor mir läuft, wirft einen fragenden Blick über die Schulter. Seine dunklen Haare kleben durch den Regen platt am Kopf, in seinen Augen glänzt es sorgenvoll.

»Klar.« Mein Lächeln misslingt.

Er bleibt stehen, bis ich auf seiner Höhe bin. Erst dann läuft er weiter. »Selbst wenn ich keine hervorragende Menschenkenntnis besäße, würde ich dir ansehen, dass es nicht stimmt.«

»Wundert dich das?« Ich zucke mit den Schultern. Regen tropft aus meinen Haaren, weil ich natürlich keinen Schirm dabeihabe.

»Nein. Es war scheiße, was Ryker und du getan habt. Auf der anderen Seite: Scott ist dein Bruder und Rykers bester Freund. Wenn euer Problem jemand verstehen sollte, dann er.«

»Das tut er auch. Trotzdem ist es blöd gelaufen.«

Tama seufzt und fährt sich mit der Hand übers Gesicht. Da

er sehr viel größer ist als ich, muss ich zu ihm aufsehen.
»Fliegst du jetzt nach Hause?«, fragt er geradeheraus.

Wieder zucke ich mit den Schultern. »Ja.«

Er brummt. Irgendwie unzufrieden. »Verdammt, Brook. Ich kanns irgendwie verstehen. Trotzdem ... du gehörst hierher, du bist ein Rebel. Und das wirst du immer sein. Du bist Teil dieses Teams und wir hatten noch nie eine bessere Daisy. Oder eine miesere Köchin.«

Am liebsten würde ich ihn umarmen. »Danke, Tama. Das ist gut zu wissen.«

Er nickt mir einmal zu und lächelt. So viel zuversichtlicher, als ich mich fühle. Trotzdem bildet sich ein Funken Hoffnung in meiner Brust, als ich durch die Eingangstür trete und Ryker im Flur wartet.

Wärme breitet sich in meiner Brust aus und ich muss mich beherrschen, nicht sofort zu ihm zu rennen. Er hat die Lippen zusammengepresst, lehnt in der Tür zu seinem – meinem – Zimmer und unterhält sich leise mit Scott. Was immer die beiden besprechen, glücklich wirkt mein Bruder nicht.

Nervosität lässt meine Haut kribbeln, doch ich zwinge mich, weiterzugehen, nach oben – nicht zu ihm. Erst als sich die Tür hinter mir schließt und der Rucksack von meinen Schultern rutscht und mit einem dumpfen Knall auf dem Teppich landet, fühle ich die Tränen in meinen Augen.

Er hat mich nicht einmal angesehen.

Ich zwinge mich zu atmen. Langsam, ein und aus. Ich werde nicht heulen, nicht wegen ihm. Nicht jetzt, wo die roten Augen jeder sehen wird.

Hinter mir klopft es leise an der Tür.

»Kann ich reinkommen?«

Mein Herz stolpert.

Zwei Atemzüge, dann drehe ich mich um und öffne.

Ryker lächelt schief. Vorsichtig. Seine Arme hängen herab, eine Hand hat er in die Hosentasche geschoben.

»Hey«, sagt er. So ruhig. So verdammt ruhig. Als hätten wir nicht einen Berg an Problemen.

»Komm rein.« Meine Stimme zittert nicht. Das erlaube ich mir nicht. Ebenso wenig wie die Tränen.

Ich trete zurück und setze mich auf das Bett. Sein Blick fällt auf den Rucksack, meine nasse Kleidung, die Haare, die mir in feuchten Strähnen im Gesicht hängen.

Er kommt zu mir, allerdings fällt mir auf, dass er die Tür nicht schließt. Die Matratze senkt sich unter seinem Gewicht, sein Knie berührt meinen Oberschenkel.

Und ich fühle nichts. Kann mich nicht entscheiden, ob ich ihn küssen oder wegstoßen will, ob ich seine Nähe brauche oder Abstand.

Ryker nimmt mir die Entscheidung ab, indem er wieder aufsteht.

»Ich habe nachgedacht.«

Ich schließe die Augen. Das Lächeln auf meinen Lippen tut weh. »Du hast Pläne gemacht.«

»Nein. Ja.«

Langsam öffne ich die Lider wieder. Er steht am Ende des Bettes, beide Hände in den Hosentaschen. Als wollte er verhindern, dass sie etwas tun, was er nicht kontrollieren kann.

»Dir ist eine Beziehung mit mir zu viel.«

Er sieht nach unten. Auf den Teppich, seine Fußspitzen. Nur nicht zu mir. »Ich will dir nicht wehtun, Brook. Und gestern, als Scott uns erwischt hat, habe ich das getan. Da ist mir klargeworden, dass es falsch ist, was wir getan haben.«

Seine Worte stolpern übereinander und ich kann ihm nicht folgen. Seine Stimme klingt so kalt, trotzdem schwingt ein feines Zittern mit.

Ich kralle die Finger in die Bettdecke. Suche irgendetwas, das mir Halt gibt. Das hier läuft in die falsche Richtung.

»Hör auf«, sage ich laut.

Überrascht sieht er auf.

»Hör auf, dich zu verstecken, Ryker. Es ist nicht deine

Schuld, dass Scott uns gestern erwischt hat. Und es ist auch nicht deine Schuld, dass wir ihn angelogen haben. Ich habe dich darum gebeten, nicht umgekehrt.«

Er kneift die Augen zusammen. Fährt sich mit der Hand darüber und schüttelt den Kopf.

In meiner Brust wird es eng. Als hätte mein Herz nicht mehr genug Platz und würde um jeden Zoll kämpfen. Ich verliere ihn, hatte vermutlich nie eine Chance und sein erneutes Kopfschütteln zeigt mir, dass ich ihn nicht erreiche.

Ryker muss sich selbst retten. So wie ich für mich begriffen habe, dass ich zurück nach England gehen muss, um meinen Weg zu finden, muss er endlich mit seiner Vergangenheit abschließen. Ich dachte, ich könnte ihm dabei helfen. Aber offenbar habe ich mich geirrt.

»Wir sollten das zwischen uns beenden«, fährt er fort. »Wir wussten beide, dass eine Beziehung keine Zukunft gehabt hätte.«

Ich hasse es, wie er das Wort *Beziehung* betont. Als wäre es ein Vertrag, eine Sache, die er bewerten muss. Aber das ist es nicht. Sondern so viel mehr.

»Liebst du mich?« Ein einzelner Regentropfen rinnt über meine Wange. Nur einer. Es ist keine verdammte Träne.

Ryker wendet den Kopf. Sieht zu mir. Seine dunkelbraunen Augen brennen vor Angst und Wut, vor Verzweiflung. Und ich sehe die Wahrheit. Sehe, was er nicht zugeben kann und was mein Herz zum Stolpern bringt.

Ja, er liebt mich. Und er hat Angst davor. Weil er diese Gefühle nicht kontrollieren kann. Und weil er sich aus genau diesem Grund die Schuld an allem gibt.

»Nein, sag es nicht«, unterbreche ich ihn und stehe auf. Meine Hände sind schwitzig, daher reibe ich sie an meiner Hose ab. »Manchmal reicht Liebe nicht. Es gehört mehr dazu, eine Beziehung zu führen. Eine gesunde, gute Beziehung und nichts anderes will ich.« Jetzt klinge ich verdächtig nach meinem Dad. Aber ich selbst würde das nicht schaffen.

Ryker blinzelt. Er streckt den Arm nach mir aus, kommt einen Schritt in meine Richtung. Doch ich weiche zurück.

»Wir bekommen das hin. Wir sind erwachsen«, heuchle ich. Gar nichts werde ich hinbekommen.

Sein Zögern lässt mich hoffen. Auf ein paar Worte, auf irgendetwas. Doch dann nickt er und geht zur Tür.

»Du hast nicht einmal um mich gekämpft«, sage ich leise, als er fast hindurch ist.

Sein Unterkiefer tritt hervor, so fest presst er die Zähne zusammen. Seine Arme spannen sich an. Er will etwas sagen. Ich sehe es.

»Ich liebe dich«, stößt er hervor und es klingt wie ein Vorwurf. »Aber ich kann das hier nicht.«

Dann geht er und lässt mich zurück. Mit all den Fragen, der Wut und der Verzweiflung.

Ich bin nach Auckland, weil ich nicht mehr weiterwusste. Weil ich mich selbst verloren habe. Aber gerade in diesem Augenblick, als ich das Gefühl habe, den Boden unter den Füßen zu verlieren, fühle ich mich. Da weiß ich, dass ich mehr bin als das. Mehr, als Ryker bereit ist zu geben, mehr als ich mir selbst zugetraut habe.

Trotzig recke ich das Kinn und ziehe die Nase hoch. Und kämpfe nicht länger gegen die Tränen.

30. BROOK

Es ist stickig in meinem Zimmer. Es riecht nach den Mottenkugeln, die Mum so gern in meinen Kleiderschrank packt, und nach Regen, da es in England andauernd regnet.

Hinter meiner Stirn pocht es leise, weil ich die letzte Nacht furchtbar geschlafen habe. Okay, genau genommen habe ich gar nicht geschlafen, der Jetlag hat mich fest im Griff. Und so lag ich wach, habe den Autos gelauscht, die am Haus meiner Eltern vorbeigefahren sind und habe versucht, nicht nachzudenken. Nicht an Scott und Bex, die mich vorgestern zum Flughafen gebracht haben und mindestens so viel geheult haben wie ich. Nicht an Tama, der mich zum Abschied so fest an sich gedrückt hat, dass ich noch immer seine Arme spüre.

Nicht an Ryker. Vor allem nicht an Ryker, der im Wohnzimmer stand und in den Garten gestarrt hat, als ich ihm Lebwohl gesagt habe. Er hat genickt, doch ich habe die verdammten Tränen gesehen, die in seinen Augen brannten.

Mit einem Stöhnen setze ich mich auf und reibe mir übers Gesicht. Als würden meine Augen dadurch weniger jucken und das Pochen hinter meiner Stirn verschwinden.

Ich bin nicht zurück nach England gekommen, um im Selbstmitleid zu zerfließen. Daher schwinge ich die Beine aus dem Bett und tapse entschlossen zur Tür. Durch das Fenster meines Kinderzimmers fällt trübes Licht herein, obwohl es schon nach zehn Uhr ist. Von unten klingen dumpfe Geräusche der Kaffeemaschine und die leisen Stimmen meiner Eltern. Wärme flutet meinen Brustkorb, diesmal heben sich meine Mundwinkel von allein.

Der Duft von Kaffee und Toast steigt in meine Nase. Meine Eltern sitzen an unserem runden Esstisch in der Küche und frühstücken. Als ich in das Zimmer mit der geblümten Tapete komme, verstummen sie abrupt.

»Guten Morgen, Schatz.« Mum lächelt mich vorsichtig an. Ihre blonden Locken hat sie zu einem Zopf zusammengefasst, auf ihrer Nase sitzt eine Brille mit dickem schwarzem Rahmen. Dad legt die Zeitung beiseite. Es ist Sonntag, daher ist er zu Hause. Wobei der Wochentag eigentlich keinen Unterschied macht, zu oft musste er auch sonntags bei Notfällen in die Praxis.

»Wie geht es dir?«, fragt er und mustert mich nachdenklich. Ihm müssen die dunklen Ringe unter meinen Augen auffallen, das Zittern in den Händen, als ich Platz nehme und diese auf den Tisch lege.

»Nicht gut«, sage ich ehrlich. »Und deshalb muss ich mit euch reden.«

Dad nickt und schiebt mir kommentarlos eine Tasse Kaffee zu. Mum hat ihm mit Sicherheit von unserem Telefonat berichtet, aber mir ist es wichtig, mit beiden persönlich zu sprechen. Daher hole ich Luft. Wappne mich vor dem, was ich sagen werde, vor den Emotionen, die mich überrollen.

Mum lächelt warm und drückt kurz meine Hand.

Meine Anspannung löst sich ein wenig. Schnell nehme ich einen Schluck Kaffee. »Ich habe euch erzählt, was im Januar in der Notaufnahme passiert ist. Aber ich habe euch nicht gesagt, was das mit mir gemacht hat«, fange ich an. Und dann erzähle ich meinen Eltern von Liam, von meiner Hilflosigkeit, von dem Gefühl nichts zu können. Davon, nichts mehr wert zu sein, der Angst, alles falsch zu machen. Von dem Druck, den ich fühle, sobald ich zu Hause war, von meiner letzten Chance, die ich in Auckland gesehen habe.

Dad schweigt, erst als ich ihm ehrlich sage, dass ich die Praxis nicht übernehmen möchte, seufzt er.

Ich erzähle ihnen von Auckland, von den Rebels und Bex. Und weil das der Moment ist, in dem ich endlich alles rauslasse, auch von Ryker.

Am Ende weine ich, aber ich fühle mich besser. Mum trinkt mittlerweile ihre dritte Tasse Kaffee und Dad hat uns neue Toasts gemacht.

»Es tut mir leid, Brook, dass ich das nicht bemerkt habe.« Mein Vater verzieht das Gesicht. »Du warst so begeistert, wenn du mir in der Praxis assistiert hast. Und du hast so ein gutes Gespür für Menschen.«

»Weil ich Ärztin werden will, Dad. Nur eben nicht in Richmond. Das habe ich begriffen, als ich bei den Rebels war. Deine Praxis oder auch ein Krankenhaus sind nicht der richtige Ort für mich.«

»Und die Rebels sind es?« Die Frage kommt von Mum.

Sofort huscht ein Lächeln über mein Gesicht. »Ich habe mich sehr wohl bei ihnen gefühlt, ja. Aber es müssen nicht unbedingt die Rebels sein. Ich möchte weiterhin Medizin studieren, nur mit einem anderen Schwerpunkt.«

Dad seufzt erneut. »Gib mir ein paar Tage, um damit abzuschließen, ja? Ich verstehe deine Entscheidung, Brook, wirklich. Und dein Plan klingt vernünftig, auch wenn ich dich gern als meine Nachfolgerin gesehen hätte.«

Jetzt tätschle ich seinen Arm. »Bis zum nächsten Semester kann ich dir in der Praxis helfen, danach möchte ich mich auf das Studium konzentrieren.«

Er lächelt schwach, trotzdem nickt er.

»Und du willst weiter in London studieren?« Verwundert sehe ich zu meiner Mum. Sie hat die Lippen geschürzt und da liegt etwas in ihrem Blick, das ich nicht einordnen kann.

»Ja, natürlich. Warum?«

»Nur so.« Schnell hebt sie die Tasse und versteckt ein Lächeln dahinter.

Stirnrunzelnd stehe ich auf. »Ich wollte heute in die Stadt und schauen, ob ich eine neue WG für kommendes Semester finde. Vielleicht hängt an der Uni was aus.«

»Mach das. Bis dahin kannst du natürlich hier wohnen.«

Mums Vorschlag ist lieb gemeint, allerdings graut es mir bei der Vorstellung, zurück in mein Kinderzimmer zu ziehen.

Schnell verabschiede ich mich und verschwinde in mein Zimmer. Der Himmel ist immer noch grau, Regentropfen prasseln gegen die Fensterscheibe. Über die Straße kann ich genau bis zum gegenüberliegenden Haus schauen, das sich eng an das nächste schmiegt.

Ein dumpfes Gefühl steigt in mir auf. Ich vermisse Auckland. Nicht nur die Menschen, sondern auch die Leichtigkeit, die Sonne, die Wärme, die Weite.

»Nein«, sage ich leise und balle die Hand zur Faust. Ich werde nicht anfangen, etwas hinterher zu trauern, das vorbei ist. Das von Anfang an keine Zukunft hatte.

31. RYKER

Hayes brüllt über den Platz. Scott flucht, rennt los, aber der Spieler der Otago Knights hat den Ball bereits gefangen und ist auf dem Weg in unsere 22-Meter-Linie. Fuck, wenn das so weitergeht, machen die Knights gleich ihren nächsten Try.

Es ist das letzte Spiel der diesjährigen University Rugby Championship und ich stehe immer noch am Rand. Meinem Knie geht es besser, mittlerweile kann ich wieder sicher laufen. Nur spielen werde ich diese Saison nicht mehr. Stattdessen helfe ich Hayes, unterstütze ihn beim Training und sorge für reibungslose Abläufe.

Die letzten beiden Spiele gegen Lincoln und Canterbury liefen durchwachsen. Die Stimmung im Team ist angespannt, obwohl Scott alles gibt, um die Rebels durch diese Meisterschaft zu bringen. Aber irgendwie ist der Wurm drin.

Die Pässe sind ungenau, wir verlieren so viele Mauls und Line-outs wie schon lange nicht mehr. Das hier ist die letzte Chance, uns einen Platz fürs Halbfinale zu sichern. Und bisher sieht es ziemlich beschissen aus.

Aus dem Augenwinkel beobachte ich, wie der Knight von einem unserer Spieler getackelt wird. Der Ball geht ins Aus, immerhin keine weiteren Punkte für die Gegner.

Regentropfen prasseln auf uns herab, als sich die Jungs für

das Line-out aufstellen. Ich beobachte das Feld, die gegnerischen Otago Knights in ihren grünen Trikots. Die verdammte Entschlossenheit in ihren Augen, die uns fehlt. Die mir fehlt.

Hayes zu helfen und am Rand zu stehen, ist nicht dasselbe wie zu spielen. Es hilft ein klein wenig, aber es reicht nicht, um dieser verdammten Leere in meiner Brust etwas entgegenzusetzen. Denn seit fünf Wochen habe ich das Gefühl, dass es mich zerreißt. Dass mein Herz nur schlägt, weil ich es ihm befehle. Weil mein Körper den Regeln folgt, nur meine Gefühle ... tun das nicht.

Verflucht. Ich balle die Hand zur Faust. Mein Privatkram hat hier nichts verloren. Das Spiel ist wichtig. So viel wichtiger als alles andere.

Die Rebels. Rugby. Viel mehr bleibt mir nicht und selbst das ist schwierig geworden in den letzten Wochen.

Tamas Blick streift mich, als er zusammen mit Kane nach vorn läuft und sich bereit macht. Er lächelt nicht, wirkt angespannt. Die Härte in seinen braunen Augen ist neu, der Vorwurf verschwindet nie ganz.

Fünf Wochen.

Fünf. Beschissene. Wochen.

Kane und Tama werden alles geben, trotzdem nagt in mir der Zweifel, dass das heute reicht. Kane ragt über die meisten Spieler hinaus, er hat die Arme halb erhoben, bereit den Ball aus der Luft zu pflücken. Scott ruft etwas, gibt Anweisungen. Die Spannung ist fast greifbar.

Ich presse die Kiefer zusammen, schmecke einen schalen Geschmack auf der Zunge, fühle die Schuld und die Leere. Und es kotzt mich an.

Vor fünf Wochen ist Brook gegangen. Ein Tag, nachdem wir in meinem Zimmer gesprochen haben. Ein Tag, nachdem ich ihr gesagt habe, dass ich sie liebe, aber dass ich keine Beziehung zu ihr will.

Ich habe mir eingeredet, dass es genau das ist, was ich will.

Dass es besser so ist, für sie, für mich. Dass ich ihr nur weiter wehgetan hätte, dass sie ohne mich besser dran ist.

Allerdings habe ich unterschätzt, was Brooks Fehlen mit uns allen machen würde. Tamas Witze blieben aus, die Stimmung in der WG ist gedrückt. Mehr als einmal haben wir vergessen zu kochen, und irgendwann habe ich sogar das Chaos vermisst, das Brook veranstaltet hat.

Die Stimmung zwischen Scott und mir war in den ersten Tagen schwierig. Die Lüge hat ihm zugesetzt, vielmehr jedoch, dass ich Brook von mir gestoßen habe. Bis ich auf ihn zugegangen und ihm offen von meinen Ängsten erzählt habe. Mein Kumpel hat es verstanden, natürlich, Scott versteht irgendwie alles. Auch dass ich Angst habe und mir die Schuld an dem ganzen Desaster gebe.

Scott hat mir nicht widersprochen, stattdessen gab er mir einen Rat: »Du musst aufhören, im Schatten deines Dads zu leben.«

Ich weiß, dass er damit recht hat. Ich weiß nur nicht, wie mir das gelingen soll.

Daisy ist seitdem nicht ersetzt worden. Scott hat das Thema nicht angesprochen und es scheint eine stumme Übereinkunft im Team zu geben, dass die Position leer bleibt. Doch es fehlt etwas. Jemand. Nicht nur das Maskottchen, es ist, als würde dem Team ein besonderer Funken fehlen.

Der Schiedsrichter pfeift. Der Hooker der Knights wirft den Ball ein. Kane wird in die Höhe katapultiert, seine Finger strecken sich dem Ball entgegen. Für einen Moment sieht es so aus, als hätte er ihn – doch die Knights springen geschickt und fangen den Ball ab. Ein Fluchen entweicht mir.

Die Knights formieren sich blitzschnell zu einem Maul, Sam und Ethan stürzen sich ins Gedränge. Ich sehe zu meiner Position an der rechten Seite, die jetzt ein anderer Rebel füllt. Der Druck auf meiner Brust nimmt zu, mir bleibt die Luft weg. Am liebsten würde ich zu ihnen rennen. Ihnen helfen, die verdammten Knights nach hinten zu drücken.

Aber das kann ich nicht, da ich nach wie vor an den Rand verbannt bin.

»Push! Push!«, höre ich Scotts Stimme, doch die Knights gewinnen Meter um Meter. Der Ball bleibt fest in ihren Händen.

Ich vermisse Brook.

Es hat eine Weile gedauert, bis ich dieses Gefühl zuordnen konnte. Es ist neu, dass ich jemanden so sehr vermisse, dass es wehtut. Bisher hat die Logik meine Gefühle in die Schranken gewiesen. Aber diesmal ist es anders.

Ich liebe sie. So simpel wie wahr. Das wusste ich vorher schon, ich hätte nur nicht damit gerechnet, was das mit mir macht. Dass es mich aushebelt, nicht mehr klar denken lässt. Dass ich immer noch in ihrem Zimmer schlafe, obwohl ich längst wieder Treppen laufen kann.

Weder Tama noch Scott haben das kommentiert, lediglich Hunter hat mir am Telefon die Meinung gesagt. Ich sei ein Feigling, ich solle mir das Mädchen holen. Aber Hunter ist anders als ich. Freier im Handeln, freier im Kopf.

Brook und meine Gefühle sind gegen jede Regel. Das wusste ich von Anfang an und trotzdem habe ich sie zugelassen. Mit dem Ergebnis, dass sie verletzt wurde, meinetwegen. In schwachen Momenten flüstert mir mein Herz zu, dass es nicht stimmt. Dass Scott zwar wütend war, er seiner Schwester aber nie etwas getan hätte. Und dass es nicht meine Schuld ist.

Doch ich schiebe diese Gedanken fort, sonst müsste ich mir eingestehen, dass es ein Fehler war, sie gehenzulassen. Dass ich damit nicht zu ihrem Wohl gehandelt habe, sondern erneut die Angst Oberhand hatte.

Der Hass auf meinen Vater kommt wieder in mir auf, die Wut, mittlerweile fühlt sie sich kalt an. Sie ist anders geworden, als wäre sie ein Teil von mir, den ich absplitten kann. Der mich nicht mehr ganz ausfüllt, weil ich mittlerweile über ihr stehe.

Mein Blick geht zur Stadionanzeige. Die Minuten laufen uns davon. Und wir liegen immer noch zurück. Wir werden dieses

Spiel verlieren. Verzweiflung brennt in meiner Brust, aber ich verdränge sie. Noch können wir das Blatt wenden.

Endlich lösen sich die Knights aus dem Maul, der Ball wird nach außen gespielt. Ihre Hintermannschaft sprintet los, doch unsere Verteidigung steht bereit. Rogers, unser Fly-Half, wirft sich in den ersten Tackle, Luca und Nate folgen ihm. Der Ball wird weitergespielt, hinüber zu den Flügeln. Harris versucht, die Gegenspieler zu stoppen, doch die Knights schaffen es, den Ball in die Tiefe zu spielen.

»Lauft«, brülle ich, weil ich mich nicht mehr halten kann. Ben sprintet los. Er versucht, die Lücke zu schließen, aber es ist zu spät. Die Knights haben ihre Geschwindigkeit ausgenutzt und der Wingman wirft sich mit einem gewaltigen Satz über die Try-Line. Der Schiedsrichter pfeift den Try. Die Knights brüllen los.

Fuck!

Das letzte Spiel der Saison. Und wir werden verlieren.

Ich fahre mir mit den Händen durch die nassen Haare. Fühle das Brennen in der Brust, die verdammte Leere, die mich nach unten zieht. Die Blicke der Zuschauer, der Jungs, und wieder die verdammte Gewissheit, dass es ein Fehler war, Brook wegzustoßen.

***

Die Stimmung in der Kabine ist beschissen. Tama flucht unablässig, während Nate und Lawrence einen lautstarken Streit über das Maul führen. Aber egal, wer wem die Schuld gibt, es ändert nichts: Die URC ist diese Saison für uns vorbei.

»So eine verfickte Scheiße.« Scott lässt sich polternd neben mich sinken. Er hat sein Trikot noch an, Schlamm und Regen kleben in seinem Gesicht. »So schlecht waren wir seit Monaten nicht mehr.«

»Die Knights waren gut.«

»Waren sie nicht«, wirft Tama ein. »Wir haben beschissen gespielt. Kane hätte diesen verfickten Ball fangen müssen.«

»Und du deinen Arsch hochbekommen.« Ein Schuh fliegt durch die Kabine und trifft Tama am Kopf. Der hebt die Hand und zeigt Kane den Mittelfinger.

»Fick dich!«, ruft er in seine Richtung.

»Wir waren zu langsam. Und es hätten mehr Spieler im Maul dabei sein müssen.« Lawrence feuert sein schmutziges Trikot auf die Bank.

Ich lehne mich zurück. Mein Körper ist immer noch angespannt und ich habe das dringende Bedürfnis, irgendwo meinen Frust abzulassen. Den anderen geht es ebenso.

»Pass doch auf, Mann«, zischt Luca und boxt Ben gegen die Schulter. Der knurrt und schlägt ohne Vorwarnung zurück. Sofort kommt es zum Tumult, bis Scott einmal quer durch die Kabine brüllt.

»Es reicht! Ja, das Spiel war scheiße und ja, wir sind raus. Kriegt das in euren Kopf. Aber wir haben alle mies gespielt, also tragen wir das auch alle zusammen.«

Sofort sind alle ruhig. Ich strecke die Beine aus, meine Schuhe scharren über den Boden. Tamas Blick trifft meinen. Augenblicklich ist das Brennen in meiner Brust wieder da, das Gefühl, dass etwas fehlt. Das Gefühl, einen Fehler gemacht zu haben und jeden verdammten Tag dafür zu büßen.

»Brook hätte nicht gehen dürfen«, sagt Tama laut.

Scott flucht, doch die anderen Rebels stimmen ihm leise zu.

»Sie war unser Glücksbringer, da könnt ihr sagen, was ihr wollt.« Tama zuckt mit den Schultern. »Sie ist ein Rebel, sie gehört zu uns.«

»Hunter ist auch weg und wir haben trotzdem gewonnen«, werfe ich ein und ernte dafür etliche Todesblicke. Jeder von ihnen weiß, was passiert ist. Tama und Scott haben nichts erzählt, trotzdem wussten mit einem Mal alle Bescheid.

»Das ist etwas anderes.« Lawrence stiert mich an, verkneift sich aber jeden weiteren Kommentar.

»Kannst du sie nicht davon überzeugen, dass sie zurückkommt?« Nates Frage gilt zum Glück Scott und nicht mir. Doch unser Cap schüttelt den Kopf.

»Nein. Ihr geht es gut in Richmond.«

Mein Herz verkrampft. Ich habe Scott nicht nach seiner Schwester gefragt, auch wenn mir die Worte mehr als einmal auf der Zunge gebrannt haben. Mindestens genauso oft wollte ich ihr schreiben. Aber was hätte ich sagen sollen? Es tut mir leid? Und dann?

»Das ist doch alles Scheiße.« Tama knallt seinen Spind zu.

»Die Hauptsache ist, dass es ihr gutgeht«, sagt Nate leise.

»Tut es das wirklich?« Tama fährt herum, starrt Scott an, dann mich.

Ich sehe zu Boden. Atme.

Tamas Frage hängt schwer im Raum. Das ist kein Thema, was ich vor allen diskutieren will. Wirklich nicht.

»Hol sie uns zurück, Mann.«

Ich hebe den Blick. Tama fixiert mich.

Automatisch schüttle ich den Kopf, nein, das werde ich nicht tun. Doch mein Herz poltert und fleht, seinen Worten zu folgen.

Scott hebt die Hände, fährt sich durch die schmutzigen Haare und atmet tief durch. Er scheint mit sich zu ringen, schließlich flucht er.

»Ich habe dir das nie gesagt, weil ich es immer noch hasse, dass du ihr so wehgetan hast. Aber Brook liebt dich. Das weißt du und das weiß ich.« Scott hat die Augenbrauen zusammengezogen und er spuckt mir die Worte förmlich entgegen. »Du hast Angst, Ryker. Dass du jemanden verletzt, weil du liebst. Und das hast du, indem du ihr gesagt hast, dass du sie nicht willst.«

Ich schlucke. Panik flattert durch meine Brust. In der Kabine ist es still und ich fühle alle Blicke auf mir ruhen.

»Liebst du sie?«

Meine Finger krallen sich um die Holzbank, mein Herz stößt

hart und fest gegen meine Brust. Ich atme durch. Hebe den Kopf. Er hat die Wahrheit verdient. Sie alle. Ich. »Ja.«

»Und warum zur Hölle hast du sie dann gehen lassen?« Tama baut sich neben Scott auf, neigt den Kopf.

Noch ein Luftholen. Ich bin so angespannt, dass meine Muskeln brennen. Trotzdem löst sich etwas in meinem Kopf. Vielleicht weil ich es die ganze Zeit wusste, weil ich es die ganze Zeit wollte und nur der letzte Funke gefehlt hat. Dass Scott, Tama, das Team, die Menschen, die für mich wie Brüder sind, hinter mir stehen.

»Brook geht es nicht gut. Sie vermisst dich und Auckland und uns alle, aber sie ist zu stolz das zuzugeben«, fährt Scott fort. »Auf mich wird sie jedoch nicht hören, das hat sie noch nie, und meinetwegen wird sie auch nicht zurückkommen. Also klär das endlich mit ihr, Ryker.«

32. BROOK

»Ja, Mrs Wills, das verstehe ich, aber Doktor Hausmann wird sich in der Abwesenheit meines Dads wunderbar um sie kümmern.«

Während ich Mrs Wills die Nummer von Dads Stellvertretung während seines Urlaubs durchgebe, höre ich mit halbem Ohr dem Geschnatter der Patienten im Wartezimmer zu. Heute ist ein ruhiger Tag.

»Sehr gerne, Mrs Wills. Dann sehen wir uns morgen.« Ich lege auf und wende mich einer jungen Frau zu, die am Tresen auf mich wartet.

Seit gut einem Monat arbeite ich wieder in Dads Praxis. Ich kümmere mich um die Termine der Patienten, bereite Überweisungen und Rezepte vor und gehe ihm zur Hand. Es sind die gleichen Arbeiten wie zuvor, allerdings fühlt es sich anders an. Der Druck ist weg. Und seit dem klärenden Gespräch mit meinen Eltern geht es mir sehr viel besser.

Die junge Frau lächelt, als ich ihr versichere, dass mein Dad gleich für sie da sein wird. Wir unterhalten uns kurz über ihren Sohn, der dieses Jahr in die Schule kommen wird und als sie ins Wartezimmer geht, schmunzle ich.

Mein Handy vibriert. Schnell werfe ich einen Blick darauf. Eine Nachricht von Scott. Verwundert öffne ich sie, bei meinem Bruder ist es schließlich mitten in der Nacht.

Scott hat mir ein Foto geschickt. Die Jungs sind im Danny's, er hat den Arm um Tama gelegt. Beide grinsen in die Kamera. Ein Stich schießt mir durchs Herz.

Schnell blinzle ich und reibe mir über die Brust. Trotzdem verschwindet das Ziehen nicht. Ich hebe das Handy, mache ein Selfie und schicke es zurück. *Vermisse euch*, schreibe ich dazu.

Wieder in Richmond zu sein, war hart. Der Ort hat sich mit einem Mal so klein angefühlt, so grau. So ... englisch. Mir hat die Sonne gefehlt, das Meer. Und die Jungs. Mein Bruder, die Sicherheit, die er mir trotz allem gibt. Bex natürlich, obwohl wir seitdem einmal die Woche telefonieren. Tamas Witze und seine Art, Dinge nicht zu wichtig zu nehmen.

Und Ryker.

Mein Herz verkrampft und ich verbiete mir weiterzudenken.

Schnell lege ich das Handy weg und öffne das Programm für die Termine. Mache mir Notizen, welche Patienten ich noch darüber informieren muss, dass mein Dad die Praxis für sechs Wochen schließt.

Meine Eltern werden wie geplant in zwei Wochen nach Neuseeland aufbrechen. Nur weil ich zurück bin, wollten sie die Reise nicht verschieben und ich habe sie darin bestärkt, es nicht zu tun. Sie haben sich so darauf gefreut, das Land kennenzulernen und auch Scott wiederzusehen. Ich allerdings werde in England bleiben.

»Hey.«

Ich reiße den Kopf nach oben.

Starre in dunkelbraune Augen, in denen goldene Funken tanzen. Die Pupillen sind merkwürdig erweitert, unter den Lidern liegen dunkle Schatten.

»Das ist ... du ... hey«, krächze ich und starre Ryker an wie eine Erscheinung.

Er kann unmöglich hier sein. In Richmond. In der Praxis meines Dads. An einem Dienstagvormittag.

»Hey, Brook«, wiederholt er und hebt seinen rechten Mundwinkel zu einem Grinsen. Seine Hände krallen sich in die Theke, ein Beben läuft durch seinen Körper.

»Was. Tust. Du. Hier?«, frage ich erschüttert.

Dad kommt hinter ihm aus einem Behandlungszimmer und wirft mir einen fragenden Blick zu.

»Brook?« Dad tritt neben Ryker an den Tresen. Sein Blick gleitet zu ihm, er runzelt die Stirn. Erst jetzt fällt mir auf, dass Ryker ein Poloshirt trägt und seine Haare nass sind. Ja, es ist Juni und für englische Verhältnisse ungewöhnlich warm. Trotzdem – draußen schüttet es.

»Der nächste Patient, Brook«, sagt Dad, während sich kleine Falten zwischen seinen Augenbrauen bilden und er weiterhin Ryker mustert. »Bist du nicht ein Freund von Scott?«

Träge dreht Ryker den Kopf. »Ja, ich bin Ryker. Schön Sie kennenzulernen, Mr Philipps.«

O Gott, irgendetwas stimmt nicht. Ryker zieht die Worte zu weit auseinander, er verschluckt die Hälfte.

Mein Dad kneift die Augen zusammen. »Geht es dir gut, Ryker?«

»Sorry, Flugangst, ich hab Vomex genommen. Vermutlich ein bisschen viel.«

»Mr Trevor ist dein nächster Patient«, schiebe ich schnell dazwischen, doch Dad reagiert nicht. Stattdessen legt er seine Hände an Rykers Schultern und dirigiert ihn in ein leeres Behandlungszimmer. Was unter anderen Umständen witzig ausgesehen hätte, da Dad gut einen Kopf kleiner und sehr viel schmaler ist als der Rugby-Spieler.

»Schaust du bitte nach ihm?«, ruft er mir zu und eilt ins Wartezimmer, um Mr Trevor abzuholen.

»Was?«

Doch Dad ist schon verschwunden. Mein Blick wandert zum Behandlungszimmer, durch dessen offene Tür ich Ryker auf der Trage sitzen sehe.

Scheiße.

Ein letzter hoffender Blick zum Eingang, doch natürlich

kommt kein Patient hereingeschneit. Immer wenn man einen brauchen könnte, taucht niemand auf.

Angespannt stehe ich auf und laufe um den Tresen herum. Der Weg zu Ryker ist viel zu kurz. Zu kurz, um die Gedanken in meinem Kopf zu sortieren, zu kurz, um meine Gefühle in den Griff zu bekommen.

An der Tür bleibe ich stehen und presse die Arme um meinen Körper. Ich bin gegangen, weil er keine Zukunft gesehen hat. Weil ich keine Zukunft gesehen habe.

Doch jetzt ist er hier.

»Hey«, sage ich und trete direkt vor ihn.

Ryker hebt den Kopf. Sehnsucht steht in seinen Augen, ein Nachhall der Panik. »Hey.« Seine Stimme kippt.

»Du solltest dich besser hinlegen und schlafen.«

»Später.« Die Sehnsucht in seinen Augen wird größer, Verlangen bricht durch. Er hebt den Arm und streicht mir mit den Fingerspitzen über die Wange. »Ich hätte nicht erwartet, dass es so wehtut, dich zu sehen.«

»Du bist high«, stelle ich nüchtern fest.

»Zum Glück.« Wieder grinst er und zieht seine Hand zurück.

»Warum bist du hier?« Demonstrativ verschränke ich die Arme vor der Brust und trete einen Schritt zurück.

Er presst die Hände vors Gesicht. »Shit, ich kann so nicht mit dir reden. Ich bin völlig zu ... es war eine dumme Idee, direkt herzukommen.«

»Warum hast du's dann getan?« Die Luft im Zimmer scheint dicker zu werden. Zumindest bekomme ich schwerer Luft.

Langsam hebt Ryker den Kopf. »Weil ich dich sehen musste.«

Nicht nachgeben, Brook. Du hast einen Plan, du weißt, was du willst. Endlich. Und er hat dicht gemacht, dich von sich gestoßen. Nur weil er auftaucht und dich so flehend ansieht, dass dein dummes Herz sofort aussetzt, wirst du nicht nachgeben.

»Schön, du hast mich gesehen. Und jetzt?« Ich bin verdammt stolz auf mich.

»Ich habe einen Fehler gemacht«, murmelt er. »So viele ...« Die Augen fallen ihm zu.

So ein Mist. Meine Selbstbeherrschung bröckelt und fällt komplett in sich zusammen, als Ryker zur Seite kippt.

»Scheiße!«, keuche ich und versuche, ihn zu stützen. Der Kerl ist verflucht schwer.

»Ich habe dich vermisst«, nuschelt er. Seine Lider flattern. Mit aller Kraft drehe ich ihn auf die Seite. »Ich schlafe immer noch in deinem Bett. Also in Hunters. Und ich habe Lasagne gemacht und sie extra anbrennen lassen.« Er grinst bei dem Gedanken daran.

Ich halte inne. Meine Finger um seinen Oberkörper gekrallt. »Und wie hat sie geschmeckt?«

»Furchtbar.«

Lachend stoße ich die Luft aus. Das ist nicht sein Ernst. »Schlaf, Ryker. Wir reden nachher.«

Widerwillig löse ich meine Hände, Ryker schnappt sich meinen Arm. »Ich war ein Idiot.«

Die Worte kommen erstaunlich klar aus ihm heraus. Und ich widerspreche nicht.

Stattdessen löse ich seine Finger, versichere mich, dass er richtig liegt, und gehe aus dem Zimmer. Die Tür lasse ich offen, damit ich ihn im Blick behalten kann.

Kaum bin ich zurück am Tresen, kralle ich mir mein Handy. Nach dem dritten Tuten nimmt mein Bruder ab.

»Wusstest du es?«, fahre ich Scott an, bevor er ein Wort sagen kann.

»Natürlich.« Die Hintergrundgeräusche lassen darauf schließen, dass sie immer noch im Danny's sitzen.

Ich fahre mir durch die Haare, die ich heute zu einem straffen Pferdeschwanz gebunden habe. Jetzt nicht mehr. »Verdammt, Scott. Du hättest mich vorwarnen können.«

»Nein. Ich halte mich da raus. Das klärt ihr schön untereinander.« Irgendjemand sagt etwas zu ihm. »Tama fragt, wie dir das Shirt gefällt?«

»Welches Shirt?« Irritiert sehe ich zu Ryker, der friedlich vor sich hinschlummert.

»Er hat es dir nicht gegeben?!« Scott klingt irritiert.

»Er ist voll mit Beruhigungsmitteln.«

Tama lacht, offenbar hat Scott mich auf laut geschaltet. »Schau im Rucksack nach. Das blaue Trikot.«

Mein Blick fällt auf einen schwarzen Rucksack, der vor dem Tresen steht und den ich bisher übersehen habe. Schnell bücke ich mich, öffne ihn vorsichtig und werfe einen Blick hinein. Ordentlich aufgerollte Shirts liegen neben einem Waschbeutel. Das blaue zupfe ich heraus. Es ist ein Trikot der Rebels. Mit Unterschriften, ihren Unterschriften darauf. Tränen schießen mir in die Augen.

»Brook?« Scotts Stimme klingt dumpf an meinem Ohr, weil ich das Telefon zwischen Schulter und Hals eingeklemmt habe. »Hast du es gefunden?«

»Ja«, antworte ich erstickt. Ich drehe es herum, weil ich neugierig bin, welche Nummer sie mir gegeben haben. Aber da ist keine. Stattdessen ist ein Delfin aufgedruckt mit meinem Namen darüber.

»Brook?« Wieder Scott. »Er ist zu dir gekommen, weil er dich wiederhaben will. Weil er dich braucht. Weil wir dich brauchen.«

»Ihr seid doch alle verrückt«, flüstere ich und starre weiter das Shirt an.

Am Rande bekomme ich mit, wie Dad aus einem Behandlungszimmer kommt und zu mir tritt. Wie Patienten aus dem Wartezimmer kommen, irgendjemand etwas fragt.

Aber ich starre nur das Trikot an. Den Delfin, meinen Namen. Das Logo der Auckland Rebels.

Und in mir drin passiert etwas. Eine Gewissheit, die mich einfach überrollt. Die unumstößlich ist, die jeden anderen Gedanken außer Kraft setzt. Das Gefühl ist so umfassend, dass ich nicht mehr mitkriege, was um mich herum passiert.

Bis mir mein Bruder ins Ohr brüllt: »Kommst du zurück?«

33. BROOK

Ryker verschläft den restlichen Arbeitstag. Ich schaue regelmäßig nach ihm, aber er liegt so friedlich schlummernd auf der Liege, dass ich mich nicht traue, ihn zu wecken. Erst als sich der letzte Patient verabschiedet hat, spricht Dad mich wegen unseres Überraschungsbesuchs an.

»Er ist deinetwegen nach Richmond gekommen, habe ich recht?« Dad hat die buschigen Augenbrauen zusammengezogen und mustert mich nachdenklich.

Ich nicke und halte verzweifelt das Lächeln zurück, das sich seit dem Moment, als ich das Rebels-Shirt ausgepackt habe, auf meine Lippen drängen will. Denn das Shirt allein reicht nicht, um meine Pläne umzustoßen. Die Rebels reichen nicht, so sehr ich die Jungs vermisse.

Denn Ryker ist dort – Ryker ist hier –, und die Probleme zwischen uns tun immer noch zu sehr weh, als dass ich alles über den Haufen werfen und nach Auckland zurückkehren würde. Ich würde es nicht aushalten, Ryker jeden Tag zu sehen. In seiner Nähe zu leben und zu wissen, dass mein Herz ihn will, aber mein Kopf etwas anderes sagt. Dafür ist die Angst, dass er mich wieder verletzt, zu groß.

»Ryker ist der Junge, der dir das Herz gebrochen hat, oder?« Dads Blick wandert zum Behandlungszimmer.

»Ja, das ist er«, sage ich seufzend. Meine Eltern wissen Bescheid, keine Geheimnisse mehr. »Allerdings bin ich nicht seinetwegen zurückgekommen.« Aus einem Impuls heraus lege ich Dad die Hand auf den Arm. »Ich habe begriffen, dass ich meine Probleme nicht damit löse, ans andere Ende der Welt zu ziehen.«

»Hm.« Dad reibt sich über das Kinn. »Jetzt ist allerdings er ans andere Ende der Welt geflogen, um mit dir zu sprechen. Und das solltet ihr.« Dad beugt sich zu mir und küsst meine Stirn. »Ich hab dich lieb, Schatz. Aber *ich* werde ihn nicht wecken und ihm sagen, dass er in Scotts Zimmer schlafen kann, wenn er mag. Oder in deinem.«

Überrascht öffne ich den Mund, um zu protestieren, doch Dad zwinkert mir nur zu und verschwindet in sein Büro. Zittrig atme ich einmal durch. Und vertreibe vehement die Vorstellung von Ryker in meinem Zimmer. In meinem Bett.

Entschlossen gehe ich auf das Behandlungszimmer zu und öffne die Tür. Ryker liegt nach wie vor auf der Liege, allerdings hat er sich auf den Rücken gedreht und starrt mit offenen Augen an die Decke. Durch das offene Fenster fällt das warme Licht der Nachmittagssonne herein.

Leise schließe ich die Tür hinter mir und bleibe mitten im Raum stehen. Meine Finger verhaken sich, dann schiebe ich die Arme vor der Brust zusammen.

»Ich hatte Angst«, sagt Ryker, ohne den Kopf zu drehen. »Auf der Veranda, auf Waiheke Island. Als Scott dich angebrüllt hat, habe ich gleichzeitig meinen Dad gehört, Mums Weinen. Ich war wieder acht Jahre alt und habe mir die Ohren zugehalten.«

Seine Stimme klingt rau vom Schlaf und er zieht die Worte immer noch ein wenig in die Länge. Trotzdem ist er viel klarer als vorhin.

»Ich habe mich so schuldig gefühlt, Brook.« Endlich dreht er den Kopf. Seine Augen sind so dunkel, so tief und Tränen glitzern darin.

Ein feines Zittern läuft durch meinen Brustkorb und ich presse die Lippen zusammen.

»Ich will mir mein Leben nicht mehr von ihm kaputt machen lassen«, flüstert er. »Ich habe mich für eine Therapie angemeldet. Alleine schaffe ich das nicht, so viel habe ich begriffen. Ich dachte, ich käme mit allem klar. Aber die Situation auf der Veranda hat mir gezeigt, wie naiv ich war.«

»Das ist gut«, stoße ich hervor und schlucke gegen den Kloß in meinem Hals, der mir jedes Wort schwer macht.

»Ich liebe dich, Brook.« Ryker setzt sich auf. Seine Haare sind an der Seite plattgedrückt und unter seinen Augen liegen Schatten. »Und ich würde es verstehen, wenn du mir nicht verzeihst. Ich war ein Idiot, dass ich keine Beziehung mit dir wollte. Allerdings würde ich mir nie verzeihen, wenn ich dich nicht wenigstens einmal darum bitte, uns noch eine Chance zu geben.«

Da ich immer noch nichts sage und keinen Zentimeter auf ihn zugehe, fährt er sich durch die Haare. Eine Spur Verzweiflung fliegt über sein Gesicht. Die Sehnsucht in seinem Blick ist so heftig, dass ich erneut schlucken muss. Ryker meint, was er sagt. Jedes Wort. Er bereut und er hat verstanden und er liebt mich. Das bezweifle ich nicht, aber das war auch nie das Problem.

»Woher weiß ich, dass du nicht wieder dichtmachst?« Meine Fingernägel graben sich in meine Ellenbogen, weil ich so stark zittere. Weil das Herz in meiner Brust poltert und mich zu ihm drängt. Und weil mein Kopf mir sagt, dass ich vorsichtig sein muss.

Ryker lässt die Hände sinken, seine Stimme klingt belegt. »Ich verspreche, ich werde mit dir reden. Immer. Ich werde dir erzählen, was mich beschäftigt und ich werde dir zuhören und für dich da sein, wenn du mich brauchst.«

Mein Atem geht flach. Mir ist heiß und über meine Haut fährt ein Kribbeln. Ich spüre meinen Herzschlag so heftig, es drängt mich vorwärts. Zu ihm. Weil es ihn will, weil ich ihn will.

»Hat Scott mit dir gesprochen? Bist du deshalb hier?«

Ich suche nach Gründen, das ist mir bewusst.

»Die Jungs haben mit mir gesprochen, ja. Und sie haben mir deutlich gesagt, dass ich meinen Hintern nach England bewegen soll, um dich zurückzuholen. Aber das ist nicht der Grund, warum ich hergeflogen bin, Brook.«

»Ich werde im Herbst wieder anfangen zu studieren«, setze ich an und mache einen Schritt in seine Richtung. Ryker bemerkt es, sein rechter Mundwinkel zuckt vorsichtig.

»Medizin?«

»Sportmedizin.« Noch ein Schritt. »Am University College in London.«

Er schluckt sichtbar, reibt sich über die Stirn. »Das ist mit Sicherheit ... eine gute Entscheidung. Und ich will deinen Plänen nicht im Weg stehen.« Sein Lächeln ist echt, wenn auch ein wenig traurig.

Schnell mache ich noch zwei Schritte, bis ich direkt vor ihm stehe. Bis seine Knie gegen meine Oberschenkel drücken und ich nicht anders kann, als nach seinen Händen zu greifen. Meine Finger kribbeln, als ich seine Schwielen unter meinen Fingerkuppen spüre. Seine Wärme, die in meine Haut dringt.

»Ich habe Angst«, sage ich ehrlich.

Er hält mich fest, ohne mich näher an sich heranzuziehen.

»Ich habe Angst, dass du mir wieder wehtust. Dass du es nicht schaffst, mit deinen Gefühlen klarzukommen und mich noch einmal von dir stößt.«

Ryker neigt den Kopf. Sein Daumen streicht über meinen Handrücken.

»Aber ich habe entschieden, nicht mehr wegzurennen«, flüstere ich und beuge mich ein wenig vor. Seine Haare riechen nach Regen und seinem Shampoo und als er den Kopf hebt, presse ich meine Stirn gegen seine und schließe die Augen. Ich fühle seinen Blick auf mir ruhen, spüre seinen Atem auf meiner Haut.

»Ich liebe dich und ich will dich nicht noch einmal verlieren.«

Ein Beben fährt durch ihn hindurch und seine Finger schließen sich fester um meine.

»Sieh mich an, Brook.«

Langsam öffne ich die Augen. Feuerfunken und ein Verlangen, das mich umhaut.

»Ich werde um dich kämpfen. Um uns, dass ist das, was ich dir heute versprechen kann.«

Vielleicht ist es diese Ehrlichkeit, die mich den letzten Schritt tun lässt. Ryker verspricht mir nicht, dass alles gut wird und eine Beziehung zwischen uns funktioniert. Aber ich glaube ihm, dass er alles dafür tun wird.

Daher überwinde ich die letzten Zentimeter und lege meine Lippen auf seine. Hauchzart, obwohl ich spüre, dass mein Körper mehr will. Aber wenn das hier funktionieren soll, müssen wir es langsam angehen. Schritt für Schritt. Gemeinsam.

Ryker seufzt gegen meine Lippen. Er küsst mich zurückhaltend und vorsichtig, als wolle auch er den Moment nicht zerstören. Mein Gesicht prickelt und in meiner Brust breitet sich Wärme aus. Ich gehe noch einen Schritt auf ihn zu, schiebe mich zwischen seine Beine, um ihn zu spüren. Überall, weil die Sehnsucht nach ihm mit einem Mal zu groß ist.

Und als er seine Hände von meinen löst und mich endlich an sich zieht, weiß ich, dass es richtig ist.

Ich liebe Ryker. Und er liebt mich. Es wird nicht einfach werden und wir werden beide an dieser Beziehung arbeiten müssen.

Aber genau das will ich.

Uns.

34. RYKER

Die Sonne strahlt von einem wolkenlosen Himmel und beschert uns einen überraschend warmen Sommertag. Vögel zwitschern in den Bäumen, als Brook und ich langsam den Kiesweg des Brompton Cemetery entlanglaufen.

Ihre Hand in meiner, die ich zu fest halte, weil ich weiterhin Angst habe, dass Brook wieder verschwindet.

Glück füllt mich aus, Liebe, und gleichzeitig lauert da die Sorge, dass ich all das nicht verdient habe.

Als würde Brook meine Gefühle spüren, zuckt ihre Hand.

»Hör auf, dir Gedanken zu machen.« Sie grinst schief, ihre meerblauen Augen glitzern im Sonnenlicht.

Ich stoße die Luft aus. »Das kann ich nicht.«

»Doch.« Sie zieht mich zu sich und gibt mir einen kurzen Kuss auf die Lippen. Der schnell mehr wird, intensiver, da ich nicht genug von ihr bekomme.

Brook schenkt mir Wärme und einen Halt, den ich so dringend brauche. Licht in meiner Dunkelheit, ein Weg, dem ich folgen kann. Und all das will ich ihr zurückgeben.

»Du lenkst ab«, sagt sie lachend und zieht sich zurück. Trotzdem bleibt ihre Hand, wo sie ist, als wir weitergehen.

»Vielleicht.« Mein Blick wandert über die Grabsteine hinweg, einige erkenne ich wieder, obwohl ich nur einmal hier war. Ende Februar, vor vier Monaten.

»Wenn es dir zu viel ist, können wir wieder gehen.«

»Nein.« Ich schüttle den Kopf.

Der Kies knirscht unter unseren Schuhen, während wir den Weg nach rechts einbiegen. Ich erkenne Dads Grab schon von Weitem und sofort baut sich Druck in meiner Brust auf.

Es war Brooks Idee herzukommen. Und obwohl ich den Sinn dahinter verstehe, sträubt sich in mir alles. Aber um mit meiner Vergangenheit abzuschließen, muss ich diesen Schritt tun.

Eine graue Marmorplatte liegt auf dem Grab, ein schmuckloser Stein. Keine Blumen. Offenbar kümmert sich niemand um das Grab, was mich auch nicht wundert. Mum ist nach wie vor in Christchurch und überlegt, nach Neuseeland zurückzukehren. Damit wäre sie näher bei mir, was mich sehr freuen würde.

Direkt vor dem Grab bleiben wir stehen und ich starre auf den Stein. Ich suche nach Dads Stimme in meinem Kopf, nach seinem Lachen, seinem Hohn. Doch es bleibt still. Da ist nichts mehr.

Einmal atme ich tief durch. Die Beklemmung legt sich wie eine zu enge Jacke über mich und es braucht zwei Atemzüge, bis ich sie wieder abgeschüttelt habe. Nicht ganz, aber doch so weit, dass sie mich nicht mehr einengt.

»Er ist nicht mehr da«, sage ich langsam. Natürlich weiß ich, dass Dad tot ist, aber in meinem Kopf ist das noch nicht richtig angekommen.

»Er wird dir nie wieder etwas tun, Ryker. Weder dir noch deiner Mum.«

Zögerlich löse ich meine Finger von Brooks, lege den Arm um sie und ziehe sie zu mir heran. Sie schmiegt sich an meine Seite und es tut so unendlich gut zu wissen, dass ich nicht allein bin.

»Weißt du schon, was du mit dem Erbe machen wirst?«

Noch immer starre ich auf den grauen Marmor.

»Ja. Ich habe lange mit meiner Mum gesprochen, weil ich diese Entscheidung nicht allein treffen wollte. Es fühlt sich falsch an, es für mich zu nehmen, auch wenn ich weiß, dass es mir zusteht. Aber ich will Dads Geld nicht. Wir werden es spenden, einer Organisation für Frauenhäuser.«

Brook nickt an meiner Schulter. Wir schweigen, aber es fühlt sich nicht sperrig an oder unangenehm, eher als würden wir uns beiden genug Raum geben. Irgendwann drehe ich den Kopf und küsse sie auf die Haare. Ihre Locken kitzeln, trotzdem atme ich ihren Duft tief ein.

»Wirst du mit mir kommen?«, frage ich leise. Ich habe mich letzte Nacht nicht getraut, diese eine Frage zu stellen.

Brook hebt den Kopf und sieht mich an. Blonde Strähnen umrahmen ihr Gesicht, Sommersprossen tanzen auf ihren Augen.

»Ich ...«

Ein Handyklingeln unterbricht sie. Ihr Handy.

Hektisch zieht sie es aus der Jeanstasche, verdreht die Augen und drückt den Anruf weg.

»Ich ...«

Es klingelt schon wieder.

»Herrgott.« Fluchend tritt Brook einen Schritt zurück. »Warte kurz.« Sie hebt die Hand, nimmt ab und hält das Handy ans Ohr.

Scotts Stimme dringt bis zu mir, ein lautes Grölen im Hintergrund.

»Was?«, fragt Brook und schüttelt den Kopf.

Scott brüllt ins Telefon, ich höre Tamas Stimme, Nate und Lawrence. Wenn ich raten müsste, würde ich auf eine Party im Danny's tippen.

»Tama tanzt schon wieder einen Haka«, erklärt Brook und lacht. »Ich glaube, du solltest bald zurückfliegen, denen fehlt ein wenig Ordnung.«

Ein Grinsen zupft an meinen Lippen. Scott sagt irgendetwas, doch Brook lässt das Handy sinken. Sie atmet durch.

»Wirst du mitkommen?«, wiederhole ich meine Frage.

Brook lächelt. Warm und zuversichtlich und endlich glücklich.

»Ja. Ja, das werde ich.«

EPILOG – BROOK

Ich reiße die Hände nach oben. Euphorischer Jubel bricht in den Zuschauerrängen aus, niemanden hält es mehr auf dem Platz. Mit einem Jauchzen springe ich in die Luft.

»Yeaaah!«, brülle ich, »wir haben sie geroastet!«

Hunderte Kehlen antworten mir, sodass meine Stimme im begeisterten Gebrüll der Zuschauer untergeht. Ich fahre herum, schaue über den Platz, suche und renne los. Aus dem Augenwinkel sehe ich Scott neben Tama zum Coach laufen, Nate hält mir eine Hand hin, die ich mit meiner Flosse abklatsche.

»Ultrakrass!«, brüllt er. Ich recke die Hände in die Luft, renne weiter zu Ryker, der alleine an der Try-Line steht.

Er hält den Kopf gesenkt. Mir ist klar, dass dieser Sieg für ihn weit mehr bedeutet als einen grandiosen Start in die Frühjahrssaison. Für ihn ist es ein Schritt nach vorn. Der Kampf gegen seine persönlichen Dämonen, den er Stück für Stück gewinnt.

Ryker musste aufräumen. Abschließen und loslassen. Die Schuld, die er jahrelang mit sich herumgetragen hatte, die Vorwürfe, die er sich wegen seiner Mum machte.

Ich habe ihm dabei geholfen. Auf meine ganz eigene Art. Und auch die Therapeutin, zu der er einmal die Woche geht.

»Hey, Eightman, schaff deinen Hintern vom Feld«, rufe ich und er sieht auf.

Ein Grinsen zieht seinen rechten Mundwinkel nach oben, seine weißen Zähne blitzen auf. Er neigt den Kopf. Mehr brauche ich nicht. Ein berauschendes Kribbeln jagt durch meinen Körper und ich renne los. Ryker breitet die Arme aus, doch die Wucht meines Sprungs ist so heftig, dass es ihn umhaut. Gemeinsam krachen wir auf den Rasen und einmal mehr bin ich dankbar, dass der Kerl so gut gebaut ist. *Mein* Kerl.

»Uff!«, stöhnt Ryker auf.

»Hab dich nicht so.« Ich stemme mich hoch und zerre an meiner Kopfbedeckung. Dieses verdammte Kostüm!

Neben uns grölt Tama. »Nehmt euch ein Zimmer!« Doch trotz der Aufforderung höre ich das Lachen in seinen Worten.

Ryker hebt den Arm in seine Richtung, mit dem anderen schafft er es, das Delfinmaul von mir zu ziehen. Nur eine Sekunde später liegen meine Lippen auf seinen. Ich küsse ihn mit einer Heftigkeit, als hätten wir uns monatelang nicht gesehen. Dabei waren es zwölf Stunden von gestern Abend bis heute Nachmittag. Doch da ich nicht mehr in der WG wohne und meine Schichten im Fondue sowie die Unikurse an der Emerald unfassbar viel Zeit fressen, sehen wir uns weniger, als ich mir wünschen würde.

»Ich liebe dich«, murmelt Ryker gegen meine Lippen.

Ich will es noch mal hören. Und noch mal. Weil er es nicht oft genug sagen kann.

»Ich liebe dich«, erwidere ich grinsend und verschlucke seine nächsten Worte mit einem weiteren Kuss.

Ja, ich habe ihm verziehen. Und ja, ich bin zurück in Auckland. Meine Eltern waren nicht begeistert, aber sie haben eingesehen, dass ich meinen Weg gehen muss. Und der liegt hier, bei Ryker und den Rebels.

»Kommt ihr heute Abend mit ins Danny's?« Ryker fährt mit seinen Fingern durch meine Haare. Mit *ihr* meint er mich und

Bex, die auch diese Saison bei jedem Spiel der Rebels dabei ist und mittlerweile die Jungs so gut kennt wie ich.

»Klar! Ich ...« Der Rest des Satzes geht in einem Quietschen unter. Starke Hände packen meine Beine und meinen Oberkörper und ich werde mit Schwung nach hinten gerissen. Ich wehre mich, trete nach den Jungs, doch bevor ich realisiere, was passiert, werde ich in die Luft geschleudert. Panisch schreie ich auf, da fangen mich die Rebels bereits.

»Shit, daran werde ich mich nie gewöhnen«, fluche ich, als ich wieder sicher auf dem Boden stehe.

»Solltest du besser, wenn du unser Maskottchen bleiben willst.« Mein Bruder grinst mich an. So zufrieden, so glücklich, wie man als Captain der Sieger nur sein kann.

Über die Schulter schaue ich zu Ryker. Er steht bei Tama und Hunter, der seit Anfang August zurück in Auckland ist. Ein Kerl mit haselnussbraunen Haaren und ozeanblauen Augen und mehr Tattoos am Körper als jeder andere Rebel.

Als er meinen Blick bemerkt, zwinkert er mir zu und boxt Ryker in die Seite.

Ein warmes Gefühl macht sich in mir breit, das stärker wird, als Scott seinen Arm um meine Schultern legt und gemeinsam mit mir zur Kabine läuft.

»Danke«, sage ich. Mein Zwillingsbruder versteht und drückt mich enger an sich.

Ich weiß, dass ich hier richtig bin. Dass ich angekommen bin, in Auckland, bei den Rebels. In meinem Leben.

DANKSAGUNG

»Wir suchen eine sexy Sport Romance.« Mit der Ausschreibung des Piper Verlages fing alles an und warum auch immer kam mir die Idee einer Rugby-Mannschaft in Neuseeland. Nicht dass ich groß Ahnung von Rugby hätte, die Vorbeifahrt an einem Stadion in England vor zwanzig Jahren war dann auch schon alles. Aber die Begeisterung, die bis auf die Straße geschwappt ist, hat mich beeindruckt und ist nachhaltig hängengeblieben.

Dem Piper Verlag gefiel die Idee und so durfte ich diesen Sommer in die Geschichte von Brook und Ryker eintauchen. Die mich tatsächlich sehr gefordert hat, weniger das Rugby als die Figuren selbst.

Daher gehört mein größter Dank in diesem Projekt meiner Lektorin Cornelia! Ich glaube, ich habe noch nie so viel umgeschrieben und ergänzt, ohne den Plot zu ändern und gleichzeitig so viel für die Figuren zu tun. Wahnsinn. Mit dem Ergebnis bin ich sehr zufrieden, auch wenn die Geschichte sehr viel emotionaler und tiefer geworden ist, als sie ursprünglich geplant war. Vielen Dank, Conny, für deine pragmatische, konstruktive Art, mich durch dieses Skript zu führen, die so was von auf den Punkt war.

Vielen Dank Elke und dem ganzen Team vom Piper Verlag für die Chance, die Rebels zum Leben zu erwecken. Ich freue mich sehr über diese Zusammenarbeit!

Allen anderen danke ich, dass ihr euch Zeit für Brook und Ryker genommen habt. Ich hoffe, ihr hattet Spaß beim Lesen und habt euer Herz ebenso an die Jungs verloren wie ich.

Alles Liebe
 Eure Izzy

CONTENT NOTES

Sowohl Ryker als auch Brook leiden unter einer **Posttraumatischen Belastungsstörung (PTBS)**, deren Symptome sich durch die gesamte Geschichte ziehen.

Explizite Darstellung von:
- Tod eines Kindes: Kapitel 21, 30
- Trauer: Kapitel 2, 7, 12, 14
- Panikattacke: Kapitel 1, 2, 6, 14
- Psychische und körperliche Gewalt an Minderjährigen: Kapitel 11, 15, 17, 18, 19, 20, 27

Erwähnung von:
- Häusliche Gewalt, psychische und körperliche Gewalt an Frauen: Kapitel 11,12,17,18,19,20, 27
- Vergewaltigung: Kapitel 18, 19
- Tod eines Elternteils: Kapitel 2,6, 7,12, 18, 34
- Rassismus: Kapitel 10